이야기에
관하여

이야기에
관하여 문학 비평 에세이

C. S. 루이스 지음

홍종락 옮김

홍
성
사

우리 루이스 유작 관리자들은 우리가 맡은 유산의 가치에 걸맞게 그의 작품들을 충실히 소개하고자 기울여 온 노력을 그동안 한결같이 지원해 준 프리실라 콜린스에게 존경과 경의의 표시로 이 루이스 에세이집을 헌정합니다.

오언 바필드

월터 후퍼

차례

일러두기

- 엮은이 주는 *로 표시한다.
- 옮긴이 주는 1) 2) 3) …으로 표시한다.
- [   ] 안의 내용은 옮긴이가 상황 설명을 위해 넣은 것이다.
- 문단 사이 행갈이 중 일부는 편집자가 추가한 것이다.

I

이야기에 관하여

참으로 놀라울 만큼 그동안 비평가들은 이야기 자체에 거의 주목하지 않았습니다. 이야기는 당연시한 채, 이야기를 들려주는 방식, 이야기가 배치된 순서, 그리고 (무엇보다) 캐릭터들에 대한 성격묘사를 다채롭게 논의했습니다. 이야기 자체, 즉 일련의 상상된 사건들은 거의 언제나 침묵 속에 무시되거나, 철저히 성격묘사의 기회를 제공하는 배경으로만 다뤄집니다. 세 가지 주목할 만한 예외가 있기는 합니다. 아리스토텔레스는 《시학》에서 이야기를 중심에 놓고 등장인물을 엄격하게 종속적 위치로 격하시키는 그리스 비극 이론을 구축했습니다. 중세와 르네상스 초기에는 보카치오[1]와 기타 작가들이 알레고리적 이야기 이론을 전개하여 고대 신화를 설명했습니다. 그리고 우리 시대에는 융Jung과 그의 추종자들이 원형 이론을 내놓았습니다. 이 세 가지 시도를 제외하면 이야기라는 주제는 거의 다뤄지지 않았고, 여기에는 흥미로운 결과가 뒤따랐습니다. 이야기가 다른

---

1) Boccaccio, 1313-1375. 이탈리아의 소설가. 대표작 《데카메론》.

요소의 수단으로서만 존재하는 문학형식들—이를테면 등장인물들이나 세대 비판을 위해 이야기가 존재하는 풍속소설—은 정말 제대로 다루어졌지만, 다른 모든 요소가 이야기를 위해 존재하는 문학형식들은 진지한 관심을 거의 받지 못한 것입니다. 이야기를 위해 다른 모든 요소가 존재하는 문학형식들은 어린아이에게만 적합한 것처럼 무시당했을 뿐 아니라, 그런 작품들이 제공하는 즐거움도 제가 볼 때는 오해를 받아 왔습니다. 이것은 제가 꼭 바로잡고 싶은 두 번째 부당한 처사입니다. 어쩌면 현대 비평에서 주장하는 대로 이야기의 즐거움은 수준 낮은 것인지도 모릅니다. 저 자신은 그렇게 생각하지 않지만, 그 점에 대해서는 의견이 다를 수 있겠지요. 하지만 그것이 어떤 종류의 즐거움인지 분명히 알아보도록 노력합시다. 아니, 그 즐거움이 어떻게 다른지 알아봅시다. 이 주제에 대해서는 아주 성급한 추정이 이루어진 것 같아서 그렇습니다. 저는 독자들이 오로지 '이야기 때문에' 읽는 책들을 두 가지의 전혀 다른 방식으로 즐길 수 있다고 생각합니다. 이것은 어느 정도는 책들의 구분이고(첫 번째 방식으로만 읽을 수 있는 이야기들이 있는가 하면, 두 번째 방식으로만 읽을 수 있는 이야기들도 있습니다) 어느 정도는 독자들의 구분입니다(같은 이야기라도 다른 방식으로 읽을 수 있습니다).

저는 몇 년 전 지적인 미국인 학생과 나눈 대화를 계기로 이 구분을 확신하게 되었습니다. 우리는 소년 시절에 즐겁게 읽었던 책에

이야기에 관하여

대해 이야기하고 있었습니다. 그가 제일 좋아한 책은 (마침) 제가 읽어 보지 못한 페니모어 쿠퍼²⁾의 작품이었습니다. 그 친구는 도끼를 든 인디언Redskin이 뒤에서 소리 없이 살금살금 다가가는데 주인공이 숲속 모닥불 옆에서 졸고 있는 장면을 묘사했습니다. 그는 그 대목을 읽을 때 느꼈던 숨 막히는 흥분과 주인공이 제때 깨어날지 말지 궁금해서 괴로울 만큼 긴장했던 기억을 떠올렸습니다. 그런데 저는 제가 어린 시절 책을 읽으면서 경험한 멋진 순간들을 떠올리고는, 그 친구가 자신의 경험을 잘못 표현하고 있으며 진짜 요점을 빠뜨리고 있다고 생각했습니다. 저는 그 친구가 페니모어 쿠퍼의 책을 거듭거듭 다시 찾게 된 이유가 흥분과 긴장감 때문만은 절대로, 절대로 아닐 거라고 생각했습니다. 그것이 그가 원한 전부였다면 다른 여느 '모험소설boy's blood'로도 충분히 만족했을 테니까요. 저는 제 생각을 전달해 보려고 했습니다. 그가 위험 자체의 중요성을 지나치게 강조하고 뚝 떼어서 잘못 생각한 것은 아닌지 물었지요. 저는 페니모어 쿠퍼의 책을 읽어 보지 않았지만 '인디언'이 나오는 다른 책들은 즐겁게 읽은 바 있습니다. 그리고 제가 그 책들에서 원한 것은 단순한 '흥분'이 아니었습니다. 물론 위험은 있어야 합니다. 달리 어떻게 이야기를 끌고 갈 수 있겠습니까? 그러나 책 속의 여러 위험은 (독자를 그 책

---

2) Fenimore Cooper, 1789-1851. 미국의 소설가. 대표작 《모히칸족의 최후》.

으로 이끈 분위기 안에서) 인디언의 위험이어야 합니다. 정말 중요한 것은 그 '인디언스러움Redskinnery'이었습니다. 제가 원했던 것은 일시적 긴장감이 아니라 그 긴장감이 속한 세계 전체—눈과 스노슈즈, 비버와 카누, 출정로와 인디언 천막, 히아와타 이름들—였기 때문입니다. 미국인 친구가 묘사했던 장면에서 깃털, 높은 광대뼈, 주름진 바지를 빼고 도끼를 권총으로 대체하면 무엇이 남을까요? 제가 이런 생각을 밝히자 충격적인 대답이 돌아왔습니다. 그 학생은 아주 명석한 사람이었고 제 말뜻을 금세 파악했습니다. 본인이 소년 시절에 상상의 세계를 즐긴 방식이 저와 전혀 달랐다는 것도 간파했습니다. 그는 제가 좋아한 '그 모두'가 자신의 즐거움에서 어떤 부분도 차지하지 않았다고 확신하며 대답했습니다. 그는 그런 것에 전혀 관심이 없었습니다. 정말이었습니다. 그의 답변을 듣자 다른 행성에서 온 방문객과 대화하는 기분이 들었습니다. 어린 시절의 그는 '그 모두'를 희미하게 의식할 때마다 이야기의 핵심에서 벗어나는 내용으로 여기고 분개했었습니다. 그는 인디언보다는 리볼버를 든 악당 같은, 보다 평범한 위험을 선호했을 것입니다.

저와 같은 문학적 경험을 했던 사람들이라면 이 하나의 사례만으로도 제가 지금 제시하는 두 종류의 즐거움을 구분하기에 충분할 것입니다. 그러나 이 구분을 이중으로 분명히 하기 위해 또 다른 사례를 추가해 보겠습니다. 저는 《솔로몬왕의 동굴》[3]을 원작으로 한 영화를 보러 간 적이 있습니다. 그 영화의 많은 문제점—이를테면 세 명

이야기에 관하여

의 모험가들이 어디를 가든 따라다니는 완전히 생뚱맞은 반바지 차림의 젊은 여자를 등장시킨 것— 중에서 지금 우리의 관심사와 관련이 있는 것은 한 가지입니다. 모두가 기억하다시피 해거드의 책 끝부분에서 주인공들은 바위로 된 방에 갇히고 미라가 된 그 땅의 왕들에게 둘러싸인 채 죽음을 기다리게 됩니다. 하지만 이 작품을 영화로 만든 사람은 이 대목이 시시하다고 생각한 것이 분명합니다. 그는 이 장면을 지하 화산폭발로 대체했고 더 잘해 보겠다고 지진까지 덧붙였습니다. 아마도 그를 탓해서는 안 될 것입니다. 원작의 이 장면은 '영화에 적합하지' 않았을 테고 영화제작 분야의 기준에 따라 장면을 바꾼 선택은 아마 옳았을 것입니다. 그러나 영화로 각색할 경우 망칠 수밖에 없는 이야기를 애초에 선택하지 않았더라면 더 좋았을 것입니다. 망쳤다는 말은 적어도 제게는 사실입니다. 순수한 흥분이 이야기에서 원하는 전부이고 위험의 개수를 늘려야 흥분이 늘어난다면, 급격하게 바뀌면서 이어지는 두 가지 위험(산 채로 불타는 위험과 짓눌려 산산조각 날 위험)이 동굴에서 서서히 굶어죽을 단일한 위험보다 더 나을 것입니다. 그러나 이것이 바로 요점입니다. 그런 이야기들에는 단순한 흥분과는 구별되는 즐거움이 있음이 분명히 있습니다. 그렇지 않다면 해거드 작품에 나오는 실제 장면 대신 지진이 등장했을 때 저는 속

---

3) *King Solomon's Mines*. 영국의 모험소설가 라이더 해거드H.Rider Haggard의 작품.

았다고 느끼지 않았을 것입니다. 제가 잃어버린 것은 죽음을 떠올리게 하는 것(단순한 죽음의 위험과는 사뭇 다른 것)—냉기, 고요 그리고 왕관을 쓰고 홀을 쥔 채 주위를 에워싼 고대 망자들의 얼굴—에 대한 감각 전부입니다. 라이더 해거드의 작품이 만들어 내는 효과는 그것을 대체한 영화만큼이나 '조잡하거나' '통속적이거나' '감각적'이라고 말해도 될 것입니다. 원하신다면 말입니다. 하지만 저는 지금 그 점을 논하는 것이 아닙니다. 요점은 두 가지가 극단적으로 다르다는 데 있습니다. 하나가 상상력을 진정시키는 주문을 건다면, 다른 하나는 신경의 급격한 두근거림을 불러일으킵니다. 《솔로몬왕의 동굴》의 해당 장에서 주인공들이 죽음의 덫을 빠져나갈지에 대한 호기심이나 긴장감은 책을 읽은 독자의 경험에서 아주 작은 부분을 차지합니다. 저는 그 덫을 영원히 기억하지만, 그들이 덫을 어떻게 빠져나갔는지는 잊은 지 오래입니다.

'그냥 이야기mere stories'일 뿐인 책—즉 캐릭터나 사회가 아니라 상상의 사건에 주로 관심을 갖는 책—을 논할 때는 다들 그 책이 제공하는, 또는 제공하려고 하는 즐거움이 '흥분'뿐이라고 가정하는 것처럼 보입니다. 이런 의미의 흥분은 긴장과 상상된 불안의 진정이 번갈아 나타나는 것으로 정의할 수 있겠습니다. 하지만 제 생각에 그것은 사실이 아닙니다. 그런 책들 중 일부와 일부 독자들에게는 흥분 외의 또 다른 요인이 끼어듭니다.

아주 보수적으로 말해도, 적어도 한 명의 독자에게는 또 다른 요인이 끼어든다는 것을 압니다. 바로 저 말입니다. 여기서 제 얘기를 증거로 제시해야겠습니다. 저는 기억도 안 날 만큼 많은 시간을 들여 로망스를 읽어 왔고, 어쩌면 거기서 과도한 즐거움을 얻었는지 모를 사람입니다. 저는 토맨스[4]의 지리를 텔루스_{Tellus}(지구)의 지리보다 더 잘 압니다. 저는 업랜즈_{Uplands}에서 어터볼 왕국_{Utterbol}으로 가는 여행[5]과 모르나 모루나_{Morna Moruna}에서 코슈트라 벨론_{Koshtra Belorn}으로 가는 여행[6]이 해클루트[7]가 기록한 여행보다 더 궁금했습니다. 저는 아라스[8] 앞의 참호들을 직접 보았지만, 그 참호들에 대해서는 그리스인들이 [트로이에 상륙하여] 세운 방벽과 스카만데르 강, 스케안 문에 대해서만큼 그 참호들에 대해 능숙하게 강의할 수 없습니다. 사회사학자로서 저는 런던, 옥스퍼드, 벨파스트보다 두꺼비 홀과 거친 숲[9] 또는 동굴에 사는 셀레나이트[10], 흐로드가르 왕[11]의 궁궐이나 보티건 왕[12]의 궁정을 더 잘 압니다. 이야기에 대한 사랑이 흥분을 사랑하

---

4) Tormance. 데이빗 린지의 과학소설 《아크투르스로의 여행》에 등장하는 행성.
5) 윌리엄 모리스의 소설 《세상 끝의 우물》에서 펼쳐지는 모험의 여정.
6) 영국 작가 E. R. 에디슨의 《뱀 우로보로스*The Worm Ouroboros*》에 나오는 여정.
7) Hakluyt, 1552?-1616. 영국의 지리학자. 《영국 국민의 주요 항해·무역 및 발견》을 펴냄.
8) 제1차 세계대전의 격전지. 루이스는 이곳 전투에 참전한 바 있다.
9) 《버드나무에 부는 바람》의 주인공 두꺼비의 저택과 《버드나무에 부는 바람》의 무대인 숲.
10) Selenites. 웰스의 과학소설 《달세계 최초의 사람들*The First Men in The Moon*》에 등장하는 곤충형 지성체.
11) Hrothgar. 《베오울프》에 등장하는 왕.
12) Vortigern. 5세기 브리튼의 왕.

는 것을 뜻한다면 저는 살아 있는 그 누구보다 흥분을 사랑하는 사람이어야 마땅할 것입니다. 그러나 저는 세상에서 가장 '흥미진진한' 소설이라는《삼총사》가 전혀 끌리지 않습니다. 정취를 전혀 느낄 수 없어서 거부감이 듭니다. 그 책에는 시골이 없습니다. 시골은 여관과 매복이 있는 장소일 뿐입니다. 날씨도 없습니다. 사람들이 런던으로 건너가도 그곳이 파리와 다르다는 느낌이 전혀 안 듭니다. 한순간도 쉴 새 없이 '모험'이 펼쳐지고, 모험을 따라가느라 정신없이 바쁩니다. 하지만 그 모두는 제게 아무 의미가 없습니다. 그것이 로망스가 의미하는 것이라면, 저는 로망스를 싫어하고 그보다는 조지 엘리엇[13]이나 트롤럽[14]의 소설을 훨씬 더 좋아합니다. 이렇게 말한다고 해서 제가《삼총사》를 비판하려는 것은 아닙니다. 저는 그 책이 훌륭한 이야기라고 말하는 다른 이들의 증언을 믿습니다. 그 책을 좋아하지 못하는 것이 저의 결함이자 불행이라고 확신합니다. 그러나 그 불행이 바로 증거입니다. 로망스에 민감한, 어쩌면 과민한 사람이 다들 가장 '흥미진진한' 로망스로 꼽는 작품을 좋아할 수가 없다면, '흥분'이 로망스에서 얻게 되는 유일한 즐거움은 아니라는 결론이 따라옵니다. 포도주를 좋아하는 한 사람이 아주 독한 어떤 포도주는 싫어한다

---

13) George Eliot, 1819-1880. 영국 소설가.
14) Trollope, 1815-1882. 영국 소설가.

면, 포도주에서 얻는 즐거움의 유일한 원천이 알코올일 수 없다는 것이 분명하지 않습니까?

저만 이런 경험을 한다면, 이 에세이는 저의 개인적 관심사를 다루는 데 그칠 것입니다. 그러나 저만 홀로 그런 것은 아니라고 꽤 확신합니다. 저와 똑같이 느끼는 다른 이들이 꽤 있으리라는 은근한 기대와, 제가 그들의 느낌을 해명하는 데 도움이 될 거라는 희망에 기대어 이 글을 씁니다.

《솔로몬왕의 동굴》의 사례를 다시 떠올려 보면, 영화 제작자는 절정부에서 위험을 다른 종류의 위험으로 대체했고, 제가 보기에는 그럼으로써 이야기를 망가뜨렸습니다. 그러나 만약 흥분만이 중요하다면 어떤 종류의 위험이 등장하든 상관없을 것이 분명합니다. 위험의 강도만 중요하겠지요. 위험이 커지고 주인공이 위험에서 벗어날 가망이 낮을수록, 이야기는 더 흥미진진해질 겁니다. 그러나 사람들이 '뭔가 다른 것'에 관심을 갖는다면 상황은 달라집니다. 종류가 다른 위험은 상상 속에서 다른 부분을 건드립니다. 현실에서도 종류가 다른 위험은 다른 종류의 두려움을 일으킵니다. 두려움이 너무 커서 그 구분이 사라지는 지점이 있을 수 있지만, 그건 또 다른 문제입니다. 경외감의 쌍둥이라 할 두려움이 있습니다. 전시에 총성이 들리는 곳에 처음 들어선 사람이 느끼는 두려움이 그 예입니다. 혐오감의 쌍둥이라 할 두려움도 있습니다. 침대에서 뱀이나 전갈을 발견하고 느끼는 두려움이 그렇습니다. 위험한 말을 탈 때나 위험한 바다에서 느낄 법한 긴장되고 떨리는 두려움(일종의 즐거운 스릴감과 조금도 구분되지 않는)이 있습니다. 자신이 암이나 콜레라에 걸렸다고 생각할 때 찾아오는 죽을 듯하고 짓눌리고 낙담스럽고 멍해지는 두려움도 있습니다. 그런가 하면 위험에 대한 것이 아닌 두려움들도 있습니다. 무해하지만 크고 흉측한 벌레에 대한 두려움이나 유령에 대한 두려움이 여기에 해당합니다. 이 모두는 현실에서 느끼는 두려움입니다. 그런데 두려움이 극도의 공포로 바뀌지 않고 행동으로 배출되지도 않는 상상 속에서는, 두려움의 질적 차이가 더 강하게 드러납니다.

제가 기억하기로 그런 차이는 희미하게나마 제 의식에 늘 남아 있었습니다. 《거인 사냥꾼 잭》의 본질은 그저 영리한 주인공이 위험을 극복하는 이야기가 아닙니다. 본질적으로, 그것은 영리한 주인공이 거인의 위험을 극복하는 이야기입니다. 보통 사람만 한 크기의 적이 등장하면서도 똑같이 잭이 크게 불리한 이야기를 지어내기는 쉽습니다. 그러나 그것은 전혀 다른 이야기일 겁니다. 《거인 사냥꾼 잭》이 상상력에 불러일으키는 특정한 반응은 적들이 거인이라는 사실에서 나오는 것입니다. 그 묵직함, 그 흉물스러움, 그 투박함이 이야기 전체에 드리워져 있습니다. 이야기를 음악으로 바꾸면 차이가 금세 느껴질 것입니다. 악당이 거인이라면 오케스트라가 놈의 등장을 특정한 방식으로 알릴 테고, 그자가 다른 종류의 악당이라면 다른 식으로 등장을 알릴 것입니다. 저는 특정한 빛 아래서 보면 언제라도

이야기에 관하여

다음 번 능선 위로 거인이 머리를 들 것 같은 느낌을 주는 풍경을 본 적이 있습니다. (특히 몬 산맥에서 그런 풍경을 볼 수 있습니다.) 그런 풍경의 자연에는 거인을 떠올릴 수밖에 없게 하는 무언가가 있고, 거기에 어울리는 것은 거인뿐입니다. (가원 경[15]이 잉글랜드 북서부 지역에 있을 때 높은 언덕에서 '*etins aneleden him*', 즉 거인들이 거친 숨을 내쉬며 그를 쫓아왔던 광경을 생각해 보십시오. 워즈워스가 바로 같은 장소에서 "자신을 쫓아오는 낮은 숨소리"를 들었던 것이 과연 우연일까요?) 거인의 위험천만함은 중요하긴 하지만 부차적입니다. 어떤 민담에는 위험하지 않은 거인들도 등장합니다. 그러나 그런 거인들도 거의 똑같은 방식으로 우리에게 영향을 미칩니다. 착한 거인도 있을 수 있지만, 그는 여전히 20톤의 무게로 땅을 흔들어 놓는 살아 있는 모순어법일 것입니다. 참을 수 없는 압박감, 인간보다 더 오래되고 더 사납고 더 흙내 나는 존재라는 인상이 여전히 그에게 붙어 있을 것입니다.

이제 좀 더 낮은 차원의 사례로 내려가 봅시다. 거인들만큼이나 해적들은 주인공을 위협하는 용도일 뿐일까요? 우리 배를 빠르게 앞지르는 저 배에 평범한 적, 스페인 사람이나 프랑스 사람이 타고 있을 수도 있습니다. 평범한 적도 해적만큼 쉽사리 치명적인 존재가 될 수 있습니다. 그러나 주인공이 해적선을 만나는 순간, 우리의 상상력

---

15) 《가윈 경과 녹색의 기사》의 주인공

에는 정확히 어떤 일이 일어날까요? 우리가 지면 목숨을 건지지 못한다는 뜻이겠지요. 그러나 그런 긴장된 대결은 해적 행위 없이도 고안할 수 있습니다. 위험을 늘리는 것만으로는 원하는 효과를 얻을 수 없습니다. 법을 완전히 무시하는 적의 전체적 이미지, 인간사회 전부와 단절된 채, 말하자면 자기들만의 종種을 이룬 사람들—이상한 옷을 입은 사람들, 귀걸이를 한 가무잡잡한 사람들, 우리는 모르는 자기들만의 역사를 가진 사람들, 미지의 섬에 알 수 없는 보물을 숨겨 둔 자들—이 있어야 합니다. 어린 독자의 눈에 그들은 거인만큼이나 신화적인 존재입니다. 여느 사람과 다를 바 없는 보통 사람이 인생의 어떤 시기에는 해적이었다가 다른 시기에는 해적이 아닐 수 있다거나, 해적 행위와 상선나포 사이의 경계가 희미하다는 생각이 어린 독자에게는 전혀 떠오르지 않습니다. 거인이 거인인 것처럼, 해적은 해적인 것이지요.

다시, 쫓겨난 상태와 갇힌 상태의 엄청난 차이점을 생각해 보십시오. 광장공포증과 폐소공포증의 차이를 생각할 수도 있겠습니다. 《솔로몬왕의 동굴》에서 주인공들은 갇혔습니다. 포Edgar Allan Poe의 《때 이른 매장Premature Burial》의 화자는 자신이 그런 상태라고 상상했는데, 그쪽이 더 끔찍했는지도 모릅니다. 그런 책을 읽는 동안 독자는 숨이 턱턱 막힙니다. 이제 H. G. 웰스의 《달세계 최초의 사람들》에서 '혼자가 된 베드퍼드'라는 장을 기억해 보십시오. 베드퍼드[16]가 달 표면 바깥에 있는 상태에서 달의 긴 낮이 끝나가고, 그와 함께 공기와 모든 열기도 사라져 갑니다. 그가 첫 번째 작은 눈송이에 소스라치게

이야기에 관하여

놀라서 자신의 위치를 깨닫는 끔찍한 순간부터 그가 '거주영역'에 도착해 구출되는 시점까지 읽어 보십시오. 그다음, 그 대목에서 느낀 것이 단순히 긴장감인지 자문해 보십시오. "내 위로, 내 주위로 나를 포위하고 점점 더 가까이 나를 둘러싼 것은 영원한 것…… 무한하고 최종적인 밤의 공간이었다." 이것이 바로 읽는 사람을 매료했던 관념입니다. 그러나 베드퍼드가 살아남을지 얼어 죽을지에만 관심을 갖는다면, 그런 관념은 핵심을 벗어난 것이 됩니다. 달에 가서 얼어 죽을 수 있는 것처럼 러시아령 폴란드와 신폴란드에서도 추위로 죽을 수 있고, 그때 받는 고통은 동일할 것입니다. 베드퍼드를 죽이는 것이 목적이라면 "무한하고 최종적인 밤의 공간"은 거의 전적으로 쓸데없는 요소입니다. 우주의 기준으로 보면 무한히 작은 기온변화로도 사람을 죽이기에 충분하고, 온도가 절대영도로 내려간다고 해서 거기다 더할 수 있는 것은 없습니다. 그 공기 없는 외계의 암흑이 중요한 이유는 그것이 베드퍼드에게 할 수 있는 일 때문이 아니라 독자인 우리에게 하는 일 때문입니다. 외계의 암흑은 오래전 파스칼이 느꼈던 두려움, 즉 수많은 종교적 신앙을 좀먹고 수많은 인본주의적 희망을 박살냈던 영원한 침묵 앞에서 느낀 그 두려움으로 우리를 괴롭힙니다. 그 암흑은 영원한 침묵과 더불어, 또 그런 침묵을 통해 배제와

---

16) Bedford. 책의 주인공이자 사업가로, 과학자 카보 박사와 함께 달 여행을 떠남.

쓸쓸함에 대한 인류의 모든 종족적이고 유치한 기억을 일깨우고, 인간 경험의 영속적인 한 측면을 하나의 직관으로 보여 줍니다.

여기서 저는 우리가 삶과 예술의 차이점 하나에 이르게 된다고 생각합니다. 실제로 베드퍼드의 입장에 처한 사람은 아마도 다른 별에서 혼자가 된 외로움을 그렇게 절실하게 느끼지 못할 것입니다. 죽음이라는 당장의 문제가 그런 깊은 생각거리를 머리에서 밀어내고 말 테니까요. 그는 생존이 불가능한 정도보다 온도가 얼마나 많이 내려가든 관심이 없을 것입니다. 예술의 기능 중 하나가 바로 이것입니다. 지독하게 실용적이고 편협한 현실세계의 시각이 배제하는 것을 제시해 주는 것이지요.

저는 '흥분'이 실제로는 더 깊은 상상력에 적대적인 요소가 아닐까 하는 생각을 가끔 했습니다. 미국의 사이언티픽션scientifiction 잡지들에 실리는 열등한 로맨스에서 우리는 의미심장한 착상을 종종 만납니다. 그러나 저자가 이야기를 계속 끌고 나가기 위해서는 주인공을 폭력적 위험에 집어넣는 수밖에 없습니다. 주인공이 여러 위험에서 탈출하는 사건들이 빠르고 황급하게 펼쳐지다 보면 기본 착상에 담겼던 감흥은 사라집니다. 정도는 훨씬 덜하지만 저는《우주 전쟁 The War of the Worlds》의 웰스에게도 그런 일이 벌어졌다고 생각합니다. 이 이야기에서 정말 중요한 것은 전적인 '외부의' 존재에 의해 공격을 받는다는 착상입니다.《농부 피어스의 꿈Piers Plowman》에서처럼 '행성들로부터' 파괴가 닥칩니다. 화성인 침략자들이 위험하기만 하다면—그들이 우리를 죽일 수 있다는 사실에만 관심을 갖는다면—, 강도나 세균도 그 정도는 할 수 있습니다. 이 로맨스의 진정한 핵심은 주인공이 호셀 공유지에 새로 추락한 발사체를 처음 보러 갈 때 드러납니다. "뚜껑과 실린더 사이의 깨어진 부분에서 반짝이는 노르스름하고 희끄무레한 금속은 색깔이 낯설었다. '외계extra-terrestrial'라는 말은 대부분의 구경꾼에게 아무 의미가 없었다." 그러나 '외계'는 이야기 전체의 핵심단어입니다. 그리고 뒤로 가면 탁월하게 묘사되는 참상이 펼쳐지면서 외계가 주는 느낌이 사라집니다. 계관시인 존 메이스필드John Masefield의 소설 《사드 하커Sard Harker》(1924)의 경우도 이와 비슷합니다. 여기서 정말 중요한 것은 산맥을 건너는 여행입니다. 계곡에서 어떤 사람이 큰 소리를 듣습니다만—"그는 그것이 무엇인지 생각나지 않았다. 그 소리는 슬프지도 기쁘지도 끔찍하지도 않았다. 그것은 대단하고도 이상했다. 바위가 말하는 것 같았다."—그가 나중에 살해의 위험에 처한다는 것은 거의 엉뚱한 일입니다.

호메로스는 바로 이 부분에서 최고의 탁월성을 보여 줍니다. 키르케의 섬에 상륙, 미지의 숲 한복판에서 연기가 솟아오르는 광경, 신('아르고스를 죽인 자, 전령[17]')을 만남. 이 모든 일이 목숨이 달린 평범

17) 헤르메스 신의 별명들.

한 위험의 전주였다면 그 결말이 얼마나 실망스러웠겠습니까! 그러나 여기에 웅크린 위험, 소리 없이 고통도 없이 짐승으로 바뀌는 견딜 수 없는 변화는 앞선 배경에 걸맞습니다. 데 라 메어[18]도 이런 어려움을 극복했습니다. 그가 쓴 최고의 이야기들 도입 단락에 등장하는 위협은 알아볼 수 있는 구체적 사건으로 실현되는 경우가 드뭅니다. 그렇다고 위협이 홀연히 사라지지도 않습니다. 우리의 두려움들은 어떤 의미에서는 결코 실현되지 않지만 우리가 책을 내려놓을 때면 그 두려움들과 그보다 훨씬 더 많은 두려움들이 정당했다고 느낍니다. 그러나 이런 부류에서 가장 놀라운 성취는 데이빗 린지David Lindsay가 《아크투르스로의 여행》에서 이루었다고 해야 할 것입니다. 노련한 독자는 첫 장의 위협과 약속에 주목하고 그것들을 기꺼이 즐기면서도 그런 위협과 약속이 지켜질 수 없음을 확신합니다. 이런 종류의 이야기에서는 첫 장이 거의 언제나 최고라는 점을 되새기며 앞으로 찾아올 실망을 각오합니다. 막상 토맨스에 도착하면 지구에서 보던 것보다 흥미롭지 못할 것임을 예감합니다. 그러나 그의 예감은 완전히 틀린 것으로 밝혀질 것입니다. 저자는 어떤 특별한 기술이나 탁월한 언어감각의 도움 없이, 우리를 데리고 예측불가한 것들이 가득한 계단을 오릅니다. 우리는 각 장마다 그의 마지막 위치를 발견

18) Walter de la Mare, 1873-1956, 영국 시인, 소설가.

했다고 생각하지만 그때마다 우리 생각이 완전히 틀렸음이 드러납니다. 그는 이미지와 열정으로 가득한 여러 세계를 통째로 건설하는데, 다른 작가라면 그런 세계 중 하나만으로도 책 한 권을 충분히 써낼 테지만, 그는 각 세계를 하나씩 갈기갈기 찢고 조롱할 따름입니다. 물리적 위험들이 많이 등장하지만 그것들은 이 책에서 중요하지 않습니다. 물리적 위험들이 하찮게 보이도록 만드는 것은 영적 위험으로 가득한 세계를 누비는 우리 독자들과 저자입니다. 이런 종류의 책을 쓰는 알려진 비법은 따로 없습니다. 그러나 비밀의 일부는 저자가 (카프카처럼) 살아 있는 변증법을 기록하는 것입니다. 데이빗 린지의 토맨스는 영의 영역입니다. 그는 '다른 행성들'이 소설에서 정말 잘 쓰일 수 있는 용도를 발견한 첫 번째 작가입니다. 단순한 물리적 기묘함이나 공간적 거리만으로는 공간여행을 다룬 이야기에서 우리가 포착하려고 늘 애쓰는 타자성otherness 개념을 실현하지 못할 것입니다. 다른 차원으로 들어가야 합니다. 그럴듯하고 마음을 움직이는 '다른 세계들'을 구축하려면 우리가 아는 유일한 진짜 '다른 세계', 즉 영의 세계를 활용해야 합니다.

여기 그 당연한 귀결에 주목하십시오. 응용과학의 눈부신 진보로 우리가 실제로 달에 갈 수 있게 된다면, 진짜 달 여행은 지금 우리가 그에 관한 이야기를 씀으로써 해결하려고 하는 욕구를 전혀 만족시키지 못할 것입니다. 우리가 진짜 달에 도착하여 살아남는다면, 그곳은 깊고 정확한 의미에서 지구의 다른 여느 곳과 똑같을 것입니다.

추위, 굶주림, 어려움, 위험이 있을 것이고, 첫 몇 시간이 지나면 그것들은 지구에서 만났을 법한 추위, 굶주림, 어려움, 위험에 불과하게 될 것입니다. 그리고 새하얀 분화구들 사이에서 맞이하는 죽음은 셰필드의 요양원에서 맞는 죽음처럼 그냥 죽음일 것입니다. 자기 집 뒤뜰에서 지속적인 생소함을 발견하지 못하는 사람은 달에서도 그것을 발견하지 못할 것입니다. "인도제국의 부를 집으로 가져가려 하는 사람은 인도제국의 부를 직접 운반해야 합니다."

좋은 이야기들은 종종 경이로운 것이나 초자연적 요소를 도입하는데, 이야기에서 이것만큼 잦은 오해를 사는 부분도 없습니다. 이를테면 존슨 박사[19]는, 제 기억이 맞다면, 아이들이 경이로운 일을 다룬 이야기를 좋아하는 이유는 무지해서 그런 일이 불가능한 줄 모르기 때문이라고 생각했습니다. 그러나 아이들이라고 다 그런 이야기를 좋아하는 것은 아니며, 그런 이야기를 좋아하는 사람이 다 아이들도 아닙니다. 그리고 요정에 대한 책을—거인과 용에 대해서는 더더욱—즐겁게 읽기 위해서 반드시 그런 존재를 믿어야 하는 것도 아닙니다. 그런 믿음은 잘해야 독서와 상관 없는 요소이고, 오히려 독서에 아주 불리하게 작용할 수도 있습니다. 좋은 이야기에 나오는 경

---

19) Samuel Johnson, 1709-1784. 영국 시인, 평론가, 사전편찬자.

이로운 일들은 단지 서사를 더욱 선정적으로 만들려고 제멋대로 덧붙이는 장치가 아닙니다. 얼마 전, 저는 저녁 식탁 옆자리에 앉았던 사람에게 제가 밤이면 독일어로 된 그림Grimm 동화를 읽는데 모르는 단어가 나와도 굳이 찾아보지 않는다고 말했습니다. "그래야 큰 즐거움을 누릴 수 있거든요." (그리고 이렇게 덧붙였습니다.) "왕자가 노파에게 받았다가 나중에 숲에서 잃어버린 물건이 무엇인지 추측하는 즐거움 말이지요." 그러자 그 사람이 대답했습니다. "동화에서 특별히 어려운 부분은 바로 모든 것이 제멋대로라서 그 물건이 무엇이든 될 수 있다는 것이지요." 그의 오류는 심각했습니다. 동화의 논리는 사실주의 소설의 논리와 다르기는 해도 그 못지않게 엄격합니다.

케네스 그레이엄이 [《버드나무에 부는 바람》에서] 두꺼비를 주인공으로 삼은 것이 임의적 선택이었다고 믿는 사람이 있을까요? 그가 수사슴, 비둘기, 사자였어도 똑같은 역할을 잘 감당했을까요? 작가의 선택은 진짜 두꺼비의 얼굴이 특정한 종류의 사람 얼굴과 기괴하게 닮았다는 사실에 근거합니다. 얼빠진 웃음을 짓는 불그레한 얼굴 말이지요. 그런 사람 얼굴과 닮은 인상을 만들어 내는 두꺼비 얼굴의 모든 선은 전혀 다른 생물학적 이유들을 갖고 있으므로 둘 사이의 유사성은 우연입니다. 그래서 우스꽝스럽게도 사람과 비슷한 두꺼비의 표정에는 변화가 없는 것입니다. 두꺼비는 웃음을 멈출 수가 없는데, 그 '웃음'이 실은 전혀 웃음이 아니기 때문입니다. 우리는 두꺼비란 놈을 통해 인간 허영의 한 측면을 가장 재미있으면서도 봐줄 만한 형태로 따로 떼어 고정한 모습으로 보게 됩니다. 그레이엄은 이런 암시에 따라 두꺼비 씨를 창조했습니다. 존슨 박사 식의 '유머'를 끝까지 밀어붙인 것이지요. 그리고 우리는 인도제국의 부를 가지고 돌아옵니다. 이후 우리는 현실에서 특정한 허영을 접할 때 좀 더 재미있어 하고 그런 허영을 친절하게 대하게 됩니다.

그런데 캐릭터들을 왜 동물로 가장해야 하는 겁니까? 이 가장은 너무나 얄팍해서 한번은 그레이엄이 두꺼비 씨가 "머리카락에 묻은 마른 나뭇잎을 털어 내게" 만들 정도입니다. 하지만 이런 가장은 꼭 필요합니다. 모든 캐릭터를 인간으로 만들어 책을 다시 쓰려고 해보면 처음부터 난관에 직면하게 됩니다. 그들은 어른이어야 할까요, 아이여야 할까요? 어느 쪽도 될 수 없음을 알게 될 것입니다. 그들은 아무런 책임도, 생존경쟁도, 집안일 걱정도 없다는 점에서 아이들과 같습니다. 음식은 그냥 나타나고 누가 요리했는지 묻지도 않습니다. 오소리 씨의 부엌에서는 "찬장의 접시들이 선반의 단지들을 향해 미소 지었"습니다. 누가 접시와 냄비를 깨끗하게 관리했을까요? 그것들은 어디서 가져왔을까요? 어떻게 거친 숲으로 배달되었을까요? 두더쥐는 지하의 집에서 아늑하게 지내지만, 무엇을 먹고 살까요? 그가 투자수당으로 생활한다면 은행은 어디에 있고 무엇에 투자한 걸까요? 그의 앞마당 탁자들에는 "맥주잔이 놓였던 듯한 둥근 자국들"이 있었습니다. 하지만 두더지가 맥주를 어디서 구했을까요? 이런 식으로 이 책의 모든 캐릭터의 삶은 모든 것이 제공되고 모든 것을 당연시하는 어린아이들의 삶입니다. 그러나 다른 식으로는 어른들의 삶이지요. 원하는 곳으로 가고, 하고 싶은 대로 하고, 독자적인 삶을 꾸려 갑니다.

이렇게 보면 이 책은 아주 지독한 도피주의의 사례입니다. 유년기에 누릴 수 있는 자유와 어른이 되어서야 누릴 수 있는 자유, 공존할 수 없는 이 두 조건이 함께 있을 때만 누리는 행복을 그려 내고 등장인물들이 인간이 아닌 척 더욱 가장함으로써 이 모순을 감춥니다. 하나의 부조리가 다른 부조리를 숨기는 데 도움을 줍니다. 이런 책은 우리가 거친 현실에 적응하지 못하게 만들고 일상생활로 돌아갈 때 불안정하고 불만스러운 상태가 되게 할 것처럼 보입니다. 그런데 그렇지가 않습니다. 이 책이 우리에게 제공하는 행복은 사실 가장 단순하고 가장 얻을 만한 가치가 있는 것들—음식, 수면, 운동, 우정, 자연의 얼굴, 심지어 (어떤 의미에서의) 종교—로 가득합니다. 물쥐가 친구들에게 내놓은 "베이컨과 누에콩과 마카로니 푸딩"이라는 "소박하지만 든든한 식사"는 실제 유아방 식사시간에 도움이 되었으리라고 믿어 의심치 않습니다. 마찬가지로 이 이야기 전체가 역설적이게도 현실에 대한 우리의 입맛을 강화시켜 줍니다. 터무니없는 세상으로 이렇게 여행을 떠났다가 돌아오면 우리는 현실을 새롭게 즐길 수 있게 됩니다.

어른이 소위 '어린이 책'을 즐기는 것에 대해 흔히 농담조로 변명하듯 말하는데, 저는 그런 관습이 우스꽝스럽다고 생각합니다. 오십의 나이에도 똑같이(종종 훨씬 더) 읽을 가치가 있는 책이 아니라면 열살의 나이에도 읽을 가치는 없습니다. 물론 정보성 책의 경우는 다릅니다. 나이가 들면 그만 읽어야 할 문학 책이라면 아예 읽지 않는 편이 나을 것입니다. 성숙한 미각을 갖고 있는 사람은 아마 크렘 드 망트[20]를 그리 좋아하지 않겠지만, 빵과 버터와 꿀은 여전히 좋아할 것입니다.

또 다른 아주 많은 이야기들은 예언의 성취를 중심으로 펼쳐집니다. 오이디푸스 이야기, 《왕이 되려던 사나이》[21], 《호빗》이 여기에 해당합니다. 그 대부분의 이야기에서는 예언의 성취를 막기 위해 취한 조치들 때문에 예언이 실제로 이루어집니다. 오이디푸스에게는 아버지를 살해하고 어머니와 결혼하게 된다는 예언이 주어집니다. 이런 일이 벌어지는 것을 막고자 그는 산에 버려지는데, 그곳에서 구출되면서 친부모를 모른 채 낯선 이들 사이에서 살게 되는 바람에 예언된 두 재앙이 가능해집니다. 이런 이야기들은 (적어도 제게는) 경외감을 불러일으키고, 위아래로 서로 오가는 복잡한 패턴의 선들을 볼 때 종종 느끼는 모종의 당혹감도 안겨 줍니다. 규칙성을 보면서도 제대로 파악하지는 못합니다. 경외감과 당혹감을 모두 맛보기에 적절

---

20) crème de menthe. 박하향의 당도가 높은 독주.
21) The Man Who Would Be King. 조지프 러디어드 키플링의 단편.

이야기에 관하여

한 때가 있지 않습니까? 우리는 언제나 지성을 곤혹스럽게 만들었던 문제를 방금 상상력 앞으로 가져갔습니다. 운명과 자유의지가 어떻게 결합될 수 있는지, 심지어 자유의지가 어떻게 운명의 작동방식 *modus operandi*이 되는지 보았습니다. 이야기는 어떤 이론적 정리도 제대로 해낼 수 없는 일을 합니다. 피상적 의미에서 이야기는 '현실 같지' 않을 수 있습니다. 그러나 이야기는 보다 중심 되는 영역에서의 실재가 어떤 것일지 우리 앞에 이미지를 제시합니다.

이미 알아채셨겠지만, 저는 이 에세이를 쓰는 내내 비평가들이 (정당하게도) 상당히 다른 범주에 둘 만한 여러 책에서 무차별적으로 사례들을 가져왔습니다. 미국의 '사이언티픽션', 호메로스의 책, 소포클레스의 글, 옛 동화*Märchen*, 어린이 이야기, 그리고 데 라 메어의 극히 세련된 예술에서도 가져왔습니다. 그 모두가 똑같은 문학적 가치를 갖는다고 생각해서 그런 것은 아닙니다. 그러나 이야기에 흥분 말고도 달리 향유하는 요소가 있다는 제 생각이 옳다면, 가장 수준 낮은 대중적 로망스도 우리가 생각했던 것보다는 더 중요해집니다. 그저 자극적으로만 보이는 이야기를 미성숙하거나 교육받지 못한 사람이 탐독하는 모습을 보게 될 때, 우리는 그가 어떤 종류의 즐거움을 향유하고 있는지 확신할 수 있을까요? 물론 그에게 물어본들 아무 소용이 없습니다. 그 질문이 요구하는 대로 자신의 경험을 분석할 능력이 있다면, 그는 교육받지 못한 사람도 미성숙한 사람도 아닐 것입니다. 그러나 그가 자신의 경험을 분명히 표현하지 못한다는 이유로 그에게 불리한 판단을 내려서는 안 됩니다. 그는 상상 속 불안이 안겨 주는 거듭된 긴장만을 추구하고 있을 수도 있습니다. 그러나 저는 그가 다른 어떤 형태로도 받을 수 없는 심오한 경험을 받아들이고 있을 수도 있다고 생각합니다.

로저 랜슬린 그린Roger Lancelyn Green은 얼마 전 〈잉글리시*English*〉에 쓴 글에서 라이더 해거드의 작품을 읽는 것이 많은 이들에게 모종의 종교적 경험이었다고 언급했습니다. 어떤 이들에게는 이 말이 그야말로 괴이하게 보였을 것입니다. '종교적'이라는 말이 '기독교적'이라는 의미였다면 저 자신도 그 말에 강하게 반대했을 것입니다. 그 말을 기독교에 못 미치는 일반 종교적 의미로 받아들인다 해도, 그런 경험을 한 사람들은 혹시 나중에 종교적 경험을 하게 된다면 거기서 다시 만나게 될 요소들을 해거드의 로맨스에서 먼저 접했다고 말하는 편이 더 안전할 것입니다. 그러나 저는 로맨스를 읽는 이유가 오로지 아슬아슬한 탈출로 짜릿함을 맛보기 위해서라고 생각하는 사람들보다는 그린의 말이 훨씬 진실에 가깝다고 봅니다. 만약에 그가 대중은 모험 이야기를 통해 식자들이 시에서 얻는 것에 이를 수 있고 그 외에는 다른 길이 거의 없다고 말했다면 그의 말은 옳았을 것입니다. 만약 그렇다면, 영화가 대중적 픽션을 대체할 수 있고 대체해야 한다는 견해는 아주 심각한 재앙을 불러올 수 있습니다. 영화가 배제하는 요소들이야말로 훈련되지 않은 마음이 상상의 세계로 들어갈 수 있는 유일한 통로를 제공합니다. 카메라에는 죽음이 있습니다.

제가 이미 인정한 대로, 주어진 한 사례에서 이야기가 비문학적 독자의 상상 속으로 깊이 파고들고 있는지, 아니면 그의 감정만 흥분 시키는지는 분별하기가 무척 어렵습니다. 그 이야기를 우리가 직접 읽어 본다고 해도 그것을 알 도리가 없습니다. 시원찮은 이야기라고 해도 그것 자체로 증명할 수 있는 것은 별로 없습니다. 훈련받지 못한 독자라면 상상력이 풍부할수록 스스로 더 많은 일을 해낼 것입니다. 그는 저자가 살짝 암시만 해도 형편없는 재료에다 암시를 잔뜩 채워 넣고는 자신이 향유하는 것은 주로 자신이 만든 것임을 짐작도 못할 것입니다. 그 사람의 독서경험을 알아보는 가장 정확한 방법은 그가 같은 이야기를 종종 다시 읽는지 묻는 것입니다.

물론 이것은 모든 종류의 책과 모든 독자에게 쓸 수 있는 좋은 시험법입니다. 비문학적 독자는 책을 한 번만 읽는 사람으로 정의할 수 있을 것입니다. 맬러리[22]나 보즈웰[23], 《신사 트리스트럼 섄디의 인생과 생각 이야기》[24], 셰익스피어의 소네트를 한 번도 안 읽은 사람에게는 희망이 있습니다. 그러나 그 책들을 한 번 읽었다는 의미로 '읽었다'고 말하고 그것으로 문제가 끝났다고 생각하는 사람에게는 무

---

22) Thomas Malory, 1408-1471. 영국의 작가. 대표작 《아서왕의 죽음·Morte d'Arthur》.
23) James Boswell, 1740-1795. 영국 전기작가, 대표작 《존슨전》.
24) 로렌스 스턴의 작품.

엇을 할 수 있을까요? 하지만 저는 이 시험법이 우리가 지금 다루는 문제에 특별히 적용할 수 있다고 생각합니다. 위에서 정의한 의미에서의 흥분은 두 번째 읽을 때는 사라지기 때문입니다. 처음에 읽을 때 말고는 어떤 일이 벌어졌는지 정말 궁금해할 수 없습니다. 대중적 로맨스의 독자가 전부터 좋아하던 특정한 로맨스를 거듭거듭 다시 찾는다면, 그가 아무리 교육을 못 받은 독자이고 작품이 아무리 시원찮아도 그에게는 그 이야기가 일종의 시詩라는 괜찮은 증거를 확보한 것입니다.

같은 책을 다시 읽는 독자가 찾는 것은 실제적인 놀라움surprise (이것은 딱 한 번만 주어지지요)이 아니라 특정한 의외성surprisingness입니다. 사람들은 이 점을 자주 오해했습니다. 피콕[25]의 작품에 나오는 인물은 정원을 두 번째로 거닐면 무슨 일이 있느냐고 물음으로써 조경의 한 가지 요소로서의 '놀라움'은 한 번 보면 사라지는 것이라는 생각을 드러냈습니다. 헛똑똑이지요! 의미심장하고 유일한 의미에서의 놀라움은 처음 못지않게 스무 번째에도 여전히 작용합니다. 우리를 기쁘게 하는 것은 예측불가한 사실이 아니라 예측불가라는 특성입니다. 두 번째가 첫 번째보다 오히려 더 좋습니다. '놀라움'이 온다는 것을 알면 관목 숲을 지나는 이 길이 갑자기 절벽 앞에 이르게 될 것

25) Thomas Love Peacock, 1785-1866. 영국 소설가, 시인.

처럼 보이지 않는다는 사실을 충분히 음미할 수 있습니다. 문학에서도 그렇습니다. 처음 읽을 때는 이야기를 온전히 향유하지 못합니다. 호기심과 순전한 서사적 욕구가 채워지고 잠들고 나서야 작품의 진짜 아름다움을 느긋하게 맛볼 수 있습니다. 그 전까지는, 그저 차갑게 적셔지기만을 바라는 탐욕스러운 자연적 갈증에 최고급 포도주를 허비하는 꼴입니다. 아이들은 이것을 잘 알기에 같은 이야기를 거듭거듭 들려달라고, 그것도 똑같은 말로 들려달라고 요구하는 것입니다. 아이들은 빨간 모자의 할머니처럼 보였던 존재가 실제로 늑대라는 사실을 발견하는 '놀라움'을 다시 맛보고 싶어 합니다. 놀라움이 다가오고 있음을 알면 처음 들을 때보다 더 좋습니다. 실제적인 놀라움이 주는 충격에서 벗어나 그 반전*peripeteia*의 본질적 의외성에 더 잘 주목할 수 있습니다.

제가 여기서 잉글랜드의 더 나은 일군의 산문 이야기들, 즉 소수에게 경멸받지 않으면서도 대중에게 상상의 삶을 전달할 수 있는 이야기들을 격려하는 데 아주 작게나마 기여하고 있다고(비평은 언제나 실천보다 나중에 나오는 법이니까요) 믿을 수 있다면 좋겠습니다. 그러나 그렇게 될 것 같지는 않습니다. 제가 생각하는 이야기의 기술은 아주 까다롭습니다. 우리는 이 사실을 인정해야 할 것입니다. 저는《우주전쟁》의 정말 중요한 착상이 이야기가 진행됨에 따라 상실되거나 무뎌진다고 불평하면서 이야기 기술의 주된 난점을 이미 암시한 바 있습니다. 이제 저는 여기에다 모든 이야기에는 이런 일이 빈번히 일어날 위험이 있다는 말을 덧붙여야 하겠습니다. 이야기가 되려면 일련의 사건들이 있어야 합니다만, 이 일련의 사건들—이것을 플롯이라 하지요—이 실은 뭔가 다른 것을 잡기 위한 그물에 불과함을 이해해야 합니다. 진짜 주제는 잇달아 일어나는 사건이 없는 어떤 것, 과정이 아니라 하나의 상태나 특성에 훨씬 가까운 어떤 것일 수 있고, 아마 대개는 그럴 것입니다. 거인성, 타자성, 공간의 황량함이 우리가 만났던 사례들입니다. 어떤 이야기들의 제목은 이런 특성을 아주 잘 보여 줍니다. 《세상 끝의 우물》을 보십시오. 어떤 사람이 그런 제목의 이야기를 쓸 수 있겠습니까? 몇 단어로 된 제목을 듣고 우리가 붙잡으려 하는 모든 것을 실제로 잡아내고 고정시켜 고스란히 전해 줄, 시간 속에서 차례로 벌어지는 일련의 사건들을 찾아낼 수 있겠습니까? 사람이 아틀란티스에 대한 이야기를 쓸 수 있을까요? 아니면 그 단어가 혼자 힘으로 일하도록 내버려두는 게 나을까요? 이야기라는 그물이 새를 잡는 데 성공하는 경우는 아주 드물다는 것을 인정해야 합니다. 모리스는 《세상 끝의 우물》에서 성공에 근접했습니다. 그 책을 여러 번 읽을 가치가 있을 만큼 상당히 근접했습니다. 하지만 결국, 그 책의 최고의 순간들은 전반부에 다 나옵니다.

그러나 가끔은 정말 성공하기도 합니다. 고故 E. R. 에디슨의 작품들에서 이야기는 완전히 성공합니다. 그가 만들어 낸 세계들이 맘에 들 수도 있고 안 들 수도 있지만(저는 《뱀 우로보로스》의 세계는 좋아하지

만《여주인들의 여주인*Mistress of Mistresses*》의 세계는 아주 맘에 들지 않습니다)
그 안에서는 이야기의 주제와 표현 사이에 어떤 충돌도 없습니다. 모든 사건, 모든 말이 저자가 상상하는 바를 구현하는 데 도움을 줍니다. 그중 하나라도 없으면 안 됩니다. 르네상스의 화려함과 북구의 준엄함이 뒤섞인 묘한 조합을 만들어 내는 데 이야기 전체가 사용됩니다. 그 비결은 주로 문체에 있고, 특히 대화의 문체에 있습니다. 이야기 속의 오만하고 분별없고 호색적인 사람들은 주로 말을 함으로써 스스로와 그들이 속한 세계의 분위기 전체를 만들어 냅니다. 데 라 메어도 한편으로는 문체로, 다른 한편으로는 패를 다 보이지 않음으로써 성공합니다. 하지만 데이빗 린지는 가끔 (솔직히 말해) 형편없는 문체로 글을 쓰면서도 성공합니다. 그 이유는 그의 진짜 주제가 플롯처럼 연속적이고 시간 또는 유사-시간 속에서 벌어지는 강렬한 영적 여행이기 때문입니다. 찰스 윌리엄스[26]도 동일한 이점을 가졌지만 여기서는 그의 이야기를 많이 언급하지 않겠습니다. 그의 이야기들은 우리가 지금 고려하는 의미에서의 순수한 이야기가 거의 아니기 때문입니다. 그의 이야기들은 초자연적인 요소를 자유롭게 사용하지만 소설_novel_에 훨씬 가깝습니다. 그 안에는 믿음의 대상인 종교, 자세한 성격묘사, 심지어 사회풍자까지 있습니다.《호빗》은 단순한 플

---

26) Charles Williams, 1886-1945. 영국 시인, 소설가. 대표작《천상에서의 전쟁》.

롯과 흥분으로 전락할 위험을 대단히 특이한 어조의 전환으로 피합니다. 초반 몇 장의 유머와 아늑함, 순전한 '호빗스러움'이 서서히 잦아들면 우리는 미처 의식하지 못한 채 서사시의 세계로 들어갑니다. 그것은 두꺼비 집에서 벌어진 전투[27]가 중대한 원정*heimsókn*이 되고 오소리가 냘[28]처럼 말하기 시작한 것과 같습니다. 이런 식으로 하나의 주제가 사라지고 또 다른 주제가 나타납니다. 우리는 죽입니다만, 같은 여우를 죽이진 않습니다.

누군가는 왜 그토록 자주 수단과 목적이 충돌하는 것처럼 보이는 형식으로 글을 쓰라고 권해야 하는지 물을 수 있습니다. 그러나 저는 지금 위대한 시를 쓸 수 있는 사람이 시 대신 이야기를 써야 한다고 말하는 것이 아닙니다. 여하튼 로망스를 쓰는 사람이 목표로 삼아야 할 바를 제안하고 있을 뿐입니다. 저는 이런 종류의 좋은 작품이, 심지어 완전히 좋다고 할 수는 없는 작품이라도, 시가 결코 이를 수 없는 곳에 다다를 수 있다는 점이 사소하다고 생각하지 않습니다.

결론적으로, 모든 이야기의 핵심에 있는 주제와 플롯 사이의 이런 내적 긴장이 결국 이야기와 삶의 주된 유사점에 해당한다고 말한

---

27) 《버드나무에 부는 바람》에 나오는 내용.
28) Njal. 13세기 아이슬란드의 대표적 사가 《냘의 사가》의 주인공인 현자.

이야기에 관하여

다면 엉뚱한 소리처럼 들릴까요? 이야기가 주제를 구현하는 데 실패한다면 삶도 똑같은 실수를 범하지 않습니까? 이야기에서처럼 현실에서도 뭔가 일이 벌어질 수밖에 없습니다. 그것이 문제입니다. 우리는 하나의 상태를 붙잡으려 하지만 죽 이어지는 사건들만 보이고, 사건들 안에서는 상태가 전혀 구현되지 않습니다. 아틀란티스를 찾는다는 거창한 생각은 모험 이야기의 첫 장에서 우리 마음을 흔들어 놓지만, 여행이 일단 시작되면 그 생각은 단순한 흥분 가운데 허비되기 십상입니다. 현실에서도 매일매일의 세부적인 일들이 벌어지기 시작하면 모험 생각이 희미해집니다. 단순히 실제적 어려움과 위험이 그 생각을 밀어내기 때문만이 아닙니다. 다른 거창한 생각들—귀향, 사랑하는 사람과의 재회—도 비슷하게 손에 잡히지 않습니다. 인생에 실망할 일이 없어도 어쨌든 우리는 이곳에 있습니다. 이제 뭔가 일이 벌어질 것이고, 그다음에는 다른 일이 벌어질 겁니다. 그 모든 일이 다 즐거울 수도 있습니다만, 그런 일련의 사건들이 우리가 원했던 완전한 존재 상태를 제대로 구현할 수 있을까요? 작가의 플롯이 그물일 뿐이고 그나마도 대체로 불완전한 그물이며 실제로는 전혀 하나의 과정이 아닌 것을 포착하려는 시간과 사건의 그물이라면, 삶은 그보다 훨씬 나을까요? 다시 생각해 보니 《세상 끝의 우물》에서 마법이 서서히 희미해지는 것이 정말 결점인지 확신이 들지 않습니다. 그것은 진리의 이미지입니다. 참으로 예술은 삶이 할 수 없는 일을 해낼 거라는 기대를 받을 수 있습니다. 그리고 예술은 벌써 그 일을 했습니다. 새는 우리 손을 벗어났습니다. 그러나 새는 적어도 몇 장章에 걸쳐 그물에 걸려 있었습니다. 우리는 새를 가까이서 보았고 깃털도 즐겼습니다. 그만큼 할 수 있는 그물을 가진 '현실의 삶'이 얼마나 되겠습니까?

삶에서도 예술에서도, 우리는 연속적 순간들의 그물로 연속적이지 않은 어떤 것을 잡으려고 늘 시도하는 것 같습니다. 현실에서 우리에게 그 방법을 가르쳐 줄 수 있는 박사가 있는지, 그래서 마침내 그물망이 새를 잡을 만큼 촘촘하게 되거나 우리가 커다란 변화를 겪어 그물을 내던지고 새를 따라 새의 나라로 갈 수 있는지 여부는 이 에세이에서 다룰 질문이 아닙니다. 그러나 저는 이야기에서 이런 성취가 가끔 이루어진다고, 또는 거의 이루어질 뻔한다고 생각합니다. 그런 성취를 위한 수고가 시도할 만한 가치가 있다고 믿습니다.

II

찰스 윌리엄스의 소설

기록에 남아 있는 가장 어리석은 비평적 논평 중 하나가 리 헌트[1]의 펜 끝에서 나왔습니다. 《선녀여왕The Faerie Queene》에 있는 진정한 시적 향취가 《고대 로마 민요Lays of Ancient Rome》에는 없다고 불평한 대목이었습니다. 그를 변호해서 할 말이 있기는 합니다. 그는 다름 아닌 매콜리[2]에게 보낸 편지에서, 그것도 뭔가를 요청하는 편지에서 그 말을 남겼다는 것입니다. 매콜리가 네이피어Napier에게 보낸 편지에서 인정한 대로, 그것은 남자다운 행동이었습니다.[*] 그러나 비평으로서는 개탄스럽습니다. 찰스 윌리엄스의 이야기들에 대한 몇몇 비평들이 그와 같이 표적을 빗나가지 않았나 가끔 생각합니다.

찰스 윌리엄스의 이야기들이 종종 듣는 불평은 소위 현실적 요소와 환상적 요소를 섞는다는 것입니다. 저라면 구식 비평용어를

---

1) Leigh Hunt, 1784-1859. 영국 평론가, 시인.
2) Thomas Babington Macaulay, 1800-1859. 영국의 역사가, 정치가. 대표작 《고대 로마 민요》.
[*] 1842년 11월 16일자로 Macvey Napier에게 보낸 편지. *The Letters of Thomas Babington Macaulay*, ed. Thomas Pinney(1977).

사용하여 그의 이야기들 안에 '있을 법한Probable' 요소와 '경이로운 Marvellous' 요소가 섞여 있다고 말하겠습니다. 그 이야기들에는 우리 시대의 속어로 말하고 교외에서 사는 아주 평범한 현대인들이 나옵니다. 그런가 하면 유령, 마법사, 원형적 동물들 같은 초자연적 요소들도 나옵니다. 우선 이것이 두 가지 문학 장르의 혼합이 아니라는 점을 파악해야 합니다. 일부 독자들은 그렇게 생각하고 분개합니다. 그들은 '반듯한straight' 픽션, 즉 필딩[3]부터 골즈워디[4]에 이르는, 우리가 아는 그대로의 고전적 소설을 인정합니다. 다른 한편 일종의 울타리로 현실과 차단된 고유의 세계를 창조하는 순수 환상물, 즉 《버드나무에 부는 바람》이나 《바테크》[5], 《바빌론의 공주The Princess of Babylon》 등도 인정합니다. 그런데 그들은 윌리엄스의 작품이 독자에게 이 둘 사이를 오가도록 요구한다고 불평합니다. 하지만 윌리엄스는 사실 둘 중 어느 부류에도 속하지 않고 어느 쪽과도 다른 가치를 지닌 세 번째 종류의 책을 쓰고 있습니다. 우리는 그가 쓰는 그런 부류의 책을 읽을 때 먼저 이렇게 말하게 됩니다. "이 일상의 세계가 모종의 시점에 경이로운 세계의 침공을 받는다고 가정해 보자. 경계 침범이 일어난다고 가정해 보자."

---

3) Henry Fielding, 1707-1754. 영국 소설가.
4) John Galsworthy, 1867-1933. 영국의 극작가, 소설가.
5) *Vathek*. 영국 작가 윌리엄 벡퍼드의 장편소설. 칼리프 바테크의 일대기를 다룬 고딕소설.

이런 공식은 물론 새로운 것이 아닙니다. 이제 오십이 된 우리 대부분은 어린 시절에도 그림 형제의 동화와 네스빗E. Nesbit의 동화가 분명히 다르다는 것을 배웠습니다. 그림 동화는 독자를 고유의 법칙과 그곳 특유의 특징적 거주자들이 있는 새로운 세계로 데려갑니다. 그러나 네스빗 동화의 핵심은 토트넘 코트로드나 우중충한 하숙집에 갑자기 불사조 또는 부적이 침입한다는 상상이었습니다. 평범하고, 또 그런 의미에서 고전적인 유령 이야기도 같은 특징을 갖고 있습니다. 유령 이야기에 등장하는 장면과 인물들의 현실적이고 일상적인 특성은 유령이 주는 효과의 본질적인 부분입니다. 그래서 데라 메어는 훨씬 더 미묘한 방식으로 우리 모두가 아는 바로 그 세상에 바닥 모를 불안을 쏟아붓습니다. 《지킬 박사와 하이드 씨》는 신중하게 의도된 평범한 환경 속으로 그 이상한 공포를 밀어 넣습니다. F. 앤스티[6]는 코믹 환상물을 위해 사실적인 그물을 짭니다. 앨리스 연작과 걸리버 이야기의 재미도 상상력과 거리가 먼 주인공의 실제적인 성격 덕을 많이 봅니다. 앨리스가 공주라면, 걸리버가 낭만적인 항해자 또는 철학자라면, 그 효과가 죽어 버릴 것입니다. 그런데 이런 문학적 종류가 허용된다면, 두 가지 문학적 층위인 사실주의적 요소와 환상적 요소를 뒤섞는다는 불평은 무의미한 일이 분명합니다. 오

6) F. Anstey. 본명 토머스 앤스티 거스리, 1856-1934. 영국 소설가, 저널리스트.

히려 이런 종류의 이야기는 줄곧 나름의 층위를 유지합니다. 현실 세계에서 경계 침범이 일어났다고 가정하는 바로 그 층위 말입니다.

그런데 이런 문학의 종류를 허용할 수 있는지 의심하는 이들이 있습니다. 이러한 가정이 무슨 가치가 있느냐고 물을 수 있습니다. 저는 알레고리에서 해결책을 찾는 답변은 즉시 배제하겠습니다. 이 이야기들은 알레고리가 아닙니다. 그리고 저는 이 말을 서둘러 덧붙이고 싶습니다. 이런 종류의 이야기, 또는 다른 어떤 종류의 이야기라도 일단 만들어지면 독자가 원할 경우 얼마든지 알레고리로 바꿀 수 있으며 그것을 막을 도리는 없다는 것입니다. 우리가 마음만 먹으면 예술 안의 모든 것, 그리고 자연 속 거의 모든 것을 알레고리로 만들 수 있습니다. 중세사상사가 이것을 잘 보여 줍니다. 그러나 저는 작가들이 경계 침범을 다루는 이야기들을 알레고리로 썼다고도, 독자가 그렇게 읽어야 한다고도 생각하지 않습니다. 출발점은 가정입니다. "난쟁이들이 사는 나라를 발견한다고 가정해 보자. 두 사람이 몸을 바꿀 수 있다고 가정해 보자." 그 이하도 또한 그 이상도 요구되지 않습니다. 그러면 이제 이러한 가정이 어떤 의미가 있는지 질문해 봅시다.

물론 우리 중에는 이런 질문을 거의 떠올리지 않는 이들도 있습니다. 이런 식의 '가정하기'는 우리에게 양도할 수 없는 권리이자 인간 정신의 뿌리 깊은 습관으로 보입니다. 우리는 하루 종일 '가정'을 하므로 가끔 이야기 속에서 더 힘을 내어 더 일관되게 그렇게 해서는 안 될 이유를 모르겠습니다. 그러나 가정하는 일에 정당화가 필요하다고 느끼는 다른 이들을 위해, 저는 정당화를 제시할 수 있다고 생각합니다.

모든 가정은 관념적 실험입니다. 다른 식으로는 진행할 수 없기 때문에 관념을 가지고 진행하는 실험입니다. 그리고 실험의 기능은 우리가 실험하는 대상에 대해 더 많은 것을 가르쳐 주는 데 있습니다. 일상의 세계가 다른 어떤 것의 침입을 받는다고 가정할 때, 우리는 일상생활에 대한 관념이나 다른 어떤 것에 대한 관념 중 하나, 또는 둘 모두를 새로운 시험대에 올려놓습니다. 우리는 그 둘을 한데 모아놓고 어떤 반응이 일어나는지 봅니다. 우리의 실험이 성공한다면 침입을 당한 세계나 그 세계를 침입한 그 무엇에 대해, 또는 둘 모두에 대해서 보다 정확하고 풍부하게, 더 주의 깊게 생각하고 느끼고 상상할 것입니다. 그리고 물론 여기서 우리는 이런 종류의 작가들을 나누는 큰 구분에 이르게 됩니다.

일부 작가들은 일상생활이 이루어지는 세계에 대해서만 실험을 하고, 다른 작가들은 침입자에 대한 실험도 함께 진행합니다. 이것은 문학적 선택의 결과이기도 하지만, 작가들이 가진 철학의 결과이기도 합니다. 물론 어떤 이들은 잠재적 침입자의 존재를 믿지 않습니다. 그들이 침입을 가정하는 유일한 목적은 우리의 일상적이고 통상적인 경험을 이해하는 데 도움을 주려는 것입니다. 침입자의 존재가능성을 믿는 다른 이들은 침입자를 이해하게 해줄 빛도 그 가정에서 흘러나올 거라고(늘 그래야 할 필연성은 없지만) 기대할 수 있습니다. 이렇게 해서 우리는 두 종류의 침입 이야기를 만나게 됩니다.《반대로》[7]는 첫 번째 종류의 완벽한 사례입니다. 가루다 스톤의 유일한 기능은 벌티튜드 씨와 그림스톤 박사 및 기타 인물들을 다른 식으로는 불가능한 관계에 두어 독자가 그들의 반응을 볼 수 있게 하는 것입니다.《지킬 박사와 하이드 씨》도 그렇습니다. 두 자아를 분리시키는 장치는 물약과 분말에 관한 허튼소리고, 스티븐슨은 이 부분을 가볍게 다루고 넘어갑니다. 중요한 것은 그 결과입니다. 희극적 작가나 윤리적 색채가 강한 작가들은 흔히 이 방법을 채택합니다. 데 라 메어는 반대편의 극단에 있습니다. 그의 성취는 '우리 영혼이 미치는 범위 너머로 생각을' 일깨우고, 우리가 속한 상식적 세계의 위태로움을 실감나게 전달하고, '그 세계가 은폐하고 있는 것에 대한 작가의 불안한 인식을 독자와 공유하는 것'입니다. 데 라 메어는 이렇게 말합니다. "대단히 효과적이지는 않은 그 은폐가 몇 시간 동안 완전히 무너진다고 가정해 보자."

그런데 윌리엄스는 데 라 메어와 같은 쪽에 있습니다. 두 사람이

---

7) *Vice Versa*. F. 앤스티의 코믹 소설. 사업가 벌티튜드 씨와 기숙학교 학생인 아들 딕이 마법의 돌의 힘으로 서로 뒤바뀌는 소동을 그린 코믹 환상물.

다른 측면에서도 비슷하다는 뜻은 아닙니다. 그들이 지닌 상상력의 특성으로 보자면 두 사람은 더할 나위 없이 다릅니다. 데 라 메어의 세계는 어스름하고 고요하고 멀리 떨어진 세계, '은으로 씻긴' 황혼인 반면, 윌리엄스의 세계는 강렬한 색상, 진한 윤곽, 종소리 같은 낭랑함의 세계입니다. 데 라 메어의 글이 우리에게 기쁨을 주는 요소인 섬세함, 말하지 않은 것의 엄청난 중요성 따위를 윌리엄스 안에서 찾아봐야 헛수고일 것입니다. 윌리엄스의 독수리 같은 에너지, 화려함, 유쾌함, 신나는 특성을 찾아 데 라 메어를 뒤져봐도 똑같이 실망하게 될 것입니다. 그러나 이 한 가지 측면에서 둘은 똑같습니다. 둘 모두 경계 침범을 가정한 후, 경계의 양쪽 모두에 관심을 갖는다는 점입니다.

윌리엄스 이야기들에 대한 우선적이고 가장 단순한 접근법은 그 이야기들이 경계의 우리 쪽, 즉 사람의 통상적 경험을 밝혀 주는 빛에 주목하고 그 빛을 즐기는 것임이 분명합니다. 그의 이야기《사자의 자리》*는 제가 주로 거하는 세계인 학계에 대해 제가 감히 무시할 수 없는 빛을 비추어 줍니다. 여주인공 다마리스 타이게는 자기만족에 빠진 연구자의 극단적 사례입니다. 중세철학을 연구하는 그녀였

---

* *The Place of the Lion*(1931), *All Hallows' Eve*(1945), *Descent into Hell*(1937).

지만, 중세사상이 다루는 대상들에 어떤 실체가 있을 수 있다는 생각은 한 번도 못했습니다. 윌리엄스가 말해 주는 대로, 그녀는 [중세사상계라는] 학교가 배출한 최고의 수재가 아벨라르[8]와 성 베르나르[9]라고 여겼고, 자신은 그 학교의 교장이라기보다는 감독관 정도 된다고 보았습니다. 그러다 이런 가정을 해보게 됩니다. 중세사상의 연구 대상들이 결국 실재한다면 어떻게 될까? 그것들이 모습을 드러내기 시작한다면 어떻게 될까? 연구벌레 같은 내가 입심 좋게 분류하고 정리했던 것을 경험하게 된다면 어떻게 될까? 《사자의 자리》를 읽기 전부터 플라톤적 형상들이 무엇인지 알 만큼 다 알던 이들이라도 그 책을 읽고 나면 아마 연구자로서의 자신을 더 알게 되었다고 느낄 것입니다. [과거 사상가들보다] 자신이 우월하다고 생각하던 어리석음을 외부인의 시선으로 보게 되었으니까요. 우리가 그런 어리석음을 바로잡는 조치를 취하지 않는다면 그런 어리석은 우월감은 과거에 대한 우리의 모든 생각을 지배하게 될 것이 분명합니다.

《만성절 전야》에서 우리는 베티가 당하는 이상한 고통을 통해 자신을 전혀 방어할 줄 모르고 고결한 순수함을 갖춘, 충분히 가능하지만 잘 상상하기 힘든 성품을 접하게 됩니다. 그것을 다른 식으로

---

8) Abelard, 1079-1142. 프랑스의 스콜라 철학자, 신학자.
9) St. Bernard, 1090-1153. 클레르보의 수도원장, 신학자.

표현하자면, 그녀의 역사를 읽는 동안 오랜 세월 진부한 용도로 쓰였던 희생자victim라는 단어가 제 안에서 그 오래되고 신성하고 희생제사적인 위엄을 회복했고, 일상세계에 대한 저의 시각도 그에 비례하여 날카로워졌습니다.

참으로 이것은 윌리엄스의 가정들에 종종 따라오는 흥미로운 효과의 한 가지 사례일 뿐입니다. 이런 가정들은 선한 캐릭터의 창조를 가능하게 합니다. 픽션에서 선한 캐릭터를 만드는 일은 아주 어렵습니다. 대부분의 작가들에게는 선한 캐릭터를 만들 재료가 너무 부족하고, 우리 독자들은 선한 캐릭터들이 믿을 수 없는 것이기를 바라는 강한 무의식적 바람을 갖고 있기 때문입니다. 스콧[10]이 미덕을 제외한 모든 면에서 지니 딘스[11]를 우리보다 열등하게 만들어 우리의 감시를 얼마나 영리하게 피해 가는지 보십시오. 그런 설정은 우리의 비위를 맞춰 줍니다. 우리는 방심하게 되지요. 윌리엄스의 작품에서도 우리는 그와 유사하게 방심합니다. 우리는 이상한 상황에 처하는 착한 사람들을 보면서 그들이 선하다고 말할 생각을 잘 못합니다. 나중에 돌이켜 보고서야 우리가 허를 찔려 무엇을 받아들였는지 알게 됩니다.

---

10) Walter Scott, 1771-1832. 영국의 역사소설가, 시인, 역사가.
11) Jeanie Deans. 《미들로시언의 심장The Heart of Midlothian》의 주인공. 억울한 누명을 쓰고 감옥에 간힌 여동생의 사면을 얻기 위해 먼 길을 떠나는 올곧고 신심이 깊은 여인.

이 부분은 조금 후에 다시 다루겠습니다. 그 전까지는 평범한 세계를 밝히는 이런 면모가 윌리엄스 이야기의 절반일 뿐이라는 주장 또는 고백(어떻게 부르든 간에)을 되풀이해야겠습니다. 나머지 절반은 그가 다른 세계에 대해 말하는 내용입니다. 그런 것은 존재하지 않는다고 흔들림 없이 믿는 엄격한 유물론자에게는 이것이 호기심거리나 정신분석의 재료 이상일 수 없을 겁니다. 솔직히 말해 윌리엄스는 그런 독자들에게 말을 걸지 않습니다. 물론 그가 같은 종교인들에게만 말을 거는 것도 아닙니다. 노골적으로든 배타적으로든 기독교적 관념들이 우리 앞에 제시되는 일은 잘 없습니다. 그럼 무엇이 제시됩니까? 알 수 없는 것들에 대한 한 사람의 추측 정도가 제시됩니다. 그러나 처음부터 그런 가능성 자체를 배제하는 사람이 아니라면 누구나 한 사람의 추측이 다른 사람의 추측보다 나을 수 있다는 점을 인정할 것입니다. 그리고 우리가 한 사람의 추측이 참으로 뛰어나다고 생각할 경우, '추측guessing'이라는 단어가 거기에 합당한지 의심이 들기 시작합니다.

윌리엄스가 신비가였다고 주장하기는 주저가 됩니다. 신비가가 이미지를 거부함으로써 부정否定의 길을 따르는 사람을 뜻한다면, 그는 의식적이고 의도적으로 그와 반대의 길을 택했습니다. 두 가지 길 [즉 긍정의 길과 부정의 길] 사이의 선택, 두 길 모두의 적법성, 가치, 위험은 그가 즐겨 다루는 주제입니다. 그러나 확신하건대, 그의 경험은 내용과 질 모두에서 저의 경험과 달랐고, 그가 저보다 더 멀리 보고

이야기에 관하여

제가 모르는 것을 안다고 생각할 수밖에 없는 방식으로 달랐습니다. 그의 글은 말하자면 저 혼자서는 가본 적이 없는 곳으로 저를 데려갑니다. 하지만 그 이상한 장소는 우리가 분명히 아는 영역과 너무나 밀착되어 있어서 그곳이 꿈나라에 불과하다고 믿을 수가 없습니다.

이것을 짧은 인용으로 제대로 보여 주기란 불가능하지만, 그래도 제가 이것을 특별한 힘으로 느꼈던 대목들을 지목할 수는 있습니다. 《만성절 전야》의 마지막 장에 이르면, 물리적 의미에서 여러 날 동안 죽은 상태였던 레스터가 눈을 들고 아직 남은 최후의 분리가 임박했음을 깨닫습니다(전체 이야기를 다 하지 않고서 이 장면을 설명할 도리는 없습니다). 그때 이 말이 나옵니다. "모든 것, 모든 것이 끝나가고 있었다. 수없이 많은 전조 끝에 찾아온, 이것이 정말 죽음이었다. 이것은 가장 절묘하고 순수한 죽음의 기쁨이었다. ……그녀 위로 하늘이 시시각각 더 높아지고 더 공허해졌다. 모든 구름 너머의 근원에서 비가 쏟아져 내렸다."

또 다른 대목은 《지옥강하》 4장에 등장합니다. 임종의 자리에 선 노령의 마거릿은 자신이 산이자 그 산을 오르는 여행자라는 느낌을 동시에 받습니다. 그리고 "이제 그녀는 자신의 가장 작고 허약한 부분만이 높은 산 어딘가에 붙어 있음을 알았다. 그 산은 그녀 자신이자 타인들이자 각각의 그녀 아래 있는 온 세상이었다. 그녀 본인이 다른 모든 봉우리들의 일부였던 것이다." 물론 여러분은 윌리엄스가 그것을 어떻게 아느냐고 제게 반문하실 수 있습니다. 그가 죽음 너머의 세계나 죽기 직전의 세계에 대해 사실적인 세부사항을 알려준다든지, 그런 의미에서 그가 무엇을 안다는 뜻이 아닙니다. 다만 그가 자신이 아는 뭔가를 묘사하고 있으며, 그것은 그가 묘사하지 않았다면 제가 알지 못했을 내용이자 중요한 내용임을 확신합니다.

그런데 앞에서 제가 그의 선한 캐릭터들에 대해 말한 내용 때문에 그가 도덕주의자였다는 인상을 받는 분이 있을까 봐 크게 우려가 됩니다. 대중은 도덕적 책들을 불신합니다. 그런 불신이 완전히 잘못된 것은 아닙니다. 도덕은 문학을 충분히 자주 망쳐 놓았습니다. 일부 19세기 소설이 어떤 일을 겪었는지 우리 모두 기억합니다. 사실인즉 다음 단계로 넘어갈 준비도 안 된 채 의무를 깊이 자주 생각하는 단계에 이르는 것은 대단히 안 좋습니다. 사도 바울이 먼저 분명히 설명한 대로, 율법은 사람을 학교 정문까지만 데려다줍니다. 도덕은 초월되기 위해 존재합니다. 지금 우리는 의무감에서 행동하지만 언젠가 같은 행동을 자유롭고 기쁘게 할 수 있으리라는 희망이 있습니다. 우리가 언제까지나 도덕의 수준에만 머물지 않을 것임은 윌리엄스의 책들에 등장하는, 해방감을 안겨 주는 특성 중 하나입니다.

작지만 의미심장한 일이 하나 있는데, 그가 의외로 예절 개념을 확장한다는 사실입니다. 다른 이들이라면 섬김이나 이타성이라고 여길 것을 그는 좋은 예절이라고 여깁니다. 그 자체만 놓고 보면 그저 말장난일 수도 있습니다만, 여기서 제가 언급하는 예절은 사람의 전체적 태도를 가리키는 편리한 속기 기호일 뿐입니다. 이타성에는 무겁고 심각한 부분이 있는데, 거기에서 예절은 유쾌하거나 깍듯할 수 —혹은 유쾌하고 깍듯할 수— 있거든요. 그리고 윌리엄스의 모든 저술에서는 단순한 윤리적 태도를 이런 식으로 승화시키는 모습을 줄곧 볼 수 있습니다. 그의 세계는 험악하고 위험할 수 있지만, 장엄함과 충일함, 심지어 축제의 느낌, 근위병homestade과 기병cavalleria은 결코 사라지지 않습니다. 이것은 스피노자의 유쾌함[12]과 어느 정도 비슷합니다. 스피노자가 그의 철학을 기하학적 방법에서 춤으로 발전시킬 수 있었다면 말이지요. 윌리엄스의 초기 책들에서 보이는 주된 결점—대화가 경박함에 접근하는 위험천만한 모습—은 영적 삶에서 경험하는 즐거운 모험의 느낌을 표현하려는 미숙한 시도였습니다. 물론 일부 경건한 독자들은 윌리엄스가 시온Sion에서 너무나 편안해하는 것에 당혹스러움을 느끼기도 합니다. 혹시 그들은 다윗이 법궤 앞에서 춤을 추었다는 사실을 잊어버린 것일까요?

12) hilaritas. 정신과 신체에 동시에 관계하는 기쁨의 정서.

III

E. R. 에디슨에게 바치는 찬사

중년 남자가 자기 앞에 새로운 문이 열린 듯한 느낌을 주는 작가를 발견하기는 아주 드뭅니다. 그도 십 대와 이십 대에는 그런 느낌을 자주 맛보았지만 이제 그런 시절은 다 지났다고 생각하던 터였습니다. 에디슨의 영웅 로망스들은 그런 생각이 틀렸음을 증명해 주었습니다. 그의 책에는 문학의 새로운 종, 새로운 수사, 상상력의 새로운 분위기가 있었습니다. 그 효과는 쉬 사라지지 않는데, 이는 존재감이 남다르고 한결같은 개성적 인물의 전 생애와 힘이 배후에 버티고 있기 때문입니다. 더구나 그것은 작가와 성향이 비슷한 이들에게만 호소력을 발휘하는 자기표현이 아닙니다. 에디슨의 팬들은 나이와 성별을 뛰어넘고(저처럼), 그의 세계를 이질적이고 불길하게까지 느끼는 이들을 아우릅니다. 한마디로 에디슨의 책들은 무엇보다 예술작품입니다. 그리고 대체불가의 작품들입니다. 무자비함과 화려함, 무법적 사변과 날카롭게 구현된 세부사항, 냉소적인 것과 관대한 것의 이런 정교한 조합은 다른 어디서도 만날 수 없습니다. 에디슨을 떠올린다고 말할 만한 작가는 없습니다.

IV

어린이를 위한 글을 쓰는
세 가지 방법

어린이들을 위해 글을 쓰는 이들에게는 작업에 접근하는 세 가지 방법이 있다고 생각합니다. 두 가지는 좋은 방법이고, 하나는 대체로 나쁜 방법입니다.

저는 나쁜 방법을 상당히 최근에, 두 사람의 무의식적 증언을 통해 알게 되었습니다. 그중 한 사람은 자신이 쓴 이야기의 원고를 보내온 숙녀분이었습니다. 이야기에서 그녀는 요정이 아이에게 멋진 장치를 원하는 대로 다루게 했습니다. 제가 '장치'라고 말하는 것은 그것이 마법의 반지나 모자나 망토 같은 전통적 물건이 아니었기 때문입니다. 그것은 기계였고, 누를 수 있는 여러 꼭지와 손잡이와 버튼이 있는 물건이었습니다. 어떤 것을 누르면 아이스크림이 나오고 다른 것을 누르면 살아 있는 강아지가 나오는 식이었습니다. 저는 저자에게 그런 종류는 그다지 마음에 들지 않는다고 솔직히 말할 수밖에 없었습니다. 그녀는 이렇게 대답하더군요. "저도 그래요. 어찌나 지루한지 정신이 산만해질 정도예요. 하지만 현대의 어린이가 그런 걸 원하는걸요." 또 다른 증언은 이것입니다. 제가 쓴 첫 번째 이야기에서는 친절한 파우누스가 주인공인 어린 소녀에게 근사한 하이티_{high tea}

를 대접하는 장면이 길게 나옵니다. 어린 자녀를 둔 한 신사분이 이렇게 말하더군요. "아, 그 대목이 왜 나왔는지 알겠습니다. 성인 독자의 비위를 맞추려면 섹스를 내놓잖아요. 그래서 이렇게 생각하신 거군요. '아이들에게는 그것이 적당하지 않잖아. 아이들에게는 무엇을 제공해야 할까? 알았다! 꼬마 녀석들은 잘 먹는 장면이 많이 나오면 좋아하지.'" 하지만 실제로는 저 자신이 먹고 마시는 것을 좋아합니다. 저는 어릴 때 읽고 싶어 했을 내용이자 50대인 지금도 읽기 좋아하는 내용을 넣었습니다.

첫 번째 사례에 나온 여성분과 두 번째 사례에 등장한 기혼남 모두 어린이를 위한 글쓰기를 '대중에게 그들이 원하는 것을 주는 일'의 특별 분과로 생각했습니다. 어린이들은 물론 특별한 대중이니, 그들이 원하는 것을 알아내어 작가 본인이 전혀 좋아하지 않더라도 그것을 제공해야 한다는 거지요.

두 번째 방법은 첫눈에 첫 번째 방법과 아주 비슷해 보일 수 있지만, 제가 볼 때 둘 사이의 유사성은 피상적입니다. 두 번째 방법은 루이스 캐럴, 케네스 그레이엄, 톨킨의 방법입니다. 그들이 출간한 이야기는 특정한 어린이에게 들려준 이야기에서 자라난 것입니다. 육성으로, 아마도 즉석에서_ex tempore_ 들려주었겠지요. 이야기를 듣는 아이에게 아이가 원하는 것을 주려고 노력한다는 점에서 이것은 첫 번째 방법과 닮았습니다. 그러나 여기서 이야기꾼은 구체적인 한 사람, 다른 모든 아이와는 다른 눈앞의 아이를 상대하고 있습니다. 여기에는 우리가 인류학자나 외판원처럼 '지레짐작하여' 별도의 습성을 가졌다고 상상해 낸 이상한 種으로서의 '어린이들'이란 없습니다. 또한 이렇게 아이와 대면한 상태에서, 아이를 즐겁게 하려고 지어내긴 했지만 본인은 관심도 없거나 무시하는 것을 가지고 아이를 기쁘게 하기는 불가능할 겁니다. 확신컨대 아이는 그것을 꿰뚫어 볼 것입니다. 모든 인격적 관계에서 두 참여자는 서로를 바꿔 놓습니다. 이야기하는 어른은 아이에게 이야기를 하기 때문에 살짝 달라질 테고, 아이도 어른이 이야기를 건네기 때문에 살짝 달라질 것입니다. 그럼으로써 하나의 공동체, 하나의 복합적 인격이 만들어지고 거기서부터 이야기가 자라납니다.

제가 쓸 수 있었던 유일한 방법인 세 번째 방법은 자신이 말할 내용을 담아낼 최적의 예술형식이 어린이 이야기라서 어린이 이야기를 쓰는 것입니다. 작곡가가 장송곡을 쓰는 이유가 가까운 장래에 사회장社會葬이 있어서가 아니라 그에게 떠오른 어떤 음악적 착상이 그 형식에 가장 잘 어울리기 때문인 경우와 같습니다. 이 방법은 이야기 이외의 다른 종류의 어린이 문학에도 적용될 수 있습니다. 저는 아서 미[1]가 어린이를 만난 적이 없고 만나고 싶은 마음도 없었다는 말을 들었습니다. 그가 좋아서 쓴 글을 소년들이 즐겨 읽었다는 것은

---

1) Arthur Mee, 1875-1943. 영국 작가, 어린이 잡지 발행인.

그의 관점에서 보면 운이 좋았던 것이지요. 아서 미의 일화는 사실이 아닐지도 모르지만, 제 말의 의미를 잘 보여 줍니다.

'어린이 이야기'라는 종 안에서 우연히 제게 잘 맞았던 아종亞種들이 환상문학이나 (느슨한 의미에서의) 동화fairy tale입니다. 물론 어린이 이야기에는 다른 아종도 있습니다. 배스터블가家 아이들을 다룬 E. 네스빗의 3부작은 또 다른 아종의 아주 좋은 견본입니다. 이 3부작은 아이들이 읽을 수 있고 실제로 읽는다는 의미에서 '어린이 이야기'이지만, E. 네스빗이 유년기의 유머를 그렇듯 많이 담을 수 있는 유일한 형식이기도 합니다. 배스터블가 아이들이 그녀의 성인용 소설 중 한 편에 잠시 등장하여 어른의 관점에서 성공적으로 다뤄지는 것은 사실이지만, 아이들은 잠시만 등장하고 맙니다. 저는 그녀가 그런 식으로 이야기를 계속 끌고 갈 수 있었으리라 생각하지 않습니다. 우리가 어른이 바라보는 어린이에 대해 길게 쓰면 감상벽이 끼어들기 십상입니다. 그리고 우리 모두가 경험한 어린 시절의 현실은 빠져나가고 맙니다. 우리 모두가 기억하다시피, 우리의 실제 어린 시절은 어른들이 보았던 것과는 헤아릴 수 없을 만큼 달랐기 때문입니다. 그래서 마이클 새들러 경[2]은 어떤 새로운 실험학교에 대한 의견을 물

2) Sir Michael Sadler, 1861-1943. 영국의 교육자.

은 제 질문에 이렇게 대답했습니다. "거기 다닌 아이들이 장성해서 실제로 어떤 일이 있었는지 말해 줄 수 있을 때까지 저는 그런 실험들에 대해 아무 의견도 제시하지 않습니다." 이런 연유로 배스터블가 3부작은 그중 많은 사건이 전혀 그럴듯하지 않지만, 그래도 성인을 대상으로 쓴 대부분의 책에서 보는 것보다 어린이들에 대해 어떤 의미에서는 더 사실주의적 독서경험을 어른들에게 제공합니다. 그러나 반대로, 이 책을 읽는 어린이들에게는 스스로 깨닫는 것보다 훨씬 더 성숙한 일을 할 수 있게 해줍니다. 이 책 전체가 오스왈드[3]에 대한 성격연구요, 무의식적으로 풍자적인 자기묘사이거든요. 총명한 아이라면 누구나 그 내용을 충분히 이해할 수 있습니다. 하지만 다른 형식으로 된 성격연구라면 어떤 아이도 읽고 앉아 있지 않을 겁니다. 어린이 이야기가 이런 심리적 관심사를 전달하는 다른 방법도 있지만, 이 부분은 미뤄뒀다가 나중에 다루겠습니다.

배스터블가 3부작을 짤막하게 살펴본 결과 우리는 하나의 원리를 발견했습니다. 어린이 이야기가 작가가 하려는 말을 전달할 정확한 형식일 경우, 그것을 듣고 싶어 하는 독자들은 나이가 어떻든 그 이야기를 읽고 또 읽으리라는 사실입니다. 저는 이십 대 후반이 되어서야 《버드나무에 부는 바람》이나 배스터블가 아이들 시리즈를 만

---

3) 배스터블가 아이들 중 둘째. 이야기의 화자.

났지만, 그 책들을 즐기는 데 아무 문제가 없었습니다. 어린이만 즐기는 어린이 이야기는 시원찮은 어린이 이야기라는 것을 일반원리로 제시하고 싶을 정도입니다. 좋은 어린이 이야기는 오래갑니다. 왈츠를 추고 있을 때만 좋아할 수 있는 왈츠곡은 시원찮은 왈츠곡입니다.

이 원리는 저의 취향에 꼭 맞는 특정한 유형의 어린이 이야기, 즉 환상물이나 동화에 분명히 들어맞는 것 같습니다. 그런데 현대 비평계에서는 '성인용adult'이라는 분류를 칭찬의 용어로 씁니다. 비평계는 소위 '향수'에 적대적이고, 소위 '피터팬적 행태Peter Pantheism'를 경멸합니다. 그러다 보니 쉰세 살이 되어서도 여전히 난쟁이와 거인, 말하는 짐승들, 마녀들이 소중하다고 말하는 사람은 이제 늘 젊다고 칭찬받기보다는 발육정지로 찍혀 경멸과 연민의 대상이 될 가능성이 높습니다. 제가 이런 공격에 맞서 스스로를 변호하는 데 약간의 시간이나마 쓰는 것은 제 자신이 경멸과 연민의 대상이 되는 일이 크게 중요해서가 아니라, 그 변호 내용이 동화와 심지어 문학 일반에 대한 저의 전반적 견해와 관련이 있기 때문입니다. 저의 변호는 세 가지 명제로 이루어집니다.

(1) 우선 저는 '당신도 마찬가지tu quoque'라고 응수하겠습니다. '성인'이라는 단어를 단지 기술적 용어가 아니라 칭찬의 용어로 대하는 비평가들은 성인답다고 할 수가 없습니다. 자기가 다 컸는지 염려하는 것, 다 컸다는 이유로 어른을 흠모하는 것, 어린애 같다는 의심에 얼굴을 붉히는 것, 이 모두는 유년기와 청소년기의 표시입니다. 그리

고 이런 모습은 지나치지만 않다면 건강한 증상입니다. 어린 것들은 자라고 싶어 해야 마땅합니다. 그러나 중년이 되도록, 아니면 성인이 되고서도 성인됨에 대해 이렇게 염려하는 것은 진정한 발육정지의 표시입니다. 열 살 때 저는 동화를 몰래 읽었고, 그것을 들켰다면 부끄럽게 여겼을 것입니다. 이제 쉰 살이 된 저는 동화를 공개적으로 읽습니다. 어른이 되면 어린애 같은 상태에 대한 두려움과 정말 어른이 되고 싶은 갈망을 포함한 어린아이의 일을 버립니다.

(2) 현대의 견해는 잘못된 성장 개념을 담고 있는 것 같습니다. 사람들은 우리가 어릴 때 가졌던 취향을 잃어버리지 않았다는 이유로 발육정지라며 나무랍니다. 그러나 발육정지의 본질은 옛날 것을 잃어버리기를 거부하는 것이 아니라 새로운 것들을 더하지 못하는 게 아닐까요? 지금 저는 호크[4]를 좋아하는데, 아이 때는 좋아하면 안 되는 것이었습니다. 그러나 레몬스쿼시는 그때나 지금이나 여전히 좋아합니다. 저는 이것을 성장 또는 발전이라고 부릅니다. 제가 더 풍성해졌기 때문입니다. 전에는 한 가지 즐거움만 있던 분야였는데 이제 두 가지 즐거움을 알게 되었으니까요. 그러나 제가 레몬스쿼시에 대한 입맛을 잃어버린 다음에야 호크를 좋아하게 되었다면, 그것은 성장이 아니라 단순한 변화일 것입니다. 이제 저는 동화뿐 아니

4) hock. 독일산 백포도주.

라 톨스토이, 제인 오스틴, 트롤럽의 책들도 즐기고, 이것을 성장이라 부릅니다. 제가 소설가들을 얻기 위해 동화를 잃어야 했다면, 저는 제가 성장했다고 말하지 않고 변했다고만 말할 것입니다. 나무는 나이테를 더하는 방식으로 성장합니다. 하나의 역을 떠나서 다음 역으로 연기를 뿜으며 달려가는 열차의 움직임은 성장이 아닙니다. 사실 논거는 이보다 더 강력하고 복잡합니다. 저는 제 성장이 소설가들의 작품을 읽을 때만큼이나 동화를 읽을 때도 분명히 드러난다고 생각합니다. 어린 시절보다 지금 동화를 더 잘 즐기기 때문입니다. 이제는 더 많은 것을 집어넣을 수 있고 당연히 더 많은 것을 꺼낼 수 있습니다. 그러나 여기서 이 부분을 강조하지는 않겠습니다. 어린이 문학에 대한 변하지 않는 취향에 성인문학에 대한 취향이 더해진 것뿐이라 해도, 추가에는 여전히 '성장'이라는 이름이 붙을 자격이 있습니다. 그러나 짐 하나를 내려놓고 다른 짐을 싣는 과정은 성장이라 불릴 자격이 없습니다. 물론 성장의 과정에 부수적이고 불행한 모종의 상실이 따르는 것은 사실입니다. 그러나 그것은 성장의 본질이 아니고, 성장을 감탄스럽거나 바람직하게 만드는 요소도 분명 아닙니다. 만약 짐을 내려놓고 역을 떠나는 것이 성장의 본질이고 미덕이라면, 왜 성인에서 멈추어야 합니까? '노령의senile'는 어째서 칭찬의 용어가 될 수 없습니까? 이와 머리가 빠지는 일은 왜 축하하지 않습니까? 일부 비평가들은 성장과 성장의 대가를 혼동하고, 자연적으로 필요한 만큼보다 그 대가를 훨씬 더 크게 만들고 싶어 하는 듯합니다.

(3) 동화와 환상문학을 유년기와 연계시키는 모든 생각은 편협하고 돌발적입니다. 동화에 대한 톨킨의 에세이를 모두가 읽었으면 좋겠습니다. 그 에세이는 지금까지 그 주제에 누구보다 중요한 기여를 했을 겁니다. 그 글을 읽은 분이라면, 대부분의 시간과 장소에서 동화는 아이들을 위해 특별히 만들어진 이야기가 아니고 아이들만 즐기지도 않았음을 이미 아시겠지요. 빅토리아 시대 가정집에서 유행 지난 가구들이 유아방으로 넘어간 것처럼, 동화는 문학계에서 유행이 지나면서 유아방으로 넘어갔습니다. 사실 많은 어린이들은 말털 소파를 좋아하지 않듯이 이런 종류의 책을 좋아하지 않고, 많은 어른들은 흔들의자를 좋아하듯 동화를 좋아합니다. 그리고 어리든 나이가 들었든, 동화를 좋아하는 이들은 아마도 같은 이유로 좋아할 것입니다. 그러나 우리 중 누구도 그 이유가 무엇인지 자신 있게 말할 수 없습니다. 제가 가장 많이 떠올리는 두 가지 이론은 톨킨과 융의 이론입니다.

톨킨에 따르면,[*] 동화의 매력은 그 안에서 인간이 '하위 창조자 subcreator'로서의 기능을 가장 온전히 발휘한다는 사실에 있습니다. 요즘 사람들이 즐겨 쓰는 표현대로 '인생에 대한 진술'을 하는 것이 아니라 가능한 한 자기만의 하위 세계를 만드는 것 말입니다. 톨킨이

[*] J. R. R. Tolkien, 'On Fairy-Stories', *Essays Presented to Charles Williams*(1947), p. 66 ff.

볼 때 이것은 인간의 합당한 기능 중 하나이고, 그 일이 성공적으로 수행될 때마다 자연스럽게 기쁨이 일어납니다. 융은 동화가 집단무의식에 자리 잡은 원형들Archetypes을 해방시키고, 좋은 동화를 읽을 때 '너 자신을 알라'는 오랜 교훈을 따르게 한다고 봅니다. 여기다 제 이론을 조심스럽게 덧붙이겠습니다. 이 두 이론 같은 총체적 이론을 또 하나 제시하겠다는 것이 아니라 한 가지 요소를 추가하고 싶습니다. 그 요소는 인간이 아니면서도 다양한 양상으로 인간처럼 행동하는 존재, 즉 거인과 난쟁이와 말하는 짐승들의 존재입니다. 저는 이들이 소설적 표현보다 심리학과 성격유형을 더 간결하게 전달하고 소설적 표현을 이해하기 어려워하는 독자에게도 그것을 전달하는, 감탄할 만한 상형문자 정도는 된다(이들의 힘과 아름다움에는 다른 여러 원천이 있을 수 있으니까)고 믿습니다. 《버드나무에 부는 바람》에 나오는 오소리 씨를 생각해 보십시오. 그는 높은 신분, 거친 태도, 무뚝뚝함, 수줍음, 선함이 비범하게 혼합된 존재이지요. 오소리 씨를 한번 만난 아이는 이후 인간성과 영국 사회사에 대한 지식을 뼛속 깊이 간직하게 됩니다. 다른 방식으로는 얻을 수 없었을 지식이지요.

물론 모든 어린이 문학이 환상적 내용은 아니듯, 환상적 내용을 담은 모든 책들이 어린이 책일 필요는 없습니다. 우리 시대처럼 지독히 반反낭만주의적인 시대에도 성인을 위한 환상적 이야기를 쓰는 일은 여전히 가능합니다. 하지만 그렇게 하기 위해서는 더 유행하는 종류의 문학에서 일단 유명해질 필요가 있습니다. 그래야 그 이야기를 출간해 줄 출판사가 있을 것입니다. 그러나 환상문학뿐 아니라 어린이용 환상문학이 자신이 말하고 싶은 내용을 담아낼 적절한 형식임을 특정한 순간에 깨닫는 작가가 있을 수 있습니다. 이 구분은 미세한 것입니다. 그가 쓴 어린이용 환상문학과 성인용 환상문학은 평범한 소설이나 흔히 말하는 '어린이 생활 소설'과의 공통점보다는 서로간의 공통점이 훨씬 더 많을 것입니다. 참으로 같은 독자들이 그 사람의 환상적 '어린이물juveniles'과 성인용 환상 이야기를 모두 즐길 것입니다. 연령층을 고려한 깔끔한 책 분류가 출판사에는 중요할지 몰라도 실제 독자의 독서습관과는 피상적 관계밖에 없다는 사실을 이들은 이미 파악하고 있을 것입니다. 나이 들어서 유치한 책을 읽는다고 야단맞는 우리 같은 사람들은 어릴 때는 너무 어른용 책을 읽는다고 한소리씩 들었습니다. 유능한 독자는 시간표에 순응하여 죽 따라가지 않습니다. 그렇다면 어린이용과 성인용의 차이는 그야말로 미세합니다. 그래서 저는 무엇 때문에 생애 어느 해에 동화가, 그것도 어린이들을 겨냥한 동화가 바로 내가 써야 할 책이라고 생각하게 되었는지, 혹은 그런 생각이 불쑥 떠올랐는지 잘 모르겠습니다. 어린이용 환상물에서는 제가 빠뜨리고 싶은 것들을 빠뜨려도 될 것이라는, 또는 빠뜨려야만 할 거라는 생각도 있었던 것 같습니다. 여기서는 말과 행동에 책의 모든 힘을 쏟아부을 수밖에 없기 때문입니다. 어린이용 환상물은 친절하지만 분별력 있는 비평가가 '설명 마귀'라고 부른 것을 제어하게 만듭니다. 또한 분량 면에서 대단히 유익한 필연적

한계도 부과합니다.

제가 환상적 유형의 어린이 이야기 위주로 이 논의를 진행한 것은 이 유형을 제일 잘 알고 좋아하기 때문이지 다른 유형의 어린이 이야기를 비난하고 싶어서가 아닙니다. 그러나 다른 종류의 어린이 이야기를 좋아하는 분들은 환상적 유형의 어린이 이야기를 비난하려는 경우가 아주 많습니다. 거의 백년에 한 번씩 잘난 체하는 사람이 등장해 동화를 추방하려 시도합니다. 이 자리에서 제가 어린이들을 위한 읽을거리로서의 동화를 변호하는 말을 좀 해야 할 것 같습니다.

동화는 어린이들에게 그들이 사는 세상에 대한 잘못된 인상을 심어 준다는 비난을 받습니다. 그러나 제가 생각할 때 어린이가 읽을 수 있는 문학 중에서 동화만큼 잘못된 인상을 덜 심어 주는 것은 없습니다. 어린이를 위한 사실주의적 이야기를 자처하는 것들이 어린이들을 속일 가능성이 훨씬 높다고 봅니다. 저는 현실세계가 동화와 같을 거라고 생각한 적이 한 번도 없었습니다. 그러나 학교는 학교 이야기에 나오는 것과 같을 거라고 예상했던 것 같습니다. 환상문학은 저를 속이지 않았지만, 학교 이야기들은 저를 속였습니다. 어린이들이 주인공으로 등장해 자연법칙을 어기지 않는다는 의미에서 가능한, 그러나 개연성이 아예 없다고 할 만한 모험을 하고 성공을 거두는 모든 이야기들은 동화보다 거짓 기대를 불러일으킬 위험이 더 큽니다.

도피주의에 대한 대중적 비난에도 이와 거의 동일한 답변이 유효합니다. 다만 여기서는 문제가 약간 복잡합니다. 동화가 어린이들에게 현실세계의 문제를 직면하지 않고 소원성취의 세계—전문 심리학적 의미에서의 공상fantasy—로 물러나도록 가르칩니까? 문제가 미묘해지는 지점은 바로 여기입니다. 동화를 학교 이야기 또는 '소년 도서'나 '소녀 도서'('어린이 책'과 구분하여)라 불리는 다른 이야기와 다시 한번 나란히 놓아 봅시다. 둘 다 소원을 불러일으키고 상상 속에서 만족시켜 주는 것은 분명합니다. 우리는 거울을 통과하여 요정나라로 가는 것을 갈망합니다. 엄청나게 인기 있고 공부를 잘하는 남학생 여학생이 되는 것도, 스파이의 음모를 발견하거나 어떤 카우보이도 다룰 수 없는 말을 타는 운 좋은 아이가 되는 것도 갈망합니다. 그러나 두 갈망은 아주 다릅니다. 두 번째 갈망은, 특히 학교생활처럼 가까운 것을 대상으로 하는 갈망은 탐욕스럽고 아주 심각합니다. 상상의 수준에서 이루어지는 그런 갈망의 성취는 참으로 보상의 성격을 띱니다. 우리는 현실의 실망과 굴욕에서 그리로 달려가고, 더없이 불만스러운 상태로 현실세계에 돌아오게 됩니다. 그것은 전적으로 자아에 대한 아첨이기 때문입니다. 그런 책을 읽는 즐거움은 자신을 감탄의 대상으로 상상하는 데서 나옵니다. 그러나 다른 갈망, 즉 요정나라에 대한 갈망은 전혀 다릅니다. 어떤 의미에서 어린이는 소년이 축구팀 주전으로 맹활약하기를 갈망하는 방식으로 요정나라를 갈망하지 않습니다. 어린이가 동화에 나오는 온갖 위험과 불편함을 정말 말 그대로 갈망한다—현대 잉글랜드에 용이 나타나기를 정말 원한다—고 여기는 사람이 있을까요? 그렇지 않습니다. 요정나라는 알 수 없는 그 무엇에 대한 갈망을 일깨운다고 말하는 것이 좀 더 진실에 가깝습니다. 동화는 그가 닿을 수 없는 무엇에 대한 희미한 감각을 일깨우고 들쑤셔서 그의 평생을 풍성하게 해줍니다. 동화는 현실세계를 따분하게 만들거나 공허하게 만들기는커녕 새로운 차원의 깊이를 더합니다. 마법의 숲에 대해 읽은 어린이는 현실의 숲을 경멸하지 않습니다. 마법의 숲을 읽고 나면 모든 현실의 숲이 어느 정도 마법에 걸립니다. 이것은 특별한 종류의 갈망입니다. 제가 염두에 두고 있는 유형의 학교 이야기를 읽는 소년은 성공을 원하고 (책을 다 읽으면) 성공을 얻을 수 없기 때문에 불행해집니다. 동화를 읽는 소년은 무언가를 바라고 바란다는 사실 자체에 행복해합니다. 그의 마음은 자신에게 쏠려 있지 않기 때문입니다. 보다 사실주의적 이야기에서 흔히 볼 수 있는 것과는 다른 상황입니다.

소년소녀를 위한 학교 이야기를 써서는 안 된다는 말이 아닙니다. 그런 이야기들이 환상적fantastic 이야기보다 임상적 의미에서 '공상fantasies'이 되기 훨씬 쉽다는 의미입니다. 이 구분은 성인의 독서에도 유효합니다. 위험한 공상이 보여 주는 사실성은 언제나 피상적입니다. 희망적 몽상의 진짜 피해자는 《오디세이아》, 《태풍The Tempest》, 《뱀 우로보로스》를 즐기지 않습니다. 그는 백만장자, 거부할 수 없는 미인들, 호화 호텔, 야자수 해변, 침실 장면들에 대한 이야기들을 선호합니다. 실제로 벌어질 수 있는 일들, 벌어져야 마땅한 일들, 독자에게 정당한 기회가 주어졌다면 경험했을 일들에 대한 이야기이지요. 제가 말한 대로 갈망에는 두 종류가 있기 때문입니다. 하나는 아스케시스_askesis_, 즉 영적 훈련이고, 다른 하나는 질병입니다.

어린이 문학으로서의 동화에 대한 훨씬 더 심각한 공격은 아이들이 겁에 질리기를 원하지 않는 이들로부터 옵니다. 저도 어린 시절에 밤의 두려움에 너무 많이 시달렸던 터라 이 반론을 과소평가할 수가 없습니다. 저는 어떤 아이에 대해서든 그런 개인적 지옥의 불이 더 뜨거워지는 상황은 원치 않습니다. 그러나 저의 두려움 중 어느 것도 동화에서 나오지 않았습니다. 저는 거대한 곤충을 특히 무서워했고 유령이 두 번째로 무서웠습니다. 유령이 동화에서 나온 것은 분명히 아니지만 직간접적으로 이야기에서 나온 것 같기는 합니다. 하지만 곤충은 이야기에서 나온 것 같지 않습니다. 집게, 아랫턱, 다리가 많이 달린 끔찍한 것들의 눈에서 저를 구하기 위해 부모님이 무슨 일을 하거나 하지 않을 수 있었는지 모르겠습니다. 수많은 사람들이 지적한 대로, 이 부분이 바로 어려운 점입니다. 무엇이 이런 특정한 방식으로 아이에게 겁을 주거나 겁을 주지 않을지 우리는 모릅니다. 제가 '이런 특정한 방식으로'라고 말하는 것은 여기에 구분이 필요하기 때문입니다. 아이들을 겁에 질리게 만들어서는 안 된다는 이들은 두 가지 의미로 그렇게 말할 수 있습니다. 먼저 (1) 일상적 용기로 대처할 수 없는, 도무지 떠날 줄 모르고 아무것도 못 하게 만드는 병리적 두려움, 즉 공포증phobia을 아이가 갖게 해서는 안 된다는 의미일 수 있습니다. 아이의 마음은 한번 생각하면 감당할 수 없는 것들로부터 가능한 한 멀리 떨어져 있어야 합니다. 그리고 (2) 어린이가 죽음, 폭력, 상처, 모험, 영웅적 행위와 비겁함, 선과 악이 있는 세계에 태어났다는 지식을 갖지 못하게 해야 한다는 의미일 수 있습니다. 그들의 말이 첫 번째 의미라면 저는 동의합니다만, 두 번째 의미라면 동의할 수 없습니다. 두 번째 것은 참으로 아이에게 잘못된 인상을 심어 주고 나쁜 의미에서의 도피주의를 심어 주는 일일 것입니다. 오게페5)와 원자폭탄이 있는 세상에 태어난 세대를 그런 식으로 교육한다는 생각은 터무니없습니다. 그들은 잔인한 적들을 만날 가능성이 너무나 높으니, 적어도 용감한 기사와 영웅적 용기에 대해 듣게 해줍시다. 그렇지 않으면 그들의 운명을 오히려 더 어둡게 만들 것입니다. 우리 대부분이 볼 때 이야기에 나오는 폭력과 유혈사태는 아이들의 머릿속에서 떠날 줄 모르는 두려움을 만들어 내지 않습니다. 이 점에 관한 한, 저는 당당히 인류의 편에 서서 현대의 개혁자들에 맞서겠습니다. 사악한 왕들과 참수, 전투와 지하감옥, 거인과 용들이

---

5) Ogpu. 통합국가정치국, 구소련 비밀경찰첩보조직 KGB의 전신.

있게 하고, 악당들이 책 끝에서 철저히 죽임을 당하게 하십시오. 그무슨 말에도 저는 이런 이야기가 평범한 어린이가 느끼기를 원하고 느낄 필요가 있는 두려움(살짝 겁을 먹는 것은 어린이가 원하는 바이니까요)과는 다른 종류의 두려움 또는 그 이상의 두려움을 초래한다고 믿지 않을 것입니다.

다른 두려움, 즉 공포증은 문제가 다릅니다. 저는 문학적 수단으로 공포증을 통제할 수 있다고 믿지 않습니다. 우리는 공포증을 이미 가진 채로 세상에 들어오는 것 같습니다. 아이를 공포에 떨게 하는 특정한 이미지가 때로는 책에서 본 것일 수 있음은 분명합니다. 그러나 그 책이 두려움의 근원일까요, 아니면 두려움의 계기를 제공했을 뿐일까요? 아이가 그 이미지를 피했다면 뭔가 다른 것, 우리가 예측할 수 없었던 그 무엇이 같은 효과를 내지 않았을까요? 체스터턴은 앨버트 기념비[6]를 세상의 다른 어떤 것보다 무서워했던 소년의 이야기를 들려주었습니다. 제가 아는 한 사람은 유년기에 가장 두려워한 대상이 《브리태니커 백과사전》의 인도판이었다는데, 그 이유는 전혀 뜻밖이었습니다. 하지만 놀랄 만한 일이 전혀 일어나지 않는 어린이 생활을 다룬 흠 없는 이야기만 아이에게 읽게 하면, 정작 아이

---

6) Albert Memorial. 1861년 남편 앨버트 공이 세상을 떠나자 빅토리아 여왕이 그를 기리기 위하여 세우도록 한 기념비. 기념비 가운데에 앨버트 공의 동상이 있다.

가 갖고 있는 공포는 몰아내지 못한 채 그 공포를 고결하게 하거나 참을 만하게 만드는 요소를 전부 몰아낼 수 있다고 생각합니다. 동화에는 끔찍한 존재도 있지만 태고의 위로자들과 보호자들, 빛나는 이들도 나옵니다. 그리고 끔찍한 존재들은 끔찍하기만 한 게 아니라 숭고합니다. 침대에 누운 어떤 아이도 뭔가 소리를 듣거나 들었다고 생각하고 겁에 질리는 일이 아예 없다면 좋을 것입니다. 그러나 아이가 겁에 질리게 된다면, 강도만 떠올리기보다는 거인과 용을 떠올리는 것이 더 낫다고 저는 생각합니다. 그리고 경찰 생각보다는 성 게우르기우스[7]나 갑옷 입은 빛나는 수호자가 더 나은 위로가 된다고 생각합니다.

저는 여기서 한 걸음 더 나아가려 합니다. 제가 '요정'을 알지 못하는 대가를 치르고 밤의 두려움들을 모두 피할 수 있었다면, 그런 거래로 지금 더 많은 것을 얻었을까요? 경솔하게 말하는 것이 아닙니다. 밤의 두려움들은 아주 나쁜 것이었습니다. 그러나 저는 [요정을 알지 못하는] 대가가 너무 컸을 거라고 생각합니다.

제가 주제에서 너무 멀리 벗어났군요. 어린이 이야기를 쓰는 세

---

7) St. George. 가톨릭·정교회의 성인으로 잉글랜드, 기사 등 무수히 많은 것의 수호성인. 용을 잡은 전설로 유명하다.

가지 방법 중에서 제가 경험적으로 아는 방법이 세 번째 방법뿐이기 때문에 어쩔 수 없었습니다. 이 에세이의 제목만 보고 제가 어린이를 위한 이야기 쓰는 법을 조언할 만큼 자만심이 강한 사람이라고 생각하는 분은 없었으면 합니다. 제가 그런 조언을 하지 않는 데는 두 가지 아주 타당한 이유가 있습니다. 첫째, 많은 사람들이 저보다 훨씬 더 좋은 이야기들을 썼고, 저는 그런 기술을 가르치겠다고 나서기보다는 배우고 싶은 마음입니다. 둘째, 어떤 의미에서 저는 정확히 말하면 이야기를 '만든' 적이 없습니다. 제게 이야기를 짓는 과정은 말을 하거나 건물을 짓는 일보다는 새를 관찰하는 일에 더 가깝습니다. 저는 그림들을 봅니다. 그 그림들 중에는 그것들을 한 무리로 아우를 만한 공통의 정취, 공통의 냄새 같은 것이 있습니다. 가만히 지켜보고 있으면 그림들이 저절로 한데 모이기 시작합니다. 아주 운이 좋다면(저는 그만큼 운이 좋은 적은 한 번도 없었습니다.) 완결된 세트가 일관성 있게 한데 모여서 제가 아무것도 하지 않아도 완전한 이야기가 갖추어질 겁니다. 그러나 대부분의 경우(제 경험으로는 언제나) 여러 빈틈이 있습니다. 그러면 결국 뭔가를 의도적으로 지어내야 하고, 캐릭터들이 이 여러 장면에서 이런 다양한 일들을 해야 하는 이유들을 생각해 내야 합니다. 저는 이것이 이야기를 쓰는 보통의 방식인지 아닌지 모르고, 최선의 방식인지는 더더욱 모릅니다. 다만 제가 아는 유일한 방법입니다. 늘 이미지가 먼저 떠오릅니다.

글을 마치기 전에, 처음에 했던 말로 돌아갔으면 합니다. 저는

'현대의 아이들은 무엇을 좋아하는가?'라는 질문으로 시작하는 일체의 접근법을 거부했습니다. 누군가는 제게 이렇게 물을 수 있을 것입니다. "당신은 '현대의 아이들에게 무엇이 필요한가?'라는 질문으로 시작하는 접근법, 다시 말해 도덕적 교육적 접근방식도 거부합니까?" 저의 대답은 '그렇다'입니다. 이야기에 교훈이 있는 것을 싫어해서가 아닙니다. 아이들이 교훈을 싫어한다고 생각해서도 아닙니다. 그보다는 '현대의 아이들에게 무엇이 필요한가?'라는 질문에서 출발해서는 훌륭한 교훈이 나오지 않는다고 확신하기 때문입니다. 그런 질문을 한다면 지나치게 거만한 태도를 갖고 있는 것입니다. 그보다는 '나에게는 어떤 교훈이 필요한가?'라고 묻는 편이 나을 것입니다. 작가가 깊이 관심을 갖는 문제가 아니라면 어떤 연령층의 독자라도 크게 관심 갖지 않을 것이라고 저는 확신합니다. 그러나 교훈 운운하는 질문들은 아예 하지 않는 것이 가장 좋겠습니다. 그림들이 자기만의 교훈을 말하게 하십시오. 그림들에 내재한 교훈은 작가의 인생 전 기간에 걸쳐 성공적으로 뿌리내린 영적 뿌리에서 자란 것이기 때문입니다. 그러나 그림들에서 어떤 교훈도 보이지 않거든 따로 교훈을 집어넣지는 마십시오. 그렇게 집어넣은 교훈은 의식의 표피에서 걷어올린 진부한 말, 또는 심지어 거짓말일 가능성이 높기 때문입니다. 아이들에게 그것을 건네는 것은 부적절합니다. 도덕적 영역에서는 아이들이 우리 못지않게 지혜로울 것이라는 권위 있는 분의 말씀을 듣지 않았습니까. 교훈 없이 어린이 이야기를 쓸 능력이 있는 사

이야기에 관하여

람이라면 그렇게 하는 편이 낫습니다. 어린이 이야기를 쓰겠다면 말이지요. 조금이라도 가치가 있는 유일한 교훈은 작가의 마음씨 전체에서 필연적으로 우러나는 교훈입니다.

참으로 이야기 안의 모든 것은 작가의 마음씨 전체에서 나와야 합니다. 우리는 자신의 상상 속에서 어린이들과 공유하는 요소들을 가지고 어린이들을 위해 글을 써야 합니다. 우리 작가들과 어린 독자들의 차이는 우리가 다루는 내용에 대한 작가의 관심이 어린이 독자에 못 미치거나 그보다 진지하지 못하다는 의미여서는 안 됩니다. 우리에게는 어린이들과 공유하지 않는 다른 관심사가 있다는 의미여야 합니다. 우리 이야기의 내용은 자신의 마음에서 늘 자리를 차지하고 있는 것이어야 합니다. 저는 모든 위대한 어린이 책 작가들이 그러했다고 생각합니다만, 사람들은 이 사실을 대체로 이해하지 못하고 있습니다. 얼마 전 한 비평가는 아주 진지한 동화를 칭찬하며 저자의 혀가 "한 번도 볼 안으로 들어가지 않았다"라고 말했습니다.[8] 하지만 도대체 왜 그래야 할까요? 시드케이크를 먹고 있었던 게 아니라면 말이지요. 제가 볼 때 우리가 어린이들과 공유하는 것은 부정적 의미에서 다 '어린애 같고' 어린애 같은 것은 모두 희극적이라는 생각은 동화 쓰기에 더없이 해로운 듯합니다. 어린이들과 우리가

---

8) '볼 안의 혀tongue in cheeks'는 농담, 우스갯소리를 말한다.

대등한 본성의 영역에서는 그들을 대등한 존재로 만나야 합니다. 어린이들에 대한 어른 작가의 우월성은 다른 영역들에서 뜻대로 할 수 있다는 점과 어린이보다 이야기를 더 잘한다는 사실(이쪽이 더 적절하지요)에 있습니다. 작가는 독자인 어린이를 깔보고 가르치려 해서는 안 되고 우상화해서도 안 됩니다. 인간 대 인간으로 그들에게 말해야 합니다. 그러나 최악의 태도는 어린이들을 싸잡아서 우리가 다루어야 할 일종의 원재료로 여기는 전문가적 태도일 것입니다. 물론 우리는 어린이에게 해를 끼치지 않으려고 노력해야 합니다. 전능자께서 도우시면 때로는 우리가 그들에게 유익을 끼치기를 감히 바랄 수도 있습니다. 그러나 그것은 어린이들을 존중할 때만 기대할 수 있는 유익입니다. 우리가 신의 섭리나 운명의 여신이라도 되는 양 상상해서는 안 됩니다. 교육부에 있는 사람이 어린이를 위한 좋은 이야기를 쓸 수 없다고 말하지는 않겠습니다. 무슨 일이든 가능하니까요. 그러나 그럴 가능성은 대단히 낮다고 봅니다.

한번은 호텔 식당에서 제가 다소 큰소리로 이렇게 말했습니다. "나는 말린 자두가 싫어." "나도 싫어요." 다른 식탁에서 뜻밖에 들려온 여섯 살배기의 목소리였습니다. 공감이 즉각적으로 생겨났습니다. 우리 둘 다 그 말이 우습다고 생각하지 않았습니다. 말린 자두는 너무 고약해서 전혀 우습지 않다는 것을 우리 둘 다 알고 있었으니까요. 어른과 어린이가 독립적 인격체로 제대로 만난 것이지요. 아이와 부모 또는 아이와 교사 사이의 훨씬 더 고차원적이고 어려운 관계에 대해서는 아무 말도 하지 않겠습니다. 작가는 단지 작가일 뿐이고 그 모든 관계 바깥에 있습니다. 그는 삼촌이라고도 할 수 없습니다. 우편배달부, 정육점 주인, 옆집 개처럼 자유인이고 대등한 존재입니다.

V

때로는 해야 할 말을
동화가 가장 잘 전할 수도 있다

타소[1]는 다들 시인(그들이 말하는 시인은 모든 문학작가를 아울렀습니다)이 "즐겁게 하고 가르침을 주어야" 한다고 말하던 16세기에 중요한 구분을 했습니다. 그는 시인으로서의 시인은 독자를 즐겁게 하는 데만 관심을 갖는다고 말했습니다. 그러나 모든 시인은 인간이자 시민이기도 했으니 자신의 작품이 즐거움뿐 아니라 교훈도 주도록 만들어야 마땅하고 그렇게 되기를 바랐을 것입니다.

그런데 저는 '즐겁게 함'과 '교훈을 줌'이라는 르네상스의 개념을 아주 충실히 따를 마음은 없습니다. 어느 쪽 용어든 받아들이려면 먼저 그에 대한 진지한 재정의가 필요할 테고, 마지막에 남는 개념이 보존할 만한 가치가 없을 수도 있습니다. 제가 쓰고 싶은 구분은 작가로서의 작가와 인간이자 시민 또는 그리스도인으로서의 작가라는 구분이 전부입니다. 저에게 이 구분은 문학작품을 쓰는 데 흔히 두가지 이유가 있음을 의미합니다. 그것을 '작가'의 이유와 '사람'의 이

---

1) Tasso, 1544-1595. 이탈리아 시인.

유라고 할 수 있습니다. 만약 이 둘 중 하나만 있다면, 저의 경우에 책이 써지지 않을 것입니다. 첫 번째가 없다면 책을 쓸 수가 없을 테고, 두 번째가 없다면 책을 써서는 안 될 것입니다.

'작가'의 마음에서는 가끔 이야기의 재료가 솟아오릅니다. 제게 그것은 어김없이 심상으로 시작합니다. 이런 심상 형성에 이어 시나 산문, 짧은 이야기, 소설, 희곡 등의 형식을 향한 갈망이 따라오지 않으면 아무 일도 일어나지 않습니다. 이 두 가지가 맞아떨어질 때 '작가'의 충동이 완성됩니다. 그리고 이제 작가의 내면에 있던 그것은 밖으로 나가겠다고 요동을 칩니다. 작가는 솟아나는 재료를 특정한 형식 안에 붓고 싶어 합니다. 주부가 새로 만든 잼을 깨끗한 잼 단지에 붓고 싶어 하듯 말입니다. 그것은 하루 종일 작가를 괴롭히고 그가 하는 일과 수면과 식사를 방해합니다. 사랑에 빠지는 것과 비슷하지요.

'작가'가 이런 상태일 때 '사람'은 당연히 제시된 작품을 전혀 다른 관점에서 비평해야 할 것입니다. 그는 이 충동을 만족시키는 일이 그가 원하는 일이나 해야 하는 일, 또는 갖춰야 할 다른 모든 것과 조화를 이룰 수 있는지 물을 것입니다. 어쩌면 이 일 전체가 너무 경박하고 하찮아서 ('작가'의 관점이 아니라 '사람'의 관점에서) 거기에 들어갈 시간과 수고를 정당화할 수 없을지도 모르지요. 써놓고 보니 교훈적이지 않을 수도 있습니다. 또, 문학적 의미에서만이 아니라 모든 면에서 '좋아' 보일 수도 있습니다(이 지점에서 '작가'는 생기를 띱니다).

이 상황이 다소 복잡하게 느껴질 수 있지만 다른 일들을 결정하는 방식과 사실상 똑같습니다. 어떤 소녀에게 마음이 끌린다고 합시다. 그런데 과연 그녀와 결혼하는 것이 지혜롭거나 올바른 일일까요? 점심식사로 랍스터를 먹고 싶다고 합시다. 그런데 그 음식이 몸에 잘 받을까요? 한 끼 식사로 그렇게 많은 돈을 쓰는 것은 부당할까요? '작가'의 충동은 하나의 욕망이고(가려움과 아주 비슷합니다) 다른 모든 욕망과 마찬가지로 온전한 '사람'의 비평을 받을 필요가 있습니다.

이제 이것을 저의 동화에 적용해보겠습니다. 어떤 분들은 제가 기독교에 대한 내용을 어린이들에게 어떻게 말할지 자문해 본 다음, 동화를 그 도구로 정하고, 이후 아동심리학에 대한 정보를 모아 어떤 연령층을 대상으로 삼을지 결정하고, 기독교의 기본 진리들의 목록을 작성하고, 그 진리들을 구현할 '알레고리'를 짜냈다고 생각하는 것 같습니다. 전부 허튼소리입니다. 저는 그런 식으로 글을 쓸 수 없었습니다. 모든 것은 이미지에서 시작되었습니다. 우산을 든 파우누스, 썰매를 탄 여왕, 위엄 있는 사자. 처음에는 거기에 기독교적인 색채가 전혀 없었습니다. 기독교적인 요소는 저절로 나타났습니다. 그것은 마음속에서 솟아오른 재료의 일부였습니다.

형식은 그다음에 정해졌습니다. 여러 이미지가 저절로 모여 사건들을 이루었는데(즉 이야기가 되었는데) 그 사건들에는 연애나 엄밀한 심리묘사가 필요하지 않은 듯했습니다. 그리고 이런 것들을 배제하는 형식이 동화입니다. 이것을 생각한 순간, 저는 동화라는 형식 자체와 사랑에 빠졌습니다. 그 간결함, 묘사에 대한 엄격한 제약, 유연한 전통주의, 모든 분석과 여담과 사색과 '허풍'에 대한 강경한 반대. 저는 그 형식에 매료되었습니다. 어휘의 큰 제약도 매력으로 다가왔습니다. 돌의 단단함이 조각가를 기쁘게 하듯, 소네트의 어려움이 소네트 시인을 기쁘게 하듯 말입니다.

이런 상황에서 저는 ('작가'로서) 동화를 썼습니다. 제가 말할 내용을 담기에 동화가 이상적인 형식으로 보였기 때문입니다.

그다음에 물론 제 안의 '사람'이 자기 차례를 맡았습니다. 저는 이런 종류의 이야기들이 어떻게 어린 시절 저의 종교를 상당 부분 마비시켰던 '억제'를 몰래 넘어서는지 알 것 같았습니다. 하나님이나 그리스도의 고난에 대해 느껴야 마땅하다고 들었는데 왜 그대로 느끼기가 그토록 어려울까요? 저는 그 주된 이유가 느껴야 한다는 말을 들어서라고 생각했습니다. 느껴야 한다는 의무감은 느낌을 얼어붙게 만들 수 있습니다. 외경심 자체가 해를 끼친 것이 분명합니다. 전체 주제가 의학적인 것이라도 되는 듯 다들 목소리를 낮추어 그것에 대해 말했습니다. 그러나 그 모든 것을 상상의 세계로 보내어 그것을 떠올릴 때 연상되던 스테인드글라스와 주일학교의 이미지를 벗겨 낸다면 어떨까요? 그것이 그 진정한 힘을 그대로 간직한 채 처음으로 모습을 드러내게 만들 수 있을까요? 이렇게 해서 경계하는 용들을 몰래 지나칠 수 있을까요? 저는 그럴 수 있다고 생각했습니다.

이것이 '사람'의 동기였습니다. 그러나 '작가'가 먼저 끓어오르지 않았다면 물론 '사람'은 아무 일도 못해냈을 것입니다.

제가 줄곧 '어린이 이야기'가 아니라 동화fairy tales에 대해 말해왔음을 알아채셨을 겁니다. J. R. R. 톨킨 교수는 《반지의 제왕》에서* 동화와 어린이의 연관성은 출판사와 교육자들이 생각하는 것만큼 긴밀하지 않다는 것을 보여 주었습니다. 동화를 좋아하지 않는 어린이도 많고 동화를 좋아하는 어른도 많습니다. 동화가 지금 어린이와 연계된 것은 톨킨 교수가 말한 대로 어른들에게 유행이 지났기 때문입니다. 예전에 오래된 가구가 유아방으로 들어갔던 것처럼 동화도 유아방으로 밀려난 것입니다. 어린이들이 그것을 좋아하기 시작해서가 아니라 어른들이 좋아하지 않게 되었기 때문에 벌어진 일이지요.

그러므로 제가 '어린이를 위해' 책을 쓴 것은 어린이들이 좋아하지 않거나 이해하지 못할 것 같은 내용을 배제한다는 의미일 뿐, 성인의 관심을 끌 수 없는 글을 쓰겠다는 의미는 아니었습니다. 물론 제가 착각했을 수도 있지만, 이 원칙을 지키면 적어도 깔보는 태도는 갖지 않게 됩니다. 저는 누군가에게 맞추기 위해 작품의 수준을 낮추어 쓰지 않았습니다. 유년기에만 읽을 가치가 있는 책은 유년기에

---

* 나는 루이스가 정말 의미한 글은 Tolkien 교수의 다음 에세이라고 생각한다. 'On Fairy-Stories', *Essays Presented to Charles Williams*(1947), p. 58.

도 읽을 가치가 없다는 것이 저의 견해입니다. 이 견해가 제 작품을 비난할 근거가 될지 자유롭게 해줄지는 모르겠습니다. 저는 제 이야기가 어린이의 마음속에 들어가 '억제'를 극복하게 해주길 바랐는데, 그런 억제는 성인의 마음에도 존재할 수 있고 어쩌면 같은 방법으로 극복할 수 있을지도 모릅니다.

일부 독자들은 환상적 양식이나 신화적 양식을 어떤 나이에도 읽는 반면, 다른 독자들은 어떤 나이에도 읽지 않습니다. 작가가 잘 구사한 이런 양식이 적당한 독자를 만나면 독자의 나이와 상관없이 동일한 힘을 발휘합니다. 이 양식은 일반화하되 구체성을 유지하며, 개별 개념들이나 경험들이 아니라 경험이라는 부류 전체를 구체적 형식으로 제시하고 관계없는 것들은 던져버립니다. 그러나 최상의 동화는 더 많은 것을 할 수 있습니다. 그것은 우리에게 이전에 한 번도 해보지 못한 경험을 제공하여, '인생에 대한 진술' 대신에 인생에 뭔가를 덧붙이게 할 수 있습니다. 물론 저는 지금 최상의 동화에 대해 말하는 것이지 그런 동화를 쓰려던 저의 시도들을 말하는 것이 아닙니다.

'어린이물', 그게 어떻다는 겁니까! 어린이들이 잠을 잘 잔다고 잠을 깔보아야 하겠습니까? 어린이들이 꿀을 좋아한다고 꿀을 깔보아야 하겠습니까?

VI

어린애 같은 취향에 관하여

얼마 전 어느 잡지에서 "어린이는 별개의 종種"이라는 진술을 보 았습니다. 오늘날 소위 어린이 책 또는 '어린이물'을 집필하는 많은 이들과 그런 책을 비평하는 더 많은 이들이 그런 생각을 갖고 있는 것 같습니다. 어린이는 어쨌든 별도의 문학적 종으로 여겨지고 있고, 그들의 소위 이상하고 낯선 취향에 영합하는 책들을 생산하는 일이 하나의 산업, 그것도 꽤 규모 있는 산업이 되었습니다.

제가 볼 때 이 이론은 사실로 뒷받침되지 않습니다. 우선 모든 어 린이에게 공통된 문학적 취향이란 존재하지 않습니다. 어린이들 사 이에도 우리 어른들처럼 다양한 유형이 존재합니다. 상당수의 어린 이는 상당수의 어른들처럼 다른 놀 거리가 눈에 들어오면 절대 책을 읽지 않습니다. 일부 어른들이 트롤럽의 작품을 좋아하듯, 일부 어린 이는 조용하고 사실주의적이고 '삶의 편린'을 담은 책들(이를테면《데이 지 목걸이》[1])을 선택합니다.

---

1) *The Daisy Chain*. 영국 소설가 샬럿 메리 영의 소설.

일부 어린이들은 환상문학과 신기한 이야기를 좋아하는데, 이것은 일부 어른들이 《오디세이아》, 보이아르도[2], 아리오스토[3], 스펜서[4], 또는 머빈 피크[5]를 좋아하는 것과 같습니다. 일부 어린이들은 정보성 책 외의 다른 책은 좋아하지 않는데, 일부 어른들도 마찬가지입니다. 또 일부 어린이들은 일부 어른들처럼 잡식성입니다. 어리석은 어른들이 어른 생활에 관한 성공 이야기를 좋아하듯, 어리석은 어린이들은 학교생활에 관한 성공 이야기를 좋아합니다.

다른 방식으로 이 문제에 접근해 볼 수도 있습니다. 어린이들이 대체로 좋아한다는 책의 목록을 작성해 보는 것입니다. 이솝우화, 《아라비안 나이트》, 《걸리버 여행기》, 《로빈슨 크루소》, 《보물섬》, 《피터 래빗》, 《버드나무에 부는 바람》 정도면 합당한 선택인 것 같습니다. 이 중에서 어린이를 위해 쓴 작품은 마지막 세 권뿐인데, 그 세 권은 많은 어른들도 즐겁게 읽습니다. 저는 어릴 때 《아라비안 나이트》를 싫어했고 지금도 여전히 싫어합니다.

여기에 반대하는 누군가는 어른들을 위해 쓴 일부 책들을 어린이들이 즐기는 현상이, 어린애 같은 특수한 취향이 존재한다는 주장

---

2) Boiardo, 1441-1494. 이탈리아 시인. 대표작 《사랑에 빠진 오를란도》.
3) Ariosto, 1474-1533. 이탈리아 시인. 대표작 《광란의 오를란도》.
4) Spenser, 1552-1599. 《선녀여왕》 저자.
5) Mr. Mervyn Peake, 1911-1968. 영국의 작가, 고멘가스트 3부작 저자.

을 전혀 반박하지 못한다고 말할 수 있습니다. 어린이들은 영국에 사는 외국인이 자신의 이국적 기호에 가장 근접하는 영국 음식을 고르듯 보통의 책들 중에서 우연히 자기에게 맞는 소수의 책을 고른다고 말입니다. 그리고 그는 어린애 같은 특수한 취향이 곧 모험과 경이로운 것을 좋아하는 취향이라는 생각이 일반적인 것이라고 말할 수 있습니다.

그런데 아마도 눈치 채셨겠지만, 이런 생각은 우리가 많은 시간과 장소, 어쩌면 대부분의 시간과 장소에서 전 인류의 것이었던 취향을 어린애 같은 특수한 취향으로 여긴다는 사실을 내포하고 있습니다. 어린이들이 즐겁게 읽는(모든 어린이가 다 그런 것은 아닙니다만) 그리스 신화나 북유럽 신화, 호메로스, 스펜서의 이야기들은 한때 모든 사람에게 즐거움을 주었습니다.

심지어 엄밀한 의미에서의*proprement dit* 동화는 원래 어린이들을 위한 것이 아니었습니다. (다른 곳도 아니고) 루이 14세의 궁정에서 듣고 즐기는 이야기였습니다. 톨킨 교수가 지적한 대로, 유행이 지난 가구가 유아방으로 넘어간 것처럼 동화는 어른들 사이에서 유행이 지나면서 유아방으로 넘어갔습니다. 모든 어린이가 경이로운 이야기를 좋아하고 어른은 한 사람도 좋아하지 않는다 해도—둘 다 사실이 아니지만—어린이의 특이성이 그런 이야기를 좋아하는 데 있다고 말해서는 안 됩니다. 특이성이 있다면 그들이 20세기에도 경이로운 이야기들을 여전히 좋아한다는 것입니다.

'유년기의 인류를 기쁘게 했던 것이 유년기의 개인을 여전히 즐겁게 하는 것은 당연하다'고 말하는 것은 의미가 없는 듯합니다. 이 말은 개인과 인류 전체 사이에 유사성이 있다고 보는데, 우리는 그것을 판단할 위치에 있지 못합니다. 어떤 시대가 어른입니까? 지금 인류는 아동기에 있습니까, 원숙기입니까, 아니면 노년입니까? 우리는 인류가 정확히 언제 시작되었는지 모르고 언제 끝날지도 모르기 때문에, 이것이 터무니없는 질문처럼 보입니다. 그리고 인류가 과연 성숙하기는 할지 누가 알겠습니까? 인간은 유아기에 죽임을 당할 수도 있습니다.

분명히 어린이 독자의 특이성은 특이하지 않은 데 있다는 말이 덜 오만하고 증거에 더 부합합니다. 특이한 것은 우리 어른들입니다. 성인들 사이에서는 문학적 취향의 유행이 계속 바뀌고, 모든 시기에는 나름의 평가기준들이 있습니다. 이런 기준들이 괜찮을 때도 어린이들의 취향을 개선시키지는 못하고, 형편없을 때도 어린이의 취향을 변질시키지 않습니다. 어린이들은 오로지 즐기기 위해서만 읽기 때문입니다. 물론 어린이들은 어휘가 제한적이고 대체로 무지하다 보니 어떤 책들은 이해하지 못합니다. 그러나 그 점을 제외하면 어린애 같은 취향은 대대로 이어지는 인간의 취향일 뿐이고, 유행이나 흐름, 문학적 혁명에 관계없이 인류 보편의 어리석음으로 어리석거나 인류 보편의 지혜로 지혜롭습니다.

여기는 흥미로운 결과 하나가 따라옵니다. 기성 문학계—공인된 취향의 기준—가 오늘날처럼 극도로 고지식하고 편협한 경우, 애초에 어린이를 대상으로 써야만 출간 자체가 가능한 작품이 많아진다는 것입니다. 들려줄 이야기가 있는 사람들은 여전히 이야기 듣는 것을 좋아하는 청중에게 호소할 수밖에 없습니다.

오늘날 문학계는 서사의 기술 자체에는 큰 관심이 없습니다. 기법상의 새로움과 '이념idea'에만 몰두하고 있지요. 문학적 착상idea이 아니라 사회적·심리적 이념 말입니다. 미스 노턴[6]의 《마루 밑 바로우어즈The Borrowers》나 화이트 씨[7]의 《마리아의 비밀정원Mistress Masham's Repose》의 기초가 된 착상(문학적 의미에서)은 대부분의 시기에는 '어린이 문학'으로 구현될 필요가 없었을 것입니다.

그렇다면 지금은 전혀 다른 두 부류의 '어린이 작가'가 존재한다는 말이 됩니다. 잘못된 부류는 어린이들이 '별개의 종'이라고 믿습니다. 그들은 이 기묘한 생물들의 취향이 무엇인지—야만인 부족의 관습을 지켜보는 인류학자처럼—그리고 '별개의 종' 안에 특정 사회계급으로 분명하게 정해진 연령집단의 취향이 무엇인지까지 신중하게 '생각해 냅니다'. 그들은 본인이 좋아하는 것이 아니라 그 종족이 좋아할 것 같은 내용을 담아 내놓습니다. 교육적·교훈적 동기 못지않게 상업적

6) Mary Norton, 1903-1992. 영국 동화 작가.
7) Terence Hanbury White, 1906-1964. 영국 작가.

동기도 여기에 개입할 수 있습니다.

　올바른 부류의 어린이 작가들은 자신과 어린이들 및 다른 수많은 어른들과 공유하는 인간의 보편적 공통기반에서 작업합니다. 그들이 자신의 책에 '어린이용'이라는 꼬리표를 다는 이유는 어쨌거나 그들이 쓰고 싶어 하는 책을 현재 인정해 주는 유일한 곳이 어린이 시장이기 때문입니다.

VII

모두가 하나의 그림에서
시작되었다……

편집장이 제게 《사자와 마녀와 옷장》을 어떻게 쓰게 되었는지 말해달라고 했습니다. 시도는 해보겠지만, 작가들이 어떻게 책을 썼는지 들려주는 말을 다 믿어서는 안 됩니다. 그들이 의도적으로 거짓말을 해서가 아닙니다. 이야기를 쓰는 사람은 이야기 자체에 너무 흥분한 나머지 자기가 어떻게 이야기를 쓰고 있는지 편안한 자세로 주목하지 않습니다. 사실 그렇게 하다가는 집필 작업이 중단되고 말 것입니다. 넥타이를 어떻게 매는지 생각하기 시작하면 넥타이를 매지 못하는 자신의 모습을 보게 되지요. 그리고 나중에 이야기가 끝났을 때는 쓰는 과정이 어땠는지 상당 부분 잊어버리고 맙니다.

한 가지만은 확신합니다. 저의 나니아 책 일곱 권과 과학소설 세 권은 전부 제 머릿속에서 그림들을 보는 것으로 시작되었습니다. 그 책들은 처음에 하나의 이야기가 아니라 여러 그림이었습니다. 《사자와 마녀와 옷장》은 눈 내리는 숲에서 파우누스가 우산과 꾸러미를 들고 있는 그림으로 시작되었습니다. 그 그림은 열여섯 살 무렵부터 제 머리에 있었습니다. 그러던 어느 날, 제가 마흔 살 정도 되었을 때 스스로에게 이렇게 말했습니다. '그 그림에 대한 이야기를 하나 만들

어 보자.'

처음에는 이야기가 어떻게 흘러갈지 거의 알지 못했습니다. 그러다 아슬란이 이야기 속으로 뛰어들어 왔습니다. 그 무렵 사자 꿈을 아주 많이 꾸었던 것 같습니다. 그것 말고는 사자가 어디서 나왔고 왜 왔는지 저는 모릅니다. 그러나 아슬란은 일단 자리를 잡자 전체 이야기를 한데 묶어냈고, 얼마 안 가서 다른 여섯 편의 나니아 이야기도 끌고 왔습니다.

보시다시피 어떤 의미에서 저는 나니아 이야기가 어떻게 태어났는지 거의 모릅니다. 즉 그 그림들이 어디서 왔는지 모릅니다. 그리고 자기가 어떻게 '이야기를 지어내는지' 정확히 아는 작가는 없는 듯합니다. 이야기를 짓는 것은 아주 신비로운 일입니다. 여러분에게 '착상이 떠올랐을' 때 정확히 어떻게 그것을 생각하게 되었는지 다른 사람에게 설명할 수 있습니까?

VIII

과학소설

우리가 평생 알고 지낸 어느 마을이나 소도시가 살인현장이나 소설의 무대, 백주년 기념행사장이 되어 몇 달간 모두가 그 이름을 알게 되고 우르르 그곳을 방문하는 일이 가끔 있습니다. 개인의 여가 활동에서도 이와 비슷한 일이 일어납니다. 저는 여러 해 동안 '걷기'를 해왔고 트롤럽의 책을 꾸준히 읽었는데 어느 순간 뒤에서 파도가 밀려오듯 갑자기 트롤럽 붐이 일고, 수명은 짧았지만 소위 하이킹 대유행이 세상을 휩쓸더군요. 최근에도 비슷한 경험을 했습니다. 저는 글을 깨친 이후로 온갖 종류의 환상문학을 항상 읽었습니다. 그중에는 웰스가 《타임머신》,《달세계 최초의 사람들》 및 기타 작품으로 내놓은 특정한 부류의 환상문학도 있었습니다. 그런데 십오 년이나 이십 년쯤 전, 저는 그런 이야기들의 출간이 급증하고 있음을 인식했습니다. 미국에서는 그런 작품들만 싣는 잡지들이 나오기 시작했습니다. 이야기를 풀어가는 과정은 대체로 형편없었지만, 착상만은 꽤 괜찮은 작품들이 가끔 있었습니다. 그 무렵 사이언티픽션이라는 이름이 등장했다가 곧 과학소설science fiction로 바뀌어 흔히 쓰이기 시작했습니다. 그러다 오륙 년 전쯤에는 출간이 여전히 이어졌고 오히려 증가세를 보이는 가운데 개선도 이루어졌습니다. 아주 형편없는 이야기들이 다수라는 점은 여전했지만, 좋은 이야기들이 더 좋아지고 더 많아졌습니다. 이 장르가 문학주간지들의 (제가 볼 때는 언제나 경멸조의) 관심을 끌기 시작한 것은 이때부터였습니다. 과학소설의 역사에는 이중의 역설이 있는 듯합니다. 인기를 끌 만한 자격이 전혀 없을 때 인기를 얻기 시작했고, 완전히 경멸할 만한 상태에서 벗어나자마자 비평계의 경멸을 받기 시작했으니까요.

제가 읽어 본 과학소설을 다룬 평론(물론 제가 놓친 것이 많을 겁니다) 중에서 제가 어떻게든 참고할 만한 것은 보이지 않습니다. 우선 대부분은 잘 알지 못하고 쓴 글이었습니다. 그리고 다수가 과학소설을 분명히 싫어하는 사람들이 쓴 것이었습니다. 자신이 싫어하는 대상에 대해 글을 쓰는 것은 아주 위험합니다. 미움은 모든 차이를 흐려놓습니다. 저는 탐정 이야기를 좋아하지 않기에 모든 탐정 이야기가 대체로 똑같아 보입니다. 그래서 제가 만약 탐정 이야기에 관해 글을 쓴다면 쓸데없는 말을 늘어놓을 것이 확실합니다. [이런 상황에서는] 불가피하게 작품에 대한 비평이 아니라 종種에 대한 비평을 하게 됩니다. 저도 과학소설의 한 가지 아종을 비평하고 싶어질 수 있습니다. 그러나 그것은 가장 주관적이고 가장 신뢰할 수 없는 유형의 비평입니다. 무엇보다도 그런 비평을 개별 작품에 대한 비평으로 가장해서는 안 됩니다. 많은 서평이 쓸모없는 이유는, 작품을 비평한다고 주장하면서 그 책이 속한 종에 대한 서평자의 반감만을 드러내기 때문입니다. 열등한 비극은 비극을 사랑하는 이들이 꾸짖게 하고, 열등한 탐정 이야기는 탐정 이야기를 사랑하는 이들이 질책하게 하십시오. 그러면 우리는 그 작품들의 진짜 결점을 알게 될 것입니다. 그렇지 않으면 서사시가 소설이 아니라서, 익살극이 고급 희극이 아니라서, 제임스의 소설들에 스몰렛[1] 소설 특유의 빠른 사건전개가 없다고 해서 비난받는 광경을 보게 될 것입니다. 절대 금주를 열광적으로 외치는 사람이 특정한 클라레[2]를 비난하는 소리나 확고한 여성혐오자가 특정한 여성을 욕하는 소리를 누가 듣고 싶겠습니까?

더욱이 그런 평론들은 대부분 사회학적이고 심리학적인 근거를 바탕으로 과학소설의 출간과 소비의 급증을 설명하는 데 주로 관심이 있었습니다. 그런 시도 자체는 물론 전적으로 정당합니다. 그러나 다른 분야에서도 그렇듯, 자신이 설명하려는 대상을 싫어하는 이들은 그것을 잘 설명해낼 가능성이 그리 높지 않을 것입니다. 어떤 것을 한 번도 즐겨보지 못했고 그것을 즐길 때 어떤 기분이 드는지 모르는 사람이라면, 어떤 부류의 사람들이 어떤 기분으로 그것을 찾고 어떤 종류의 만족을 추구하는지 잘 알지 못할 것입니다. 그리고 그것을 찾는 이들이 어떤 부류인지 모른다면, 어떤 조건들 때문에 그

---

1) Smollett, 1721-1771. 스코틀랜드 태생의 영국 작가.
2) claret. 프랑스 보르도산 적포도주.

들이 그런 취향을 갖게 되었는지 알아낼 준비가 되어 있지 않을 것입니다. 이런 식으로, 한 가지 부류에 대하여 (워즈워스가 시인에 대해 말한 것처럼) "먼저 그것을 사랑해야 비로소 그것이 당신의 사랑을 받을 만하게 보일 것이다"라고 말할 수 있을 뿐 아니라, 적어도 한번은 그것을 사랑한 적이 있어야 그것에 대해 다른 이들에게 경고도 할 수 있다고 말할 수 있습니다. 설령 과학소설을 읽는 일이 악덕이라고 해도, 거기 끌리는 유혹을 이해할 수 없는 이들은 그에 대해 어떤 가치 있는 말도 해주지 못할 것입니다. 예를 들어 카드놀이가 전혀 끌리지 않는 저는 도박중독을 경고하는 데 크게 도움 될 만한 말을 전혀 생각할 수 없었습니다. 제가 그런 경고를 한다면 불감증 환자가 순결에 대해 설교하고, 구두쇠가 낭비를 경고하고, 겁쟁이가 무모함을 비난하는 꼴일 것입니다. 그리고 앞에서 말한 대로, 미워하는 대상들은 모두 똑같아 보이기 때문에 과학소설을 싫어하는 사람은 과학소설로 뭉뚱그려진 모든 책이 같은 부류라고 생각하게 될 테고 그중 한 책이라도 좋아하는 이들의 심리는 모두 동일하다고 생각할 것입니다. 그렇게 되면 과학소설의 급증현상을 설명하는 문제가 실제보다 더 단순해 보일 가능성이 높습니다.

저라면 과학소설의 급증현상을 설명하려는 시도를 하지 않을 것입니다. 저는 그런 현상 자체에는 관심이 없습니다. 특정한 작품이 급증현상에 일조하는지, 아니면 그런 현상이 있기 오래전에 완성된 것인지는 제게 아무 의미도 없습니다. 출간이 급증한다고 해서 그 종

(또는 종들)이 본질적으로 더 좋아지거나 나빠지는 것은 아닙니다. 물론 열등한 표본들은 그 기간에 가장 많이 등장하겠지요.

이제 저는 서사의 일종인 과학소설을 몇 가지 아종으로 나눠 보려 합니다. 제가 근본적으로 열등한 아종이라고 생각하는 것을 먼저 다룰 텐데, 그것을 우리의 논의에서 제거하기 위해서입니다.

이 아종에서 작가는 행성 여행, 항성 여행, 은하계 여행이 일반화된 가상의 미래로 곧장 뛰어듭니다. 그는 이 거대한 무대를 배경으로 평범한 사랑 이야기, 스파이 이야기, 난파 이야기, 범죄 이야기를 전개해 나갑니다. 이런 작품은 제게 아무런 감흥도 주지 못합니다. 예술작품 안에서 제대로 활용되지 못하는 것은 그것이 무엇이건 작품에 해를 끼칩니다. 어렴풋이 상상되거나 때로는 아예 상상이 안 되는 자연과 특성들이 진짜 주제를 모호하게 만들고, 그 작품에 담겼을 수도 있는 어떤 흥미로운 것에도 집중하지 못하게 합니다. 저는 그런 이야기를 쓰는 작가들이 말하자면 난민Displaced Person이라고 생각합니다. 과학소설을 쓰고 싶은 마음은 없지만 그 인기에 편승할 요량으로 평소 쓰는 유형의 작품에 과학소설의 외피만 씌우는 상업적 작가들 말입니다. 그러나 여기에는 구분이 필요합니다. 작가가 다른 방식으로는 (또는 그렇게 효율적으로는) 들려줄 수 없었을 진짜 값진 이야기를 전개할 수 있게 해준다면 미래로의 도약도, 이미 벌어진 것으로 전제된 온갖 변화에 대한 성급한 가정도 적법한 '장치'입니다. 그래서 존 콜리어[3]는《톰은 추워요*Tom's A-Cold*》에서 최근에 무너진 문자문화의 남은 전통으로 반쯤미개적인 삶을 지탱하는 사람들 사이에서 벌어지는 영웅적 행동의 이야기를 쓰고자 합니다. 물론 그는 암흑시대 초기 어디쯤에서 자신의 목적에 잘 들어맞는 역사적 상황을 찾아낼 수도 있을 것입니다. 그러나 그럴 경우 온갖 종류의 고고학적 세부내용이 들어갈 텐데, 그런 내용을 형식적으로 제시하면 책을 망칠 것이고 제대로 제시하면 독자의 관심이 분산될 것입니다. 그러므로 제가 볼 때 그가 현대문명이 파괴된 이후의 잉글랜드를 이야기의 배경으로 상정하는 것은 전적으로 정당한 일입니다. 그렇게 되면 그는 (그리고 우리는) 친숙한 기후, 식물군과 동물군을 그대로 수용할 수 있게 됩니다. 그는 어떤 과정을 거쳐 변화가 일어났는지에 대해선 관심이 없습니다. 변화의 과정이 모두 끝난 이후에 이야기의 막이 오릅니다. 이런 가정은 그가 임하는 게임의 규칙에 해당하고, 그 안에서 그가 펼치는 플레이의 수준만이 비평의 대상이 됩니다. 우리 시대에 등장하는 미래로의 도약은 풍자나 예언의 수단으로 훨씬 많이 쓰입니다. 작가는 현재의 경향이 그 논리적 한계까지 실현되는 (유클리드의 표현을 빌면 '연장되는') 상황을 상상함으로써 그 경향을 비판합니다.《멋진 신세계》와《1984》가 머리에 떠오릅니다. 저는 그런 '장치'에 전혀 반대

3) John Collier, 1901-1980. 영국 작가.

하지 않습니다. 누군가는 그런 장치를 쓰는 책을 '소설'이라 부를 수 있는지 따졌지만, 저는 그런 논의가 크게 유용하다고 보지 않습니다. 그것은 정의定義의 문제일 뿐입니다. 그런 작품을 배제하는 방식으로 소설을 정의할 수 있고, 포함하는 방식으로 정의할 수도 있습니다. 최고의 정의는 최고의 편리성으로 스스로를 증명합니다. 물론 한쪽으로는 《파도》[4]를, 다른 쪽으로는 《멋진 신세계》를 소설에서 배제할 목적으로 소설의 정의를 고안하고는 그 책들이 소설이 아니라고 비판하는 것은 바보짓입니다.

그러니까 저는 현재와 많이 다른 미래를 상정하는 모든 책을 비판하는 것이 아니라 합당한 이유 없이 그렇게 하는 책, 천년이나 건너뛰어 놓고는 집에서도 능히 찾을 수 있었을 줄거리와 감정들을 제시하는 책을 비판할 뿐입니다.

가장 열등한 아종을 비판했으니, 이제 제 개인적으로는 전혀 취향에 맞지 않지만 타당하다고 보는 다른 아종으로 넘어가겠습니다. 전자가 난민들의 픽션이라면, 이것은 기술자들Engineers의 픽션이라고 부를 수 있을 것입니다. 이런 종류의 이야기를 쓰는 사람들은 주로

---

4) *The Waves*. 버지니아 울프의 가장 실험적 소설. 물과 파도의 "비인격적인" 요소와 내면세계 간의 관계를 탐구.

실제 우주에 있는 진정한 가능성으로서의 공간여행이나 다른 미발견된 기술에 관심을 갖습니다. 그들은 어떤 일이 어떻게 이루어질지에 대한 자신들의 추측을 상상의 형식으로 제시합니다. 쥘 베른Jules Verne의 《해저 2만리Vingt mile Lieues sous les mers》와 웰스의 《육상철갑차 The Land Ironclads》는 한때 이런 종류의 표본이었는데, 진짜 잠수함과 진짜 탱크의 등장으로 원래의 흥미로움이 사라졌습니다. 아서 클라크 Arthur Clarke의 《우주로 가는 서곡Prelude to Space》은 또 다른 사례입니다. 저는 이런 이야기를 기계적 측면에서 비평하기에는 과학지식이 부족하고, 그들이 고대하는 사업들에 전혀 공감할 수 없기 때문에 이 책들을 이야기로서 비평할 수도 없습니다. 제가 이런 책들의 매력을 보지 못하는 것은 평화주의자가 몰던5)과 레판토6)의 매력을 볼 수 없고 '귀족혐오자aristocratophobe'(단어를 하나 만들어내도 된다면)가 아르카디아7)의 매력을 보지 못하는 것과 같습니다. 그러므로 제 공감의 한계를 아예 비평을 말라고 경고하는 빨간불 이외의 다른 것으로 여겨서는 안 될 것입니다. 제가 알기로, 이 책들은 나름대로 아주 좋은 이야기들입니다.

---

5) Maldon. 10세기말 덴마크 사람의 침입에 대항하여 잉글랜드 에섹스 사람들이 싸운 곳.
6) Lepanto. 1571년에 베네치아, 제노바, 에스파냐의 신성동맹함대가 투르크 함대를 격파한 해전이 펼쳐진 곳.
7) Arcadia. 유럽 귀족들의 목가적 이상향.

이런 기술자들의 이야기와 세 번째 아종을 구분하는 것이 유용할 것 같습니다. 세 번째 아종의 관심사는 어떤 의미에서 과학적인 것이 아니라 사변적인 것입니다. 어떤 인간도 경험해 보지 못한 장소나 조건의 그럴 듯한 성질을 과학의 힘을 빌어 알게 되면, 보통 사람은 그런 장소나 조건을 상상해 보고 싶은 충동을 느끼게 됩니다. 성능이 좋은 망원경으로 달을 바라보면서도 저 어둡고 혼잡한 하늘 아래서 산맥들 사이를 걷는 기분이 어떨지 묻지 않을 둔한 얼뜨기가 있을까요? 과학자들 본인도 완전한 수학적 진술을 넘어서는 순간 인간 관찰자의 감각에 미칠 법한 효과의 관점에서 사실들을 묘사하는 일을 피할 수 없습니다. 이것을 연장하고 관찰자의 감각경험을 따라 그가 가질 법한 감정과 생각을 제시하면 즉시 초보적인 과학소설을 얻게 됩니다. 물론 인간은 수 세기 동안 이런 일을 해왔습니다. 산 채로 하데스에 갈 수 있다면 거기는 어떤 곳일까요? 호메로스는 오디세우스를 그리로 보내어 답변을 제시합니다. 또 대척지에서 사는 것은 어떨까요? (사람들이 열대지대 때문에 지구 반대편으로 갈 수 없다고 믿었을 때는 이 둘이 같은 부류의 질문이었습니다.) 단테는 독자를 그리로 데려갑니다. 그는 정반대의 지점에서 태양을 보는 일이 얼마나 놀라운지 후대 과학소설가들 못지않은 열정으로 묘사합니다. 더 좋은 사례로는, 지구의 중심으로 갈 수 있다면 어떨까요? 단테는 《신곡》〈지옥〉편 끝부분에서 베르길리우스와 함께 루시퍼의 어깨에서 허리까지 타고 내려가는데, 이후 그들이 루시퍼의 허리에서 다리로 기어 올라가야 한다는 것을 깨닫게 됩니다. 물론 그들이 중력의 중심부를 통과했기 때문이지요. 이것은 완벽한 과학소설의 효과입니다. 아타나시우스 키르허[8]도 《황홀한 천상여행*Iter Extaticum Celeste*》에서 독자를 모든 행성과 대부분의 항성으로 데려가고 그런 여행이 가능하다면 무엇을 보고 느끼게 될지 최대한 생생하게 제시합니다. 그 역시 단테처럼 초자연적 교통수단을 이용합니다. 웰스의 《달세계 최초의 사람들》에는 자연적인 것으로 가장된 [교통]수단이 나옵니다. 이 이야기를 세 번째 아종으로 분류하고 기술자들의 이야기와 구분하게 한 요인은 작가가 카보라이트cavorite라는 거의 불가능한 혼합물을 선택했다는 점입니다. 이런 불가능성은 물론 결점이 아닌 장점입니다. 웰스 정도의 창의력을 가진 사람이라면 훨씬 그럴듯한 무언가를 쉽사리 생각해낼 수 있었을 것입니다. 그러나 그럴듯할수록 더 안 좋았을 것입니다. 그렇게 되면 달에 도달할 가능성에 대한 관심만 불러일으킬 텐데, 그것은 이 이야기와 관계없는 관심입니다. 그들이 거기에 어떻게 갔는지는 개의치 마십시오. 우리는 달이 어떤 곳일지 상상하고 있으니까요. 베일을 벗은 공기 없는 하늘의 첫 모습, 달나라의 풍경, 가벼운 중력, 비할 데 없는 고독, 그다음 커져가는 공포, 마침내 압도적으로 다가오는 달의 밤. 이 이야기는 바로 이런 것들을 위해서 존재합니다(더

---

8) Athanasius Kircher, 1602~1680. 독일의 만능학자, 예수회 수도사.

짧은 원래의 이야기에서는 특히 그렇습니다).

어떻게 이런 형식이 부당하다거나 경멸스럽다고 생각할 수 있는지 저는 이해하지 못하겠습니다. 이런 작품들을 소설이라고 부르지 않는 것이 편리할 수는 있겠습니다. 굳이 원한다면, 아주 특별한 형식의 소설이라고 부르십시오. 어느 쪽이든 결론은 마찬가지일 것입니다. 이 작품들은 그 자체의 규칙에 따라 판단해야 합니다. 심오하거나 민감한 성격묘사를 보여 주지 않는다는 이유로 이 작품들을 비판하는 것은 터무니없는 일입니다. 이 작품들은 그래서는 안 됩니다. 그런 성격묘사를 보여 준다면 그 자체로 결함입니다. 웰스의 카보어와 베드퍼드[9]는 성격묘사가 빈약한 것이 아니라 오히려 과도하다고 해야 할 것입니다. 이야기의 장면들과 사건들이 특이할수록 등장인물들은 더 가볍고 더 평범하고 더 전형적이어야 한다는 것을 좋은 작가들은 다 압니다. 그래서 걸리버는 흔해빠진 보통 사람이고 앨리스는 흔해 빠진 보통 소녀입니다. 그들이 더 비범했다면 이야기를 망쳐 버렸을 것입니다. 노수부[10] 본인은 아주 평범한 사람입니다. 특이한 일이 특이한 사람들에게 어떻게 보였는지 설명하려면 특이함이 너무 많이 등장하게 됩니다. 이상한 광경을 보는 사람 그 자신은 이상해서

---

9) 《달세계 최초의 사람들》의 두 주인공.
10) 사무엘 테일러 콜리지의 장시 《노수부의 노래 *The Ancient Mariner*》의 주인공으로, 기이한 항해의 경험담을 들려줌.

는 안 됩니다. 그는 최대한 보통 사람 또는 범인凡人에 가까워야 합니다. 물론 가볍거나 전형적인 성격묘사와 불가능하거나 설득력 없는 성격묘사를 혼동해서는 안 됩니다. 캐릭터가 잘못되면 이야기가 망가지는 법입니다. 그러나 캐릭터는 거의 얼마든지 축소되고 단순화되어도 온전히 만족스러운 결과를 얻을 수 있습니다. 위대한 발라드들이 그 사례입니다.

물론 세상의 다른 어떤 것에도 흥미가 없고 복잡한 인간 성격에 대한 상세한 연구만 기대하는 특정 독자가 있을 수 있습니다(이런 독자들이 있는 것 같습니다). 만약 그렇다면, 그는 그런 것을 요구하지도 허용하지도 않는 종류의 작품을 읽지 않을 충분한 이유가 있는 것입니다. 그는 그런 종류의 작품을 비판할 이유가 없고, 사실은 그런 작품들에 대해 어떤 말을 할 자격도 없습니다. 풍속소설the novel of manners이 모든 문학에 법칙을 제시하도록 허용해서는 안 됩니다. 풍속소설은 자기 영역만 다스리게 합시다. 인류가 적절히 연구할 대상에 대한 포프11)의 격언에 귀를 기울여서는 안 됩니다.12) 인간의 적절한 연구 대상은 모든 것입니다. 예술가로서 인간의 적절한 연구대상은 상상력과 감정의 발판이 되는 모든 것입니다.

---

11) Alexander Pope, 1688-1744. 영국 시인.
12) 포프는 그의 시 〈인간론〉에서 "인간의 적절한 연구대상은 인간"이라고 썼다.

저는 이런 종류의 과학소설이 타당하고 큰 미덕을 낳을 수 있다고 생각합니다. 하지만 이런 종류의 과학소설은 많은 작품이 나오는 것을 감당할 수 없습니다. 이런 목적에서 의미가 있는 달이나 화성 방문은 첫 번째 방문뿐입니다. 한두 이야기에서 달이나 화성이 발견되고 나면 (그래서 이야기마다 그 모습이 다른 것으로 드러나면) 이후에 나오는 이야기들을 위해 불신을 유예하기가 어려워집니다. 그런 종류의 과학소설이 아무리 좋아도 수가 많아지면 서로를 죽이게 됩니다.

네 번째 아종은 제가 종말론적이라고 부를 만한 것입니다. 미래에 대한 이야기이지만,《멋진 신세계》나《잠든 사람, 깨어나다》[13]와는 다른 방식으로 미래를 다룹니다. 두 책은 정치적 또는 사회적 작품입니다. 그에 반해 네 번째 아종은 우리 인간 종의 궁극적 운명에 대한 사변을 펼칠 상상 속의 수단을 제공합니다. 그 사례로는 웰스의《타임머신》, 올라프 스테이플던[14]의《최후 인류가 최초 인류에게*Last and First Men*》, 아서 클라크의《유년기의 끝*Childhood's End*》이 있습니다. 바로 이 대목에서 사이언티픽션과 소설을 완전히 분리하는 과학소설의 정의가 꼭 필요해집니다.《최후 인류가 최초 인류에게》의 형식은

---

13) *The Sleeper Awakes*. 2100년을 배경으로 하는 H. G. 웰스의 디스토피아 소설.
14) Olaf Stapledon, 1886-1950. 영국의 철학자, 과학소설 작가.

전혀 소설적이지 않습니다. 그것은 완전히 새로운 형식, 유사역사입니다. 전개속도, 넓고 일반적인 흐름에 대한 관심, 어조 모두 소설가가 아니라 역사가의 것입니다. 이것은 주제에 적합한 형식입니다. 그리고 여기서 우리는 소설과 아주 멀리 벗어나기 때문에, 저는 이 아종에다 서사도 아닌 작품인 제프리 데니스[15]의 《세상의 끝The End of the World》까지 기꺼이 포함시키겠습니다.

J. B. S. 홀데인Haldane의 《가능세계들Possible Worlds》에 실린 '최후의 심판'도 여기에 포함시키겠습니다. 제 생각에는 타락한 글이지만 뛰어난 논문이긴 합니다.

이런 종류의 작품은 우리가 가끔씩 경험하면 좋은 것 같은 생각과 감정을 표현해줍니다. 우리의 집단적 왜소함, 분명한 고립상태, 우리에 대해 무심해 보이는 자연, 더 나아가 우리의 많은 희망을 (어쩌면 일부 두려움도) 결국 터무니없는 것으로 만들어 버릴 더딘 생물학적, 지리적, 천문학적 과정들을 우리가 가끔 기억하는 것은 정신이 번쩍 들게 하고 카타르시스를 안겨 줍니다. 메멘토 모리memento mori(죽음을 기억하라)가 개인을 위한 소스sauce라면 인류 전체가 그것을 맛보아선 안 될 이유를 저는 모르겠습니다. 이런 종류의 이야기들은 제가 과학소설에 대한 어느 글에서 감지한 거의 노골적인 정치적 적의

---

15) Geoffrey Dennis, 1892-1963. 영국 작가.

를 설명할 수 있을 지도 모릅니다. 그 글은 과학소설을 쓰거나 읽는 이들이 파시스트일 가능성이 높다고 넌지시 말하고 있었습니다. 그런 암시의 배후에는 아래와 같은 생각이 도사리고 있는 것 같습니다. 만약 우리 모두가 배에 타고 있고 승무원들 사이에 문제가 있다면, 승무원 관리자는 치열한 논쟁이 벌어지는 객실이나 식료품 저장실에서 몰래 빠져나와 갑판에서 짧은 휴식을 취하는 사람을 못마땅하게 여길 것이라고 바로 상상할 수 있습니다. 그는 갑판에서 바다의 짠내를 느끼고, 어마어마한 물을 바라보고, 그 배에 출발지와 목적지가 있다는 것을 기억할 것이기 때문입니다. 그는 안개, 폭풍, 빙하 같은 것을 떠올릴 것입니다. 갑판 아래 불 켜진 뜨거운 실내에서는 정치적 위기의 무대로만 보였던 배가 다시 광대한 암흑, 사람이 살 수 없는 바다 위를 빠르게 통과하는 작은 계란 껍데기처럼 느껴질 것입니다. 그런다고 갑판 아래 논쟁의 옳은 점과 그른 점에 대한 확신이 반드시 달라지지는 않겠지만, 그 논쟁을 새로운 빛 아래서 보게 될 가능성이 높습니다. 그는 승무원들이 봉급인상보다 더 중요한 희망을 대수롭지 않게 여기고, 승객들은 자기 식사를 직접 요리해서 먹어야 하는 상황보다 더 심각한 위험을 망각하고 있음을 떠올릴 것입니다. 제가 지금 다루고 있는 부류의 이야기들은 이런 갑판 방문과 비슷합니다. 이 이야기들은 우리를 진정시킵니다. 이 이야기들은 E. M. 포스터[16]의 책에서 등장인물이 원숭이들을 보고 인도에 사는 대부분의 생물들은 인도가 어떻게 통치되는지에 관심이 없다는 사실을 깨닫는 대목만큼이나 신선합니다. 그래서 이 이야기들은 어떤 이유로든 우리를 당장의 갈등 안에 완전히 가둬두고 싶어 하는 이들의 마음을 불편하게 만듭니다. 사람들이 이런 이야기들을 '도피'라고 쉽게 비난하는 것도 그 때문일지 모릅니다. 제가 이것을 온전히 이해하게 된 것은 "어떤 부류의 사람들이 탈출escape 생각에 가장 신경을 쓰고 적대적일까요?"라는 친구 톨킨 교수의 단순한 질문과 '간수들'이라는 분명한 답변을 듣고서였습니다. 파시즘이라는 공격은 확실히 비방일 뿐입니다. 파시스트들뿐 아니라 공산주의자들도 '간수'입니다. 두 집단 모두 죄수들이 연구할 적절한 대상은 감옥이라고 우리를 설득하려 합니다. 그러나 그 배후에 이런 진실이 놓여 있을지도 모릅니다. 먼 과거 또는 먼 미래를 곰곰이 많이 생각하는 이들이나 밤하늘을 오랫동안 바라보는 이들은 다른 이들보다 특정 입장의 열렬한 지지자나 정통 지지자가 될 가능성이 낮다는 진실 말입니다.

마침내 제가 큰 관심이 있는 유일한 아종에 이르렀습니다. 이 아종에 접근하는 최선의 방법은 이 주제를 다룬 제가 읽어 본 모든 작가가 철저히 무시하는 한 가지 사실을 상기하는 것입니다. 이 분야의 최고 미국 잡지는 《환상문학과 과학소설Fantasy and Science Fiction》이

16) E. M. Foster, 1879-1970. 영국 소설가.

라는 의미심장한 제목을 하고 있습니다. 이 잡지에서는 (비슷한 유형의 다른 여러 정기간행물에서도) 우주여행에 대한 이야기뿐 아니라 신, 유령, 구울, 악마, 요정, 괴물 등에 대한 이야기들도 볼 수 있습니다. 이것이 우리에게 단서를 제공합니다. 과학소설의 이 마지막 아종은 우리 시대의 특별한 조건 아래서 작동하는, 인류만큼이나 오래된 상상의 충동에 해당합니다. 실제 세계가 제공하지 못하는 아름다움, 경외감, 공포를 찾아 미지의 지역으로 가고 싶어 하는 사람들이 다른 행성이나 다른 별로 점점 더 내몰렸던 이유를 알아보기는 어렵지 않습니다. 지리적 지식이 증가한 결과입니다. 실제 세계가 덜 알려졌을수록, 경이로운 일들을 바로 근처에 배치해도 얼마든지 그럴듯해 보일 수 있습니다. 아는 영역이 넓어질수록 더 멀리 나갈 필요가 있습니다. 새로운 주택지들이 자꾸 만들어짐에 따라 점점 더 두메산골로 집을 옮겨가야 하는 사람과 같습니다. 그래서 그림의 옛 동화 속 숲이 우거진 시골의 농부들이 들려주는 이야기들에서는 한 시간만 걸어서 인근 숲으로 가면 마녀나 거인의 집을 찾을 수 있습니다.《베오울프》의 작가는 [괴물] 그렌델의 은신처를, 그에 따르면 "마일로 환산할 때 그리 멀리 떨어져 있지 않은 곳*Nis paet feor heonon Mil-gemearces*"에 둘 수 있습니다. 해양민족을 위해 글을 쓴 호메로스는 오디세우스가 키르케, 칼립소, 키클롭스, 사이렌을 만나도록 바다로 여러 날 항해하게 해야 합니다. 고대 아일랜드에는 섬들 사이를 다니는 항해기인 임람immram이라는 문학형식이 있습니다. 아서왕 로망스는 보통 옛 동화의 장치인 인근 숲으로 만족하는 듯합니다. 이것이 처음에는 이상하게 보일 수 있습니다. 크레티앵[17]과 그 계승자들은 실제 지리에 대해 아주 많은 내용을 알았으니까요. 여기에 대한 설명은 아마도 이로망스들이 영국, 그것도 과거의 영국에 대해 프랑스 사람들이 주로 썼다는 데 있을 것 같습니다. 《보르도의 위옹》[18] 이야기에는 오베론이 동양에 삽니다. 스펜서는 아예 우리 우주에 있지 않은 나라를 만들어냅니다.[19] 시드니[20]는 그리스의 가상의 과거로 갑니다. 그리고 18세기가 되면 작품 속 인물들이 먼 나라로 떠납니다. 폴턱[21]과 스위프트[22]는 독자를 먼 바다로 데려가고, 볼테르[23]는 우리를 아메리카로 데려갑니다. 라이더 해거드는 미지의 아프리카나 티베트로 가야 했고, 불워리턴[24]은 지구 깊은 곳으로 내려갔습니다[25]. 사람들은

---

17) Chrétien de Troyes, 1135?-1184?. 프랑스 중세 시인. 아르튜르[아서] 왕 이야기를 최초로 문학작품으로 구현하여 중세문학의 한 획을 그었다.

18) *Huon of Bordeaux*. 이 이야기에서 기사 위옹은 샤를마뉴 황제의 아들을 뜻하지 않게 죽인 후 불가능한 여러 임무를 완수하는 조건으로 사형집행 유예를 받는다. 위옹은 요정왕 오베론의 도움으로 결국 임무를 완수한다.

19) 《선녀여왕》의 내용이다.

20) Sidney, 1554-1586. 영국의 정치인, 시인. 목가적 산문이야기 《아르카디아》를 씀.

21) Paltock, 1697-1767. 영국 소설가, 변호사. 대표작 유토피아적 로망스 《피터 윌킨스의 생애와 모험》.

22) Jonathan Swift, 1667-1745. 대표작 《걸리버 여행기》.

23) Voltaire, 1694-1778. 프랑스의 작가. 《캉디드》의 저자.

24) Bulwer-Lytton, 1803-1873. 영국의 소설가, 극작가, 정치가.

25) 지하세계의 강력한 지배 종족 브릴야의 세계를 다룬 과학소설 *The Coming Race*를 말한다.

이런 종류의 이야기에서 등장인물들이 조만간 텔루스(지구)를 완전히 떠나야 할 것임을 예측할 수 있었을 것입니다. 해거드가 여왕[26]과 코르 평원[27]이 있다고 설정한 곳에 실제로 가보면 별 볼일 없는 것만 있거나 흑인들만 보게 될 것임을 우리는 압니다.

이런 종류의 이야기에서 유사과학적 장치는 신고전주의 비평가들이 '기계'라는 말로 의미했던 '기계'로 그냥 받아들여야 합니다. 아주 피상적인 개연성의 모습만 갖추면—우리의 비판적 지성을 아주 살짝 달래주기만 하면— 그것으로 충분합니다. 저는 대놓고 초자연적인 방법이 최고라고 생각하고 싶어집니다. 저는 제 작품의 주인공을 우주선에 태워서 화성에 보낸 적이 있지만, 이런 이야기를 더 잘 파악하게 되자 천사들이 그를 금성으로 운반하게 했습니다. 미지의 세계는 우리가 거기 도착했을 때 과학적 개연성에 엄격하게 매일 필요가 전혀 없습니다. 중요한 것은 그곳의 경이로움, 아름다움, 또는 암시성입니다. 제가 [《페렐란드라》에서] 화성에 수로를 두었을 때, 더 나은 망원경의 등장으로 예전의 [사람들이 수로인 줄 알았던] 착시가 이미 사라졌음을 알고 있었습니다. 제게는 수로가 보통 사람들의 머리에 존재했던 화성 신화의 일부라는 점이 중요했습니다.

---

26) 《그녀》의 여주인공으로, 신비한 능력을 가진 불사의 여왕이다.
27) Kôr. 여왕이 다스리는 화산 분화구 속 왕국이 위치한 지역.

　　　　　이야기에 관하여

따라서 이런 종류의 과학소설에 대한 변호와 분석은 환상물이나 신화창조 문학 일반에 대한 그것과 다를 바가 없습니다. 하지만 여기서 아종들과 그 아래 하위 아종들이 당황스러울 만큼 많이 생겨납니다. 불가능한 요소들—또는 도저히 있음직하지 않아서 상상 속에서 불가능과 같은 지위를 얻은 것들—은 문학에서 여러 다양한 목적으로 쓰일 수 있습니다. 저는 이 중 몇 가지 주요 유형을 제시하는 것으로 만족할 수밖에 없습니다. 이 주제는 아직도 아리스토텔레스처럼 정리해줄 사람을 기다리고 있습니다.

불가능한 요소들은 우선 감정에서 거의 완전히 자유로운 지성의 작용을 표현할 수 있습니다. 여기에 해당하는 가장 순수한 표본은 애보트[28]의 《플랫랜드_Flatland_》이지만, 여기서도 우리 자신의 한계에 대한 감각—인간의 세계인식이 자의적이고 우발적인 것이라는 자각—에서 (그 이야기가 심어 주는) 모종의 감정이 솟아납니다. 이런 지성의 작동은 때로 특별한 장치가 주는 것과 유사한 즐거움을 줍니다. 불행히도 제가 작가와 작품명을 잊어버렸습니다만, 여기에 해당하는 최고의 사례가 될 만한 작품이 있습니다. 미래로 여행할 수 있게 된 사람의 이야기인데, 그는 자신이 시간여행법을 발견하게 될 미래에서 현재의 (그 다음에는 물론 과거의) 자신에게로 돌아와 자신을 미래로 데려갑

---

28) Edwin Abbott, 1838-1926. 영국의 교육가, 신학자.

니다.* 시간여행의 논리적 귀결을 아주 정교하게 풀어낸 찰스 윌리엄스의 《많은 차원들Many Dimensions》은 그보다 덜 희극적이지만 더 집요한 작품입니다. 하지만 이 책에서 시간여행의 요소는 다른 많은 요소들과 결합되어 있습니다.

둘째, 불가능한 요소들은 F. 앤스티의 《황동 병Brass Bottle》에서처럼 익살스러운 결과를 자유롭게 끌어내기 위한 '설정'에 불과할 수도 있습니다. 《반대로》의 가루다 스톤은 그리 완전한 사례는 아닙니다. 심각한 교훈이 등장하고 페이소스에 가까운 어떤 것까지 끼어드는데, 이는 작가의 바람과는 다른 결과일 것입니다.

'설정'은 때로 희극적인 것과 아주 먼 결과를 끌어내고, 그럴 경우 좋은 이야기는 흔히 교훈을 제시하게 됩니다. 이것은 교훈을 주입하려는 작가의 의식적 작업 없이 저절로 이루어집니다. 스티븐슨Stevenson의 《지킬 박사와 하이드 씨》가 한 가지 사례일 것입니다. 또 다른 사례는 마크 브랜들[29]의 《첫 그림자를 드리우라Cast the First Shadow》입니다. 이 이야기에서 그림자가 없다는 이유로 오랫동안 홀로 지내며 경멸과 억압을 받았던 남자가 마침내 자신과 같은 무죄한 결함을 가진 여자를 만납니다만, 그녀가 그 결함에 더해 거울에 상

---

* 루이스는 여기서 Robert A. Heinlein의 'By His Bootstraps', *Spectrum: A Science Fiction Anthology*(1961)를 말하는 것 같다.
29) Marc Brandel, 1919-1994. 영국 작가.

이 비치지 않는 혐오스럽고 부자연스러운 특성을 가지고 있음을 알게 되자 역겨워하고 분개하며 등을 돌립니다. 글을 쓰지 않는 독자들은 흔히 이런 이야기를 알레고리로 묘사하지만, 저는 작가의 머릿속에서 이런 이야기들이 알레고리로 떠오르는 것 같지는 않습니다.

이 모든 이야기들에서 불가능한 요소는 제가 앞서 말한 대로 '설정', 즉 이야기가 시작될 때 인정하고 들어가는 조건입니다. 그 설정 안에서 우리는 알려진 세계에 거하게 되고 어느 누구 못지않은 사실주의자가 됩니다. 그러나 그다음 세 번째 유형(그리고 제가 다룰 마지막 유형)에서 경이로운 요소는 작품 전체의 결에 맞는 것입니다. 우리는 철저히 다른 세계에 있습니다. 물론 그 세계를 가치 있게 만드는 것은 희극적 효과를 얻기 위해서든(《허풍선이 남작의 모험》에서나 아리오스토와 보이아르도의 작품에서 가끔 그렇듯) 단지 깜짝 놀라게 하려고 든(《아라비안 나이트》 속 최악의 이야기들이나 일부 어린이 이야기에서 볼 수 있습니다) 경이로운 요소가 많이 나온다는 점이 아니고 그 세계의 특성, 그 정취 자체입니다. 좋은 소설들이 삶에 대한 진술이라면, 이런 부류의 좋은 이야기들(훨씬 더 드뭅니다)은 삶에 실제로 뭔가를 더해줍니다. 이 이야기들은 어떤 희귀한 꿈들처럼 우리가 이전에 갖지 못했던 감각을 주고 가능한 경험의 범위에 대한 우리의 이해를 넓혀줍니다. 그렇기 때문에 소위 '현실'—이것은 우리가 오감과 생물학적·사회적·경제적 관심사에 갇혀 흔히 보지 못하는 훨씬 더 넓은 가능한 경험의 영역에 파인 홈을 의미할 수도 있습니다—에서 벗어나기를 거부하는 이들이나 '현실'

에서 벗어난다 해도 그 바깥에서 볼 수 있는 거라곤 그저 좀이 쑤실 정도의 지루함과 넌더리 나는 단조로움이 전부인 이들과는 이런 이야기를 논하는 것이 어렵습니다. 그들은 몸서리를 치며 집에 가게 해 달라고 간청합니다. 여기에 속하는 최고의 이야기의 표본은 결코 흔하지 않을 것입니다.

저는 《오디세이아》, 〈아프로디테 찬가〉의 일부, 《칼레발라》[30]와 《선녀여왕》의 많은 부분, 맬러리 작품의 일부(맬러리의 최고 작품 중에는 하나도 없습니다), 그리고 《보르도의 위옹》의 좀 더 많은 부분, 노발리스[31]의 《푸른꽃》[32] 중 일부분, [콜리지의] 《노수부의 노래》와 《크리스타벨*Christabel*》, 벡퍼드*Beckford*의 《바테크》, 모리스[33]의 《제이슨의 생애와 죽음*Jason*》과 《지상의 낙원*Earthly Paradise*》의 서곡(책의 나머지 부분은 거의 해당하지 않습니다), 맥도널드[34]의 《판타스테스*Phantastes*》, 《릴리스*Lilith*》, 《황금열쇠*The Golden Key*》, 에디슨의 《뱀 우로보로스》, 톨킨의 《반지의 제왕》, 그리고 데이빗 린지의 충격적이고 참기 어렵고 저항할 수 없는 작품인 《아크투르스로의 여행》을 여기에 포함시키겠습니

---

30) *Kalevala*. 핀란드 민족 서사시.
31) Novalis, 1772-1801. 독일 시인, 소설가.
32) *Heinrich von Ofterdingen*. 전설적 기사 시인 하인리히 폰 오프터딩겐이 푸른 꽃을 찾아 떠나는 스힘을 그린 소설. 푸른 꽃은 낭만주의의 상징이 되었다.
33) William Morris, 1834-1896.
34) George MacDonald, 1824-1905. 영국 동화작가, 시인, 목사.

다. 머빈 피크의 《타이터스 그론_Titus Groan_》도 여기 해당합니다. 레이 브래드베리[35]의 이야기들 중 일부도 자격을 갖춘 것 같습니다. W. H. 호지슨[36]의 《밤의 대지_Night Land_》는 감상적이고 무의미한 성애적 관심과 어리석고 맥 빠진 의고적擬古的 문체로 망가지지만 않았어도, 잊을 수 없는 그 우울하고 찬란한 이미지들로 당당하게 이런 부류에 들 수 있었을 것입니다. (저는 모든 의고체가 어리석다는 뜻이 아니며, 의고체에 대한 현대의 증오가 제대로 변호되는 것을 본 적도 없습니다. 의고체가 먼 세계로 들어섰다는 느낌을 주는 데 성공한다면, 그 자체로 정당화됩니다. 그것이 언어학적 기준으로 정확한지는 전혀 중요하지 않습니다.)

이런 이야기들이 줄 수 있는 강렬하고 지속적이고 엄숙한 즐거움을 누구도 만족스럽게 설명해 내지 못한 것 같습니다. 누구보다 멀리 나갔던 융은 제가 볼 때 나머지 신화들과 같은 방식으로 우리에게 영향을 주는 또 하나의 신화를 내놓은 것 같습니다. 물에 대한 분석은 그 자체가 축축해야 하지 않겠습니까? 저는 융이 실패한 작업을 시도하지는 않을 것입니다. 그러나 그동안 무시되었던 한 가지 사실에 사람들이 관심을 갖게 하고 싶습니다. 일부 독자들이 이 신화

---

35) Ray Bradbury, 1920-2012. 미국 소설가, 시나리오 작가.
36) W. H. Hodgson, 1891-1918. 영국 소설가. 우주적 공포라는 장르의 초석을 닦았다.

적 작품들에 대해 느끼는 놀랄 만큼 강력한 반감 말입니다. 처음에 저는 이것을 우연히 알게 되었습니다. 한 여자분(그녀의 직업이 융 심리학자였기에 이야기는 더욱 흥미진진해집니다)이 제게 쓸쓸함이 자신의 삶을 엄습했고, 즐거움을 느낄 힘이 다 말라 버렸고, 마음속 풍경도 무미건조해졌다고 말했습니다. 저는 무턱대고 이렇게 말해 버렸습니다. "환상문학과 동화를 조금이라도 좋아하시나요?" 그러자 그녀의 근육이 팽팽해지면서 두 손을 꽉 쥐었습니다. 공포에 질린 양 눈은 튀어나올 듯했고 목소리가 달라지면서 나지막이 이렇게 말했습니다. 저는 그 모습을 결코 잊지 못할 것 같습니다. "그런 것들이라면 질색이에요." 이것은 비평적 견해가 아니라 공포증 비슷한 것이 분명합니다. 그리고 저는 다른 곳에서도 이렇듯 과격하게는 아니었지만 공포증의 흔적을 여러 번 보았습니다. 반면 신화적 작품들을 좋아하는 이들은 거의 똑같은 강도로 좋아한다는 사실을 저는 제 경험을 통해 압니다. 두 현상을 더해 놓고 보면 적어도 이것이 사소한 문제라는 이론만은 치워 버려야 할 것 같습니다. 신화적 작품들이 초래하는 반응으로 볼 때 그 작품들은 좋든 나쁘든 상상력이 깊은 수준에서 우리에게 영향을 미치는 한 가지 방식인 것 같습니다. 어떤 이들은 거의 강박적 필요에 의해 그런 작품을 찾는 것 같고, 다른 이들은 그런 작품에서 만나게 될지 모르는 것을 몹시 두려워하는 듯합니다. 그러나 이것은 물론 느낌에 불과합니다. 제가 이보다 훨씬 더 깊이 확신하는 것은 제가 앞에서 제기했던 비평적 단서조항입니다. 자신이 좋아하지 않는 것을 비평해야 한다면 대단히 조심하라는 것입니다. 무엇보다 자신이 도저히 참을 수 없는 것이라면 절대 비평하지 마십시오. 솔직히 털어놓자면, 저에게도 오래전에 발견한 개인적 공포증이 있습니다. 제가 문학에서 참을 수 없는 것, 볼 때마다 대단히 불편해지는 것은 두 어린이 사이의 연애 비슷한 것을 묘사하는 대목입니다. 저는 그런 대목이 당혹스럽고 불쾌감이 듭니다. 그러나 저는 이런 거부감을 제가 싫어하는 그 주제가 등장하는 책들을 거세게 비판하는 서평을 써도 될 자격으로 여기지 않고, 그런 책들에 대한 판단을 내리지 말라는 경고로 받아들입니다. 저의 반응은 불합리한 것이니까요. 아이들의 사랑은 현실에서 벌어지는 일이 분명하고, 예술이 그런 사랑을 다루어선 안 될 이유는 찾을 수 없습니다. 어린이들의 사랑이 제 안에 있는 유년기의 트라우마를 건드린다면, 그것은 저의 불행입니다. 그리고 저는 비평가가 되려는 모든 사람에게 이와 동일한 원칙을 채택하라고 감히 조언하고 싶습니다. 특정한 종류의 모든 책이나 특정한 종류의 상황에 대해 실제로 분개하는 과격한 반응은 위험신호입니다. 훌륭한 부정적 비평은 우리가 해야 할 가장 어려운 일이기 때문입니다. 저는 모든 사람에게 그런 비평은 가장 유리한 조건에서 시작하라고 조언합니다. 작가가 시도하는 작업을 자신이 속속들이 알고 진심으로 좋아하고 그 작업이 잘 이루어진 책을 많이 즐긴 분야에서 말입니다. 그러면 작가가 실패했음을 제대로 보이고 심지어 그 이유까지 제시할 가능성이 어느 정도 있을 것입니다. 그러나 어떤 책에 대한 우리의 진짜 반응이 "웩! 이런 것은 정말 참을 수가 없어"라면, 그 책의 진짜 결점이 무엇이든 우리는 그것을 진단할 수 없을 것입니다. 우리는 자신의 감정을 숨기려고 애쓰겠지만, 결국 엄청난 양의 감정적이고 분석되지 않고 모호한 단어들—'간교한', '경박한', '엉터리 같은', '어린애 같은', '미숙한' 등등—을 쏟아내고 말 것입니다. 무엇이 잘못되었는지 정말 알 때는 그런 단어들이 하나도 필요하지 않습니다.

IX

홀데인 교수에게 보내는 답글

홀데인 교수[1]가 〈모던 쿼털리_The Modern Quarterly_〉에 실은 "영국 학술원 회원, 악마_Auld Hornie, F.R.S._"에 대한 답글을 시도하기 전에, 우리 사이의 공통점을 하나 밝히는 것이 좋겠습니다. 제가 만든 캐릭터들이 "오른쪽으로 돌면 양배추를 받고 왼쪽으로 돌면 전기충격을 받는 우리 속 실험용 민달팽이들 같다"는 홀데인 교수의 불평으로 미루어 볼 때, 그는 제가 상벌로 행위에 대한 구속력을 행사할 수 있다고 생각한다는 의심을 하는 것 같습니다. 그의 의심은 잘못된 것입니다. 저는 홀데인 교수와 마찬가지로 그런 견해를 싫어하고 스토아학파 또는 유교의 윤리를 선호합니다. 저는 전능한 하나님을 믿기는 하지만, 하나님의 전능하심 자체가 그분에게 순종해야 할 의무가 된다고는 생각하지 않습니다. 저의 로맨스들에서 '선한' 캐릭터들은 실제로 보상을 받습니다. 그것은 제가 집필을 시도한 휴일에 읽을 만한 가벼운 픽션에는 해피엔딩이 적절하다고 여기기 때문입니다. 홀데인 교

---

1) J. B. S. Haldane, 1892-1964, 영국 생화학자, 유전학자, 저술가.

수는 로맨스의 '시적 정의poetic justice'를 윤리적 원리로 오해했습니다. 이 부분을 좀 더 짚어보겠습니다. 성공을 숭배하는 모든 윤리에 대한 혐오는 제가 대부분의 공산주의자들과 의견을 달리하는 주된 이유 중 하나입니다. 제 경험상 그들은 다른 모든 주장이 여의치 않으면 "혁명이 반드시 올 것이기" 때문에 거기에 힘을 보태야 한다고 제게 말하곤 합니다. 어떤 공산주의자는 저의 기존 입장을 꺾기 위해, 그런 생각을 계속 고집하다간 때가 되면 "살육당할" 거라는 충격적일 만큼 엉뚱한 근거를 제시했습니다. 그것은 마치 암이 주장하기를 저를 죽일 수 있기 때문에 자신이 옳다고 말하는 것과 다를 바 없습니다. 저는 홀데인 교수가 그런 공산주의자들과 다르다는 것을 알아보았고 기쁘게 생각합니다. 그리고 저는 홀데인 교수도 저의 기독교 윤리와, 이를테면 페일리2)의 기독교 윤리가 서로 다르다는 것을 인식해주기를 요청합니다. 홀데인 교수의 편에도 제 편에도 승리할 쪽을 바른 편으로 정의하는 비시 정부3) 같은 해충들이 있습니다. 이야기를 시작하기에 앞서 그런 이들은 논의에서 제외하도록 합시다.

홀데인 교수의 글에 대해 주로 지적하고 싶은 부분은 그가 저의

2) William Paley, 1743-1805. 영국 성직자, 기독교 변증가, 철학자. 페일리는 가치판단의 기준을 효용과 행복의 증진으로 보는 공리주의 철학을 내세웠다.
3) 제2차 세계 대전 중에 나치 독일의 점령하에 있던 남부 프랑스를 1940년부터 1944년까지 통치한 친독 괴뢰정권.

철학(이런 거창한 이름을 붙여도 된다면)을 비판하려고 하면서 제가 철학을 제시하려 시도한 책들은 거의 무시하고 저의 로망스들에 집중한다는 점입니다. 《그 가공할 힘*That Hideous Strength*》 서문에서 저는 그 로망스 배후의 견해는 허구적 가장을 벗은 모습으로 《인간 폐지*The Abolition of Man*》에서 볼 수 있다고 밝혔습니다. 그는 어째서 그 책을 펴 들고 저의 철학을 찾아보지 않았을까요? 그가 택한 방법은 불행한 결과를 가져왔습니다. 철학적 비평가로서 홀데인 교수는 강력했을 테고 따라서 유용했을 것입니다. 그런데 문학 비평가로서 그는—여기서도 그가 우둔할 리는 없지만— 자꾸만 핵심을 놓칩니다. 그러므로 저는 상당 부분 단순한 오해를 제거하는 것과 관련된 답변을 내놓을 수밖에 없습니다.

그의 공격은 세 가지 주요 논점으로 이루어집니다. (1) 루이스의 과학은 대체로 틀렸다. (2) 루이스는 과학자들을 비방한다. (3) 루이스의 견해에 따르면 과학적 계획은 "지옥을 불러올 뿐이다"(그러므로 저는 "기존 사회질서의 아주 유용한 버팀목"이고 "사회변화로 손해를 볼" 사람들에게 소중한 존재요, 고리대금업에 대해 거침없이 말하는 것을 나쁜 동기에서 꺼리는 사람입니다).

(1) 저의 과학이 대체로 틀렸다고요. 글쎄요, 좋습니다. 그런데 홀데인 교수가 제시하는 역사도 마찬가지입니다. 그는 《가능세계들》에서 "오백 년 전에는 …… 천상의 거리가 지상의 거리보다 훨씬 더 멀

다는 사실이 분명하지 않았다"라고 말합니다. 그러나 중세에 쓰였던 천문학 교과서인 프톨레마이오스의 《알마게스트》는 항성들 간의 거리에 비하면 지구 전체는 수학적 점으로 봐야 한다고 분명하게 진술했고(1권 5장) 어떤 관측에 근거하여 이런 결론이 나왔는지 설명했습니다. 이 견해는 앨프리드 대왕[4]도 잘 알았고 《영국 남부전설 *South English Legendary*》 같은 '대중'서의 저자까지도 알고 있었습니다. 뿐만 아니라, '학술회 회원'에서 홀데인 교수는 단테가 생각하는 중력과 지구 구형설이 당시에 예외적인 것이었다고 생각하는 듯 보입니다. 그러나 단테가 참고했을 가장 인기 있고 정통적인 권위자는 그가 태어나기 일 년 전에 죽은 보베의 뱅상[5]입니다. 그의 책 《자연의 거울 *Speculum Naturale*》은 지구 *terre globus*에 중심을 관통하는 구멍이 있고 거기에 돌을 하나 떨어뜨린다면, 그 돌은 지구 중심에 머물 거라는 사실을 알려줍니다(7권 7장). 다시 말해, 제가 신통찮은 과학자인 것처럼 홀데인 교수는 신통찮은 역사가입니다. 차이가 있다면 그의 엉터리 역사는 사실이라고 쓴 저서들에 등장하는 반면, 저의 엉터리 과학은 로망스에 등장한다는 것입니다. 저는 상상의 세계들에 대해 쓰고 싶었습니다. 지금은 우리의 행성 전부가 탐험이 끝난 상황이라, 상

---

4) King Alfred, 849-899. 문무를 겸비한 앵글로색슨계의 잉글랜드 왕.
5) Vincent of Beauvais, 1184/1194?-1264?. 도미니크회 수사.

상의 세계를 배치할 수 있는 곳은 다른 행성들뿐입니다. 제 목적을 위해서는 '일반 독자' 안에 '불신의 자발적 유예'를 만들어내기에 충분한 대중천문학이 필요했습니다. 누구도 그런 환상문학이 진짜 과학자를 만족시키기를 기대하지 않습니다. 역사로망스 작가가 진짜 고고학자를 만족시키기를 기대하지 않는 것과 같지요. (《로몰라》[6]에서처럼 그런 진지한 시도가 이루어지면 대체로 책을 망칩니다.) 그래서 제 이야기들에는 많은 과학적 거짓이 들어있습니다. 그중 일부는 집필 당시 저도 알고 있었습니다. 화성의 수로들이 거기 등장하는 이유는 제가 화성에 수로가 있다고 믿어서가 아니라 그것들이 대중적 전통의 일부이기 때문입니다. 행성들의 점성술적 특성도 같은 이유로 활용했습니다. 시드니[7]에 따르면 결코 거짓말하지 않는 작가는 시인뿐인데, 시인만이 절대 본인의 진술이 진실이라고 주장하지 않기 때문입니다. '시인'이 너무 고상한 용어라면 다른 식으로 표현할 수도 있습니다. 홀데인 교수는 장난감 코끼리를 조각하고 있는 저를 보고 제 목표가 동물학을 가르치는 것인 양 비판합니다. 그러나 제가 얻고자 했던 것은 과학이 아는 코끼리가 아니라 우리의 오랜 친구 점보 Jumbo였습니다.

6) *Romola*. 조지 엘리엇이 15세기를 배경으로 쓴 역사소설.
7) Philip Sidney, 1554-1586, 영국의 군인, 문인.

(2) 홀데인 교수는 저의 과학에 대한 본인의 비판을 전초전 정도로 여긴 것 같습니다. 두 번째 공격(루이스가 과학자들을 비방한다)과 더불어 우리는 보다 심각한 지점에 이릅니다. 그리고 여기서 더없이 안타깝게도, 그는 엉뚱한 책―《그 가공할 힘》―에 집중하여 본인 주장의 강점을 놓쳐 버립니다. 제 로망스 중에서 과학자들을 비방한다는 공격을 받을 만한 책은《침묵의 행성 밖에서》뿐일 것입니다. 그 책은 과학자들을 공격하지는 않지만, 과학주의scientism―이 특정한 세계관은 과학의 대중화와 느슨하게 이어져 있지만 진짜 과학자들보다는 독자들 사이에서 더 일반적입니다―라 부를 만한 것을 분명하게 공격합니다. 과학주의는 한마디로 인류의 영구보존이 최고의 도덕적 목표이고, 생존에 적합하게 되는 과정에서 인간 종이 우리가 인간에게서 귀중하게 여기는 모든 것, 즉 연민, 행복, 자유까지 다 잃는다 해도 이 목표를 추구해야 한다는 믿음입니다. 어떤 작가든 이런 믿음을 글에서 공식적으로 내세우는 것을 보게 될 것 같지는 않습니다. 이런 주장들은 모습을 감춘 채 주요 전제들로 설정되어 몰래 스며듭니다. 그러나 저는 이런 믿음이 다가오는 것을 감지할 수 있었습니다. 쇼Shaw의《므두셀라로 돌아가라Back to Methuselah》에서, 스테이플던의 책에서, 홀데인 교수의 '최후의 심판'(《가능세계들》에 실림)에서 말입니다. 물론 저는 홀데인 교수가 본인의 이상을 그가 상상한 금성인[8]들의 이상과 분리하여 생각하는 것에 주목했습니다. 그는 자신의 이상이 금성인들과 '개인적 행복의 추구에 몰두하는' 지구인들 '중간 어디쯤'에 있다고 말합니다.

'개인적 행복의 추구'는 '각 개인이 이웃의 행복을 희생시켜 자기 행복을 추구'한다는 의미로 쓰인 것 같습니다. 그러나 이 문구를 뭔가 다른 종류의 행복이 있다—개인 이외의 다른 어떤 주체가 행복이나 불행을 누릴 수 있다—는 (제게는 무의미한) 견해를 지지하는 것으로 이해할 수도 있습니다. 저는 홀데인 교수의 '중간 어디쯤'이 금성인 쪽에 상당히 가깝다는 생각도 했습니다(제 생각이 틀렸을까요?). 저는 이런 인생관, 말하자면 이런 윤리관에 반대하여 풍자적 환상물을 썼고, 웨스턴이라는 캐릭터에다 '메타생물학적' 이단서설을 내세우는 광대 같은 악당 이미지를 투사했습니다. 제가 공격하는 견해는 과학자들 사이에 주로 퍼져 있는 것은 아니기 때문에 웨스턴을 과학자로 설정한 것이 부당했다고 누군가 말씀하신다면, 그런 비판이 과민한 감은 있다고 생각하지만 그래도 그분의 말씀에 동의할 수 있을 것 같습니다. 이상한 점은 홀데인 교수가 웨스턴이 '딱 봐도 과학자'라고 생각한다는 것입니다. 제가 만든 웨스턴 캐릭터에 확신이 없었던 저는 그런 반응에 마음이 놓였습니다. 제가 저의 책들을 비판하는 일을 의뢰받는다면, 플롯상 물리학자여야 하는 웨스턴이 전적으로 생물학적인 데만 관심을 갖는 것 같다는 점을 지적할 것입니다. 그런 허풍선이가 우주선

---

8) Venerite, '최후의 심판'에서 홀데인이 상상한 금성인들은 지구에서 온 정착민들로서 극도의 집단주의를 발휘하여 스스로를 진화시켜 나가며 생존을 도모한다.

은커녕 쥐덫 하나라도 발명할 수 있겠느냐고 물을 것입니다. 그러나 제가 원했던 것은 환상만이 아니라 익살극이기도 했습니다.

《페렐란드라》에서 전작[인 《침묵의 행성 밖에서》]의 내용을 단순히 이어가기만 하지 않는 부분은 주로 저의 동료 신자들을 위한 것입니다. 홀데인 교수는 긍정적으로든 부정적으로든 이 진짜 주제에 아무 관심이 없을 것입니다. 저는 한 가지만 지적하고 싶습니다. 그가 만약 천사들이 그 행성의 통치권을 인간들에게 양도하는 아주 정교한 의식에 주목했더라면, 화성[9]에서 그려진 '천사 통치'가 제게는 과거지사라는 사실을 깨달았을 것이라는 점입니다. 성육신으로 상황이 달라졌거든요. 홀데인 교수가 이 견해 자체에 관심을 가질 거라고 기대하지는 않지만, 이것은 적어도 한 가지 정치적 논리 일탈은 막아줄 수 있었을 것입니다.

홀데인 교수는 《그 가공할 힘》을 거의 완전히 오해했습니다. 이 책에 '선한' 과학자를 등장시킨 이유는 바로 '과학자들' 자체가 표적이 아니라는 것을 보여 주기 위해서였습니다. 이 논점을 더 분명히 하고자, 저는 그 과학자를 국가공동실험연구소N.I.C.E.(이하 국공연)[10]에서 떠나보냈습니다. "N.I.C.E.가 과학과 모종의 관련이 있다"(83쪽)

---

9) 《침묵의 행성 밖에서》의 무대.
10) 《그 가공할 힘》에 등장하는 연구소. 소수의 우월한 인간을 제외하고 인간과 자연을 멸절시키는 것을 비밀리에 추구한다.

는 자신의 처음 믿음이 잘못되었음을 알게 되었다는 설정으로 말입니다. 그리고 저항하지 못한 채 국공연에 끌려가는 이 책의 주인공 남자는 다음과 같이 묘사됩니다(226쪽). 그는 "과학적인 것도 고전적인 것도 아닌 그저 '현대적'인 교육을 받았을 뿐이었다. 엄격한 추상 능력도 고귀한 인간 전통도 그를 비껴가고 말았다. …… 그는 정확한 지식이 요구되지 않는 과목들에서 언변 좋은 수험생이었다." 바로 제 논점을 이중 삼중으로 분명히 하기 위해 이 한량에게 점점 더 큰 영향력을 행사하는 위더[11]의 생각을 과학적인 것이 아니라 철학적인 것으로 제시했습니다(438쪽). 그래도 충분하지 않을까 봐 이 주인공 남자(이 사람의 모델은 제가 아니고, 제가 어느 정도 아는 누군가의 모습에 상상력을 가미한 것입니다)로 하여금 사악한 '과학주의'가 과학에 스며들고 있는데도 과학 "자체는 선하고 결백"(248쪽)하다고 말하게 했습니다. 끝으로 우리가 이 이야기에서 줄곧 직면하게 되는 적들은 과학자들이 아니라 관리들입니다. 이 책에서 자신이 비방당하는 느낌을 받아야 할 사람이 있다면 과학자가 아니라 공무원이고, 공무원 다음으로는 특정 철학자들입니다. 프로스트[12]는 와딩턴 교수[13]가 제시한 윤

---

11) Wither. 국공연의 부소장이자 실세.
12) 《그 가공할 힘》의 등장인물. 심리학자로 대학교수였다가 국공연에서 일한다. 국공연의 실체를 알고 있으며, 배후의 악한 천사들과 교류한다.
13) Conrad Hal Waddington, 1905-1975. 영국 유전학자. 유전학적인 방법으로 인간을 개선시키고자 연구하는 우생학을 지지했다.

리이론의 대변자이지만, 그렇다고 해서 현실의 와딩턴 교수가 프로스트 같은 사람이라는 뜻은 아닙니다.

그렇다면 저는 무엇을 공격한 것일까요? 첫째, 가치에 대한 특정한 견해입니다. 저의 이 공격은 《인간 폐지》에서 숨김없이 볼 수 있습니다. 둘째, 저는 야고보 사도 및 홀데인 교수와 마찬가지로, '세상'과 벗하는 것은 하나님의 원수가 되는 일이라고 말하고 있었습니다. 하지만 홀데인 교수는 돈에 의존하는 상태의 위협과 유혹의 관점에서만 '세상'을 바라보고, 저는 그렇지 않습니다. 이것이 우리의 차이입니다. 제가 이제껏 경험한 가장 '세상적' 사회는 남학생들의 집단입니다. 강자들의 잔인함과 오만, 약자들의 사대주의와 상호배신, 양쪽 모두의 끝 모를 속물근성에 있어서 가장 세속적이었습니다. 학교 내 프롤레타리아를 구성하는 대부분은 학교 귀족들의 호의를 얻기 위해 어떤 치사한 일도 능히 해내고 견딜 수 있었고, 귀족들은 어떤 몹쓸 일, 불의한 일이라도 얼마든지 저지를 수 있었습니다. 그러나 그런 계급제도는 용돈의 액수에 전혀 의존하지 않았습니다. 자기가 원하는 대부분의 것을 비굴한 노예들이 내놓고 모자라는 부분은 무력으로 빼앗을 수 있다면 누군들 돈 걱정을 하겠습니까? 저는 이 교훈을 일평생 잊지 않았습니다. 이것이 제가 '우리 행성 표면의 육분의 일'에서 맘몬이 쫓겨난 것[14]을 홀데인 교수처럼 기뻐할 수 없는 이유 중 하나입니다. 저는 맘몬이 추방된 세상에서 이미 살아보았고, 그곳은 제가 이제껏 경험한 것 중 가장 사악하고 비참한 곳이었습니다. 맘몬이 유일한 악마라면 문제는 달라질 것입니다. 그러나 맘몬이 왕좌를 비운 곳에서 몰록이 활개를 친다면 어떻게 될까요? 아리스토텔레스가 말한 대로, "인간들이 독재자가 되는 것은 추위를 막기 위해서가 아닙"니다. 물론 모든 인간은 쾌락과 안전을 원합니다. 그러나 모든 인간은 권력뿐 아니라 '사정을 잘 아는' 상태나 '내부 패거리'에 들어 있다는 느낌, '외부자'가 아니라는 느낌도 원합니다. 이 갈망은 제대로 연구되지 않았고 제 이야기의 주된 테마입니다. 돈이 이 모든 상을 받는 열쇠가 되는 사회에서는 물론 돈이 주된 유혹이 될 것입니다. 그러나 열쇠가 바뀌어도 욕망들은 여전히 남아 있을 것이고 가능한 다른 열쇠들이 많이 있습니다. 이를테면 공식적 위계조직에서의 지위가 있습니다. 야심만만하고 세속적인 사람이라고 해서 꼭 수입이 더 많은 자리를 선택하지는 않을 것입니다. 이 시대에도 말입니다. '더 높이 더 깊숙이' 들어가는 즐거움은 약간의 수입을 희생할 만한 가치가 있을 수 있습니다.

(3) 셋째, 제가 과학적 계획을 공격했습니까? 홀데인 교수는 "루이스 교수의 생각은 아주 분명하다. 과학을 인간사에 적용하는 것은 지옥을 불러올 뿐이다"라고 말했습니다. 여기서 "……할 뿐"이라는

14) 공산화를 가리킨다.

말에는 어떤 근거도 없음이 분명합니다. 그러나 만일 제가 과학석 계획수립에서 심각하고 광범위한 위험을 감지했다고 생각하지 않았더라면 '동화'와 '과장된 이야기'라고 부른 장르에서까지 과학적 계획수립에 그렇게 중심적인 위치를 부여하지 않았을 거라는 생각은 옳습니다. 그러나《그 가공할 힘》을 하나의 명제로 축소해야 한다면, 그 명제는 홀데인 교수가 생각하는 것과 거의 정반대의 내용일 것입니다. '과학적 계획은 분명히 지옥을 불러올 것이다'가 아니라 '현대의 조건에서 지옥으로 이끄는 모든 효과적인 초대는 분명히 과학적 계획을 가장하여 등장할 것이다'입니다. 히틀러 정권이 실제로 그렇게 등장했습니다. 모든 독재자는 피해자들이 존중하는 것을 갖고 있다고, 그들이 원하는 것을 주겠다고 주장하면서 활동을 시작할 수밖에 없습니다. 대부분의 현대 국가들의 다수 국민들은 과학을 존중하고 계획되는 상태를 원하니까요. 그러므로 우리를 노예로 삼고 싶어 하는 개인이나 집단이 있다면, 당연히 '과학적으로 계획된 민주주의'를 자처할 수밖에 없습니다. 모든 진짜 구원도 똑같이—진실이라는 점에서 다르겠지만—'과학적으로 계획된 민주주의'를 자처할 것입니다. 그런 이름을 달고 나오는 것이 있다면 모두 아주 주의 깊게 살펴야 할 큰 이유가 되겠지요.

홀데인 교수에게는 이런 독재에 대한 저의 우려가 진실하지 않거나 소심한 태도로 보일 것입니다. 그에게 위험은 전부 정반대 방향에, 즉 개인주의의 혼란스러운 이기성에 있습니다. 여기서 제가 왜 모종의 이데올로기적 과두제의 훈련된 잔인함을 더 두려워하는지 그 이유를 설명하고 넘어가야겠습니다. 홀데인 교수는 이 부분에 대해 나름의 설명을 제시합니다. 그는 '사회변화로 패배자가 될' 처지라는 사실이 제 안에서 무의식적 동기로 작용한다고 생각합니다. 물론 저를 강제수용소로 보내 버릴 수도 있는 변화를 환영하기는 어려울 것입니다. 그런데 여기서 저는 홀데인 교수에게도 자신을 전능한 과두제 정부의 최고위직에 올려 줄지도 모르는 변화를 거부하기란 똑같이 어렵지 않겠느냐는 말을 덧붙일 수 있습니다. 보시다시피 이런 식의 동기 폭로 게임은 전혀 흥미롭지 못합니다. 양측 모두 지겨워질 때까지_ad nauseam_ 이 게임을 계속할 수 있지만, 서로에 대한 비방이 다 끝난 후에도 모든 사람의 견해를 자체의 장단점에 따라 고려해야 하는 일은 고스란히 남습니다. 그러니 동기 폭로 게임은 사절하고 논의를 이어가겠습니다. 제 말을 듣고 홀데인 교수가 동의하게 되기를 바라지는 않습니다. 그러나 악마숭배가 실질적으로 가능하다고 제가 생각하는 이유 정도는 그가 이해하게 되었으면 좋겠습니다.

저는 민주주의자입니다. 홀데인 교수는 제가 그렇지 않다고 생각하고 《침묵의 행성 밖에서》의 한 대목이 그 근거라고 봅니다. 그 대목에서 저는 하나의 종 안에서 이루어지는 관계(정치)가 아니라 한 종과 다른 종의 관계를 논합니다. 그의 해석을 일관성 있게 풀어 보면, 저는 말馬에게 어울리는 것은 민주주의가 아니라 군주제라는 견해를 내세운 것이 됩니다. 자주 그렇듯, 여기서 제가 실제로 말하고자 한 내용은, 홀데인 교수가 이해했다면 그저 심심하게 여기고 말았을 그런 내용입니다.

제가 민주주의를 지지하는 이유는 다른 이들에 대한 무제한의 권력을 맡길 만큼 선한 개인이나 집단은 없다고 믿기 때문입니다. 그리고 그런 권력이 고상한 주장을 내세우면 내세울수록, 통치자들과 피지배자들 모두에게 더욱 위험하다고 저는 생각합니다. 독재자가 꼭 있어야만 한다면, 종교재판관보다는 날강도 귀족이 훨씬 낫습니다. 날강도 귀족의 잔인함은 때로는 잠들 수 있고, 그의 탐욕은 어느 지점에서 채워질 수도 있습니다. 그리고 그는 스스로 잘못하고 있음을 희미하게나마 알고 있기에 회개할 가능성도 있다고 할 수 있습니다. 그러나 자신의 잔인함과 권력욕을 하늘의 음성으로 오인하는 종교재판관은 우리를 무한정 괴롭힐 것입니다. 그는 떳떳한 양심으로 우리를 괴롭히고 자신의 조금이나마 나은 충동들은 잘못된 유혹으로 느끼기 때문입니다. 신권정치는 그야말로 최악이기 때문에, 어떤 정부가 신권정치에 가까워질수록 그만큼 더 나쁜 정부가 될 것입니다. 통치자들이 종교처럼 강하게 신봉하는 형이상학은 나쁜 징조입니다. 그런 형이상학은 종교재판관처럼 반대자들 안에서 일말의 진실이나 선조차 찾지 못하게 만들고, 도덕의 평범한 통치를 폐기하게 만들고, 통치자들이 자주 품는 평범한 인간의 열정들을 고귀하고 초인적인 그 무엇으로 인정해 줍니다. 한마디로 그런 형이상학은 건전한 의심을 허용하지 않습니다. 정치적 프로그램의 정당성에 대한 확신은 '아마도 옳을 것'이라는 정도가 최선입니다. 우리는 현재에 대한 모든 사실을 결코 알 수 없고 미래에 대해서는 추측만 가능합니다. 특정 정당의 프로그램―이것이 실제로 내세울 수 있는 최고의 주장은 합리적이고 신중한 판단이라는 정도입니다―에다 증명가능한 수학적 정리에만 부여해야 할 전폭적 동의를 허락하는 것은 일종의 도취입니다.

그런데 이런 잘못된 확신이 홀데인 교수의 글에 나옵니다. 그는 사람이 고리대금에 대해 정말로 의심할 수 있음을 믿지 못합니다. 제가 틀렸다고 생각하는 그에 대해 저는 아무 불만이 없습니다. 제게 충격적인 것은 그 문제가 너무나 명확해서 그에 대한 진정한 주저함은 절대 있을 수 없다고 대뜸 가정하는 그의 태도입니다. 이것은 아리스토텔레스의 원리를 어기는 일입니다. 아리스토텔레스의 원리에 따르면 모든 탐구에서는 주제가 허용하는 정도만큼의 확실성을 요구해야 합니다. 자신이 실제보다 더 멀리 보는 척 가장해서는 결코 안 됩니다.

저는 민주주의자이기에 모든 극단적이고 급한 사회변화(어떤 방향으로의 변화든)에 반대합니다. 그런 변화는 특정한 기법에 의해서가 아니면 발생하지 않기 때문입니다. 그 기법에는 고도로 훈련된 소규모 집단의 권력 장악이 포함되고, 공포와 비밀경찰이 자동적으로 그 뒤를 따라오는 것 같습니다. 저는 어떤 집단도 그런 권력을 쥐어도 될 만큼 선하지 않다고 생각합니다. 그들은 우리와 똑같은 정념을 가졌습니다. 그들 조직의 비밀주의와 규율은 내부 패거리에 들고 싶은 갈망, 제가 보기에는 탐욕 못지않게 사람을 타락시키는 갈망을 이미 그들 안에 불붙였을 것입니다. 그리고 그들의 거창한 이데올로기적 주장은 그들의 모든 정념에 대의명분이라는 위험한 위신까지 더해주었을 것입니다. 따라서 변화가 어떤 방향으로 이루어지든, 제게 그 변화는 그 작동방식*modus operandi*에 의해 저주받은 것으로 보입니다. 모든 공적 위험 중에서도 최악의 것은 공안위원회[15]입니다. 《그 가공할 힘》에서 홀데인 교수가 절대 언급하지 않는 인물이 있는데 비밀경찰의 국장인 미스 하드캐슬입니다. 그녀는 모든 혁명의 공통인자입니다. 그녀가 말한 대로, 그녀가 맡은 그런 업무에서 모종의 재미를 보지 않고도 그 업무를 잘 해낼 사람은 찾아낼 수 없을 것입니다.

물론 때로는 실제 사태가 너무 심각한 나머지 혁명적 수단을 써서라도 변화를 감행해야 한다는 유혹을 받을 수 있을 것입니다. 절박한 질병에는 절박한 치료가 필요하고, 필요 앞에는 법이 없다고 하지요. 그러나 이 유혹에 굴복하는 것은 아주 위험합니다. 바로 이런 구실 아래 온갖 가증한 일이 들어옵니다. 히틀러, 마키아벨리적 군주, 종교재판, 주술사, 이 모두는 자신이 세상에 필요하다고 주장했습니다.

이런 관점에서 보면 홀데인 교수가 제가 말하는 악마숭배의 의

---

15) 프랑스대혁명 기간 중 공포정치를 펼쳤던 통치기구.

미를 상징으로 이해하게 되는 것은 불가능한 일일까요? 제게 이것은 상징만이 아닙니다. 이것과 현실의 관계는 더 복잡하지만 홀데인 교수는 그것에 아무런 흥미도 없을 것입니다. 그러나 악마숭배가 적어도 부분적으로는 상징적이기에 저는 초자연적 요소를 도입하지 않고도 파악할 수 있는 선에서 그 의미를 설명해 보려 합니다. 설명을 시작하기에 앞서 다소 별난 오해를 하나 바로잡아야 하겠습니다. 악마를 숭배한다고 비판할 때는 보통 그들이 알면서 악마를 숭배한다는 뜻이 아닙니다. 그런 왜곡된 현상은 아주 드뭅니다. 합리주의자가 특정한 그리스도인들, 이를테면 17세기 칼뱅주의자들이 악마를 섬겼다고 비난할 때는 그들이 악마로 인식했던 존재를 섬겼다는 의미가 아닙니다. 그의 말은, 자기가 볼 때 악마적인 특성을 가진 존재를 그들이 하나님으로 섬겼다는 뜻입니다. 정확히 이런 의미에서, 오로지 이런 의미에서만 저의 프로스트는 악마들을 섬깁니다. 그는 '매크로브'[16]들을 흠모하는데, 그들이 인간들보다 더 강하고, 따라서 더 '높기' 때문입니다. 그는 [앞서 소개한] 제 공산주의자 친구가 저를 혁명 편에 끌어들이려고 제시한 것과 같은 근거로 그들을 숭배합니다. 지금은 프로스트가 한 것으로 제가 그려낸 일을 누구도 (아마) 하지 않을 것입니다. 그러나 그는 이미 관찰이 가능해진 현대의 특정한 경향

---

16) macrobe. 타락한 엘딜 또는 천사.

이라는 선을 끝까지 그으면 만나게 될 이상점理想點입니다.

이런 경향들 중 첫 번째는 집단적인 것을 점점 드높이고 개인에게는 점점 부심해지는 분위기입니다. 이것의 철학적 근원은 아마 루소와 헤겔이겠지만, 거대한 비인격적 조직들을 가진 현대생활의 일반적 특성이 그 어떤 철학보다 더 강력할지도 모릅니다. 홀데인 교수 본인이 현대인들의 이런 정신상태를 매우 잘 보여 줍니다. 그는 "자기 이웃을 자기 자신처럼 사랑하는 죄 없는 존재"를 위해 언어를 발명한다면, 그 언어에는 '나의', '나', 그리고 '기타 인칭대명사와 격변화'에 해당하는 단어가 없는 것이 적절할 것이라고 생각합니다. 다시 말해, 그는 이기심의 문제에 대한 두 가지 정반대 해결책, 즉 사랑(이것은 인간들 간의 관계입니다)과 인간 폐지의 차이점을 알아보지 못합니다. [비인격적 대상인 '그것'과 대비되는 인격적 대상인] '너Thou'만이 사랑받을 수 있고, '나,'만이 '너'의 존재 목적이 될 수 있습니다. 누구도 다른 인격들과 대조되는 인격으로서 자신을 의식하지 못하는 사회, 누구도 "나는 당신을 사랑합니다"라고 말할 수 없는 사회에서는 물론 이기심도 없겠지만, 그것은 사랑을 통해 이루어진 결과가 아닐 것입니다. 그것은 한 양동이 물이 이기적이지 않은 것과 비슷하게 '비이기적인' 상태일 것입니다. 또 다른 좋은 사례는 《므두셀라로 돌아가라》에 등장합니다. 그 책에서 하와는 인간에게 생식 기능이 있음을 알게 된 직후 아담에게 이렇게 말합니다. "내가 새 아담을 만들고 나면 당신은 죽어도 돼요. 그 전에는 안 돼요. 새 아담을 만들고 나면 언제든 당신 원하는 대로 해요." 여기서 개인은 중요하지 않습니다. 그렇다면 인류가 생존을 이어가는 한 (여기서 이전 윤리의 작은 조각들이 대부분의 사람들 마음에 남아있음을 확인할 수 있습니다) 개인에게 무슨 일을 하든 중요하지 않을 것입니다.

현대의 두 번째 경향은 현대적 의미에서의 '당'이 등장한 것입니다. 파시스트당, 나치당, 공산당 말입니다. 이런 형태의 당이 19세기의 정당들과 다른 점은 당원들이 자신은 단순히 어떤 프로그램을 수행하는 것이 아니라 비인격적 힘에 복종하고 있고, 자연Nature이나 진화Evolution나 변증법Dialectic이나 인종Race이 자기들을 끌어가고 있다고 믿는다는 데 있습니다. 여기에는 두 가지 믿음이 동반하는 경향이 있는데, 제가 볼 때 이 두 믿음은 논리적으로 조화될 수 없지만 감정적 차원에서는 아주 쉽게 뒤섞입니다. 당은 필연적인 과정을 구현한다는 믿음과 이 과정을 추진하는 것이 최고의 의무이고 모든 평범한 도덕법을 폐기한다는 믿음입니다. 이런 정신상태에서 인간은 자신들의 악덕에 따를 뿐 아니라 그것을 영광스럽게 여긴다는 의미에서 악마숭배자가 될 수 있습니다. 모든 사람은 때때로 자신의 악덕에 따릅니다. 그러나 잔인함, 질투, 권력욕이 위대한 초인적 힘의 명령으로 보일 때 사람은 악덕을 실행하면서도 스스로 잘하고 있다고 생각합니다. 이런 현상의 첫 번째 징후는 언어에서 나타납니다. '죽이다'가 '정리하다liquidate'가 될 때, 위의 과정은 이미 시작된 것입니다. 유사과학적 단어가 피와 눈물, 또는 연민과 수치의 대상을 소독해 버리면, 자비 자체가 일종의 너저분함으로 치부될 수 있습니다.

[루이스는 여기서 더 나아가 이렇게 말한다. "현재로서는 이런 현대의 '당'이 어떤 형이상학적 힘을 섬긴다는 인식에서 종교에 가장 근접하고 있습니다. 독일의 오딘 숭배Odinism 또는 러시아의 레닌 시체 숭배는 아마도 별로 중요하지 않을 것입니다. 더 중요한 것은······" 여기서 원고가 중단된다. 한 쪽(그 이상은 아닌 것 같다)이 빠져 있다. 루이스가 흔히 그러듯이 원고를 접어서 한쪽 면에다 연필로 '반反 홀데인'이라는 제목을 갈겨 쓴 것으로 보아 마지막 쪽은 에세이를 쓰고 얼마 후에 사라진 것 같고, 루이스는 그 사실을 몰랐던 것 같다.]

이야기에 관하여

X

《호빗》

출판인들은 《호빗》과 《앨리스》가 아주 다르지만 교수가 노는 시간에 쓴 작품이라는 점에서 닮았다고 주장합니다. 그런데 더 중요한 진실이 따로 있습니다. 독자가 고유의 세계로 들어가게 해준다는 점을 제외하면 공통점이 전혀 없는 극소수의 책들에 속한다는 점이지요. 이 책들 속에 펼쳐지는 고유의 세계는 독자가 그리로 우연히 발을 들여놓기 이전에도 엄연히 존재하던 것처럼 보이지만, 제대로 된 독자가 그곳을 발견하는 순간 그에게 없어서는 안 될 장소가 됩니다. 《호빗》의 위치는 《앨리스》, 《플랫랜드》, 《판타스테스》, 《버드나무에 부는 바람》에 준합니다.

《호빗》의 세계를 정의하는 것은 물론 불가능합니다. 새로운 세계이기 때문이지요. 그리로 가기 전에는 그곳을 예상할 수 없고, 한번 방문한 다음에는 잊을 수 없습니다. 작가의 훌륭한 삽화들과 검은 숲Mirkwood, 고블린 문Goblingate, 에스가로스Esgaroth의 지도가 독자에게 어떤 세계를 예감하게 하는데, 책장을 처음 넘길 때 우리 눈을 사로잡는 난쟁이와 용의 이름들도 그런 역할을 합니다. 작품에는 난쟁이들이 거듭 등장하고, 어린이 이야기를 위한 어떤 일반 창작법을 적용해도 톨킨 교수의 피조물들만큼 고유의 땅과 역사에 깊이 뿌리 내린 —톨킨 교수는 이야기에 필요한 정도보다 이에 대해 훨씬 많이 아는 것 같습니다— 피조물들을 창조할 수는 없을 것입니다. 일반 창작법으로는 그의 이야기의 담담한 시작부("호빗들은 작은 사람들로 난쟁이보다 작고 수염이 없었지만 릴리푸트[1]보다는 훨씬 컸다.")*가 이후 장들에서 사가saga 같은 어조("보물을 지키는 자가 없었다면, 당신이 그 유산 중 얼마만큼의 몫을 우리 종족에게 지불했을지 묻고 싶소.")**로 바뀌는 흥미로운 전환을 전혀 예상할 수 없습니다. 그 변화가 얼마나 필연적인지, 주인공의 여정과는 어떻게 보조를 맞추는지 확인하려면 직접 책을 들고 읽어야 합니다. 모든 것이 경이롭지만 자의적이지는 않습니다. 야생지대Wilderland의 모든 거주자는 우리 세계의 거주자와 똑같이 의문의 여지가 없는 존재 권리를 가진 듯 보입니다. 물론 그 주민들을 만나는 운 좋은 어린이는 —배움이 부족한 어른들도 그에 못지않게— 그들의 뿌리라고 할 수 있는 우리 혈통과 전통의 깊은 근원들에 대해서는 알지 못할 것입니다.

이 책이 두고두고 많이 읽히기 전 처음 읽히는 곳이 유아방일 수 있다는 의미에서만 어린이 책이라는 것을 이해해야 합니다.《앨리스》는 어린이들이 진지하게 읽고 어른들은 웃음을 터뜨리며 읽습니다.

---

[1] 《걸리버 여행기》에 나오는 소인국. 그곳 사람들은 키가 15센티미터 정도.
* The Hobbit: or There and Back Again(1937), ch. 1.
** The Hobbit, ch. XV.

반면에 《호빗》은 가장 어린 독자들이 가장 재미있게 읽고, 이후 여러 해가 지나서 열 번이나 열두 번째쯤 읽을 때야 비로소 그 안에 담긴 모든 것이 그토록 원숙하고 친근하고 나름의 방식으로 참되게 하기 위해 얼마나 뛰어난 학식과 심오한 사색이 들어갔는지 깨닫기 시작할 것입니다. 예언은 위험한 일입니다만, 《호빗》은 아마 고전으로 자리 잡을 것입니다.

XI

톨킨의 《반지의 제왕》

이 책*은 마른하늘에 내려친 번개와 같습니다. 《순수의 노래》[1]가 당대에 그랬듯 기존의 책들과 현저히 다르고 예측할 수 없는 책입니다. 반反낭만주의 경향이 거의 병적인 수준인 시대에 이 책으로 멋지고 유려하고 당당한 영웅로맨스가 불현듯 귀환했다고 말하기엔 적절치 않습니다. 그런 이상한 시대를 사는 우리에게 그 귀환—과 그에 따른 순전한 안도감—은 분명 중요한 일입니다. 그러나 로맨스 자체의 역사—《오디세이아》와 그 너머까지 거슬러 올라가는 역사—에서 이 책의 출현은 귀환이 아니라 진전 또는 혁명이요, 새로운 영역의 정복입니다.

이와 같은 것은 이전에 이루어진 적이 없습니다. 나오미 미치슨[2]이 말한 대로, "독자는 이 책을 맬러리의 작품[3]처럼 진지하게 받아

---

* 《반지의 제왕》 3부작의 1부 〈반지원정대The Fellowship of the Ring〉(1954). 2부 〈두 개의 탑 The Two Towers〉과 3부 〈왕의 귀환The Return of the King〉은 1955년에 출간되었다. 톨킨은 나중에 하드커버 재판(1966)을 위해 책 전체를 개정하게 된다.

1) Songs of Innocence. 1789년 윌리엄 블레이크가 낸 시집.

2) Naomi Mitchison, 1897-1999. 스코틀랜드의 소설가, 시인.

3) 《아서왕의 죽음》을 가리킴.

들이게" 됩니다.* 그런데 우리가《아서왕의 죽음》에서 거부할 수 없는 현실감을 느끼는 것은 주로 몇 세기에 걸쳐 쌓인 여러 사람들의 노고가 그 작품에 고스란히 반영되어 육중한 무게로 다가오기 때문입니다. 하지만 톨킨 교수는 아무 도움 없이 그에 비기는 현실감을 전달합니다. 이것은 그가 이룬 완전하게 새로운 성취입니다. 이제껏 세상에 나온 책 중에 톨킨이 다른 지면에서 '하위 창조'라고 부른 일의 사례로 이만큼 철저한 사례는 없을 것입니다.** 모든 작가는 실제 우주에 직접적으로 빚질 수밖에 없는데(물론 보다 미묘하게 빚지기도 합니다), 이 작품에서 톨킨은 그러한 빚을 일부러 최소한으로 줄입니다. 그는 고유의 이야기를 창조하는 데 만족하지 않고, 고유의 신학, 신화, 지리, 역사, 고문서학, 언어, 존재의 질서가 뒤섞이며 이야기가 흘러가는 세계 전체—"헤아릴 수 없는 이상한 생물들이 가득한" 세계—를 과하다 싶을 만큼 다채롭게 창조합니다.*** 이름들만 해도 잔칫상이 따로 없습니다. 조용한 시골을 떠올리게 하는 이름(미셸 델빙, 사우스 파딩), 자신만만하고 당당한 이름(보로미르, 파라미르, 엘렌딜), 골룸이기도 한 스미골처럼 역겨운 이름, 사악한 힘 때문에 눈살이 찌푸려지는 바랏두르나 고르고로스 같은 이름, 그리고 그 어떤 산문작가도 제대로

* 'One Ring to Bind Them', *New Statesman and Nation*(18 September 1954).
** 'On Fairy-Stories' in *Essays Presented to Charles Williams*(1947).
*** 'Prologue', *The Fellowship of the Ring*.

포착해내지 못한 날카롭고 고귀한 엘프의 아름다움을 구현하는 최고의 이름(로스로리엔, 길소니엘, 갈라드리엘)도 있습니다.

이런 책에는 당연히 예정된 독자들이 있는 법이지만, 이렇게 수가 많고 비평안이 높을 줄은 미처 몰랐습니다. 그들에게 서평자가 해줄 말은 별로 없습니다. 칼처럼 날카롭고 강철처럼 불타는 아름다움이 여기 있다고, 마음을 비탄에 잠기게 할 책이 여기 있다고 말하는 것으로 족합니다. 그들은 이 책의 출간이 좋은 소식, 바랄 수 없이 좋은 소식임을 알 것입니다. 그들의 행복을 완성하기 위해 이 한 마디만 보태면 될 것 같습니다. '이 책은 장엄할 만큼 길고 길 것 같습니다. 3부작의 1부일 뿐이니까요.' 그러나 이 책은 너무나 훌륭하기에 자연적인 신민만 다스리기에는 아깝습니다. '바깥 사람들', 이 세계로 전향하지 않은 사람들에게 몇 마디 꼭 해야겠습니다. 적어도 가능한 오해는 치워야 하겠기에 말입니다.

첫째, 《반지원정대》는 어떤 면에서 저자의 동화 《호빗》의 연속편이지만, 이 책이 어떤 의미에서도 웃자란 '어린이물'이 아니라는 점을 분명히 알아야 합니다. 진실은 이와 정반대입니다. 《호빗》은 작가의 거대한 신화에서 떨어져 나와 어린이용으로 각색된 조각일 뿐입니다. 각색하면 뭔가 잃어버릴 수밖에 없지요. 《반지원정대》는 마침내 그 신화의 윤곽을 "그 참된 규모에 걸맞게" 제시합니다. 첫 장을 읽고 이 부분에 대한 오해가 생기기 쉬운데, 여기서 작가는 (모험을 감수하여) 전에 나온 훨씬 가벼운 책[4]과 거의 비슷한 방식으로 글을 씁니다. 이 책의 본론에서 깊이 감동할 일부 독자들은 1장이 썩 맘에 들지 않을 수도 있습니다.

하지만 그렇게 이야기를 시작하는 데는 합당한 이유가 있었습니다. 그 앞에 나오는 서장(이 부분은 정말 훌륭합니다)은 더더욱 그렇습니다. 독자는 호빗이라 불리는 생물들의 '소박함', 경박함, 통속성(가장 좋은 의미에서)에 먼저 푹 잠겨야만 했습니다. 이 야망 없는 종족은 평화롭지만 무정부주의자들에 가까웠고 얼굴은 "잘생겼다기보다는 온화한 인상"이었으며 "입은 언제든 웃고 먹을 준비가 되어" 있었습니다.* 그들은 흡연을 하나의 기술로 여기고 자신들이 아는 이야기를 들려주는 책들을 좋아합니다. 그들은 영국인들에 대한 알레고리는 아니지만, 어쩌면 영국인(여기다 네덜란드인을 추가해야 할까요?)만이 창조할 수 있었을 신화 속 종족일 것입니다. 이 책의 중심 테마라고 할 수 있는 것은 호빗들(또는 '샤이어')과 그중 일부가 부름받은 끔찍한 운명의 대조입니다. 그들은 자신들이 정상적인 것으로 알고 당연하게 여겼던 샤이어의 단조로운 행복이 실제로는 국지적이고 일시적인 사건이고, 그 행복은 호빗들이 감히 상상도 못했던 세력들에 의해 보호받고 있기에 가능한 것이며, 어느 호빗이라도 샤이어에서 떠밀려 나가

---

4) 《호빗》을 가리킴.

* 'Prologue', *The Fellowship of the Ring.*

그 거대한 싸움에 휩쓸릴 수 있다는 무시무시한 사실을 발견합니다. 더욱 이상하게도, 가장 강한 세력들 간의 싸움의 결과가 가장 약한 호빗에게 달려 있을 수 있습니다.

《반지의 제왕》이 알레고리가 아니라 신화라는 점은 구체적인 신학적·정치적·심리적 적용점을 알려 주는 단서가 없다는 것을 보면 알 수 있습니다. 신화는 각 독자에게 삶에서 가장 크게 다가오는 삶의 영역을 지목합니다. 신화는 마스터키이니 독자가 원하는 문을 여는 데 쓰면 됩니다. 그리고 《반지원정대》에는 똑같이 진지한 다른 주제들도 있습니다.

그렇기 때문에 '도피주의'나 '향수' 운운하는 비판도 '사적 세계'에 대한 불신도 이 작품에는 해당사항이 없습니다. 이 작품은 앵그리아[5]가 아니며 몽상도 아닙니다. 건전하고 조금도 방심하지 않는 이 창작품은 작가 정신의 통합성을 곳곳에서 드러냅니다. 우리가 모두 걸어 들어가 확인할 수 있고 그 안에서 이런 균형을 발견하는 세계를 '사적'이라 부르는 것이 무슨 소용이 있습니까? 도피주의로 말하자면, 이 책에서 우리는 평범한 삶의 환상들을 주로 피할 뿐, 고뇌는 결코 피하지 못합니다. 아늑한 불가에 앉는 장면과 잔치 장면도 많이 나와 각 사람 안에 있는 호빗을 만족시키지만, 제가 이 책에서 느끼

5) Angria. 브론테 남매들이 어릴 때 같이 지어낸 가상의 왕국.

는 주된 정서는 고뇌입니다. 그러나 그것은 우리 시대의 전형적인 문학에 등장하는 비정상적이고 일그러진 영혼의 고뇌가 아닙니다. 특정한 어둠이 닥쳐오기 전에 행복했던 이들, 어둠이 사라지는 것을 볼 때까지 살아남는다면 다시 행복해질 사람들의 고뇌입니다.

향수가 분명히 등장하지만 그것은 독자나 작가의 향수가 아니라 캐릭터들의 향수입니다. 이것은 톨킨 교수가 이룬 가장 위대한 성취 중 하나와 긴밀히 이어져 있습니다. 창작된 세계에서 영속성이라는 특성을 찾아보긴 힘들리라는 생각은 그럴 법합니다. 실제로 《광란의 오를란도》나 《놀라운 섬들의 물》[6]의 세계는 이야기의 막이 오르기 전에는 전혀 존재하지 않았다는 불안감을 줍니다. 그러나 톨킨의 세계에서는 에스가로스부터 포를린돈이나 에레드 미스린과 칸드 사이 어디에 발을 디뎌도 역사의 먼지가 일어나는 것을 피할 수 없습니다. 우리 세계도 특정한 드문 순간들을 제외하면 과거가 가득 담긴 경우는 잘 없는 것 같습니다. 이것이 캐릭터들이 짊어진 고뇌의 한 가지 요인입니다. 그러나 그 고뇌와 함께 이상한 행복감도 찾아옵니다. 그들은 사라진 문명과 잃어버린 영광의 기억으로 괴로워하는 동시에 거기에서 버틸 힘을 얻습니다. 그들은 제2시대와 제3시대를 살아남았습니다. 그 오랜 세월동안 생명의 포도주를 길어 올렸습니다. 책을

6) *The Water of the Wondrous Isles*, 1895년에 낸 윌리엄 모리스의 환상문학.

읽어나가다 보면 우리도 그들과 같은 짐을 지고 있음을 발견합니다. 책을 다 읽고 나면 우리는 느슨해져서가 아니라 더 강해진 채로 각자의 삶으로 복귀합니다.

그러나 이 책에는 여전히 더 많은 것이 있습니다. 가끔씩 우리로 선 추측만 할 수 있는 근원에서 태어나는, 그리고 작가 특유의 상상력에 비추어도 낯설다 싶은(독자는 그런 생각이 듭니다) 존재들이 생명력(인간의 생명은 아닙니다) 넘치는 모습으로 등장합니다. 그 존재들 앞에서는 우리를 울리고 웃기는 평소의 고뇌와 행복이 대수롭지 않게 보입니다. 톰 봄바딜과 잊을 수 없는 엔츠가 그런 존재입니다. 이것은 분명 창의력의 최고 경지입니다. 이런 경지에 이른 작가가 만들어낸 창조물은 본인의 것이 아니고 다른 누구의 것은 더더욱 아닌 듯합니다. 결국 신화창조는 가장 주관적인 활동이 아니라 가장 주관성이 덜한 활동인 것일까요?

아직도 이 책의 거의 모든 것—숲에 무성한 잎, 정념, 고귀한 미덕, 머나먼 지평선—을 다루지 못했습니다. 지면이 남아 있다 해도 거의 전달할 수 없을 겁니다. 결국 이 책의 가장 분명한 매력은 어쩌면 가장 심오한 매력이기도 합니다. "슬픔도 있었고 어둠은 짙어갔지만, 위대한 용기와 위업들이 완전히 허사는 아니었다."* 완전히 허사는 아니다.

---

* The Fellowship of the Ring, Bk. I, ch. 2.

이것이야말로 환상과 환멸 사이의 냉철한 중간지점입니다.

　이 작품 1부의 서평을 썼을 때, 저는 이 책이 성공할 자격이 충분하다고 확신했지만 이 정도로 성공할 거라고는 감히 기대하지 못했습니다. 제 기대가 틀린 것으로 드러나 행복합니다. 하지만 이 책에 대한 한 가지 잘못된 비판에는 답변이 있어야 할 듯합니다. 캐릭터들이 전부 흑 아니면 백이라는 불평입니다. 1부의 절정이 주로 보로미르의 마음에서 벌어지는 선악 간의 싸움을 다루기에, 어떻게 이런 불평이 나올 수 있었는지 알기는 쉽지 않습니다. 그래서 과감하게 추측을 해보겠습니다. 2부에서 누군가가 이렇게 묻습니다. "이런 시대에 무엇을 해야 할지 인간이 어떻게 판단해야 하겠소?" 이런 대답이 돌아오지요. "선과 악은 달라지지 않았소. …… 또 엘프와 난쟁이의 선악과 인간의 선악이 다른 것도 아니오."*

　이것이 톨킨이 만든 모든 세계의 토대입니다. 제 생각에 일부 독자들은 흑백의 이런 엄격한 구분을 보고 (마음에 들지 않아서) 그것을 악인들과 선인들의 엄격한 구분으로 여긴 것 같습니다. 체스판을 보고는 모든 말이 하나의 색깔에서 벗어나지 못하는 비숍처럼 움직인다고 (사실과는 다르게) 생각해 버리는 꼴입니다. 그러나 그런 독자들

* *The Two Towers*, Bk. III, ch. 2.

이라도 2부와 3부 내내 그렇게 밀어붙이지는 못할 것입니다. 올바른 편에서조차 동기는 복합적입니다. 지금은 배신자들인 이들도 처음에는 대개 비교적 순수한 의도에서 출발했습니다. 영웅적인 로한과 당당한 곤도르도 부분적으로는 병들었습니다. 비참한 스미골조차 이야기의 아주 끝부분에 이르기 전까지는 좋은 충동을 갖고 있습니다. 그리고 (비극적인 역설에 의해) 마침내 그를 벼랑 너머로 밀어 버리는 것은 가장 이타적인 캐릭터가 즉흥적으로 한 말입니다.

1-3부가 모두 2권씩으로 되어 있고, 이제 여섯 권 모두 우리 앞에 나오면서 이 로맨스가 가진 고도의 건축적 특성이 드러났습니다. 1권은 핵심주제를 쌓아 올립니다. 2권에서는 그 주제가 여러 회고적 자료로 풍성해지면서 계속 이어집니다. 그다음에 변화가 찾아옵니다. 3권과 5권에서는 갈라진 반지원정대원들의 운명이 모르도르와 관련하여 무리를 규합하고 재규합하는 대단히 복잡한 세력들과 뒤얽힙니다. 이것과 별도의 핵심주제가 4권을 차지하고 6권의 앞부분 (6권의 뒷부분에서는 물론 모든 갈등이 해소됩니다)도 여기에 할애됩니다. 그러나 저자는 독자가 핵심주제와 나머지 내용의 긴밀한 연관성을 잊어버리게 두지 않습니다. 한편으로는 전 세계가 전쟁에 나섭니다. 말발굽 소리, 나팔 소리, 철과 철이 부딪치는 소리가 울려 퍼집니다. 반면 저 멀리 한 켠에서는 비참한 생물들이 (광산 돌더미 위의 생쥐처럼) 어둠이 덮인 모르도르를 기어 다닙니다. 그리고 줄곧 우리는 세계의 운명을 크게 좌우하는 것은 큰 움직임보다는 작은 움직임이라는 것

이야기에 관하여

을 깨닫습니다. 이것은 최고 수준의 구조적 독창성이며 이 이야기의 파토스, 아이러니, 장엄함을 엄청나게 확장시킵니다.

하지만 이 이야기는 전혀 열등하지 않습니다. 위대한 순간들(이를테면 곤도르가 포위될 때의 새벽)을 골라 내자면 끝이 없을 것입니다. 저는 두 가지 일반적인 (그리고 전혀 다른) 탁월함을 언급하고 싶습니다. 하나는 놀랍게도 사실주의입니다. 이 전쟁은 저의 세대가 알았던 전쟁의 특성을 갖추고 있습니다. 여기에 전부 다 있습니다. 이해할 수 없는 끝없는 움직임, '모든 것이 준비된' 전선의 불길한 고요, 피난민들, 활기차고 생생한 우정, 절망스러움이 깔린 배경과 즐거운 전경, 폐허에서 '구해 낸' 최고급 은닉 담배처럼 하늘이 내린 횡재까지. 작가는 다른 지면에서 자신의 동화 취향은 전시복무로 깨어나 원숙해졌다고 말한 바 있습니다.* 그래서 우리는 그의 전쟁 장면들에 대해 (난쟁이 김리를 인용하여) 이렇게 말할 수 있습니다. "이곳 바위는 정말 좋군. 이 지방은 골격이 썩 튼튼하게 잡혀 있어."** 이 이야기의 또 다른 탁월한 점은 어떤 개인, 어떤 종족도 플롯을 위해서만 존재하는 일은 없는 듯 보인다는 점입니다. 모두가 고유의 권리에 따라 존재하고, 설령 그들이 플롯의 전개와 무관하다 해도 그 고유의 특징

* 'On Fairy-Stories'.
** *The Two Towers*, Bk. III, ch. 7.

만으로 창조할 만한 가치가 충분했을 것 같습니다. 나무수염Treebeard
은 다른 어느 작가라도 (다른 누군가가 그를 상상해낼 수 있었다면) 책 한
권에 통째로 쓸 수 있는 캐릭터일 것입니다. 그의 눈은 "오랜 세월에
걸친 기억과 길고 느리고 끊임없는 생각으로 가득"합니다.* 그의 이
름은 그 세월을 거치며 그와 함께 자라났기에, 이제는 그 이름을 말
할 수가 없습니다. 이제는 이름이 너무 길어서 발음할 수 없는 지경
이 된 것입니다. 그는 자신이 서 있는 곳이 '언덕'이라는 것을 알게 되
자 그토록 오랜 역사를 지닌 대상을 가리키기에는 "경솔한 단어"**
라고 불평합니다.

　나무수염을 어느 정도로 '예술가의 초상'으로 볼 수 있는지는 불
명확한 상태로 남아 있어야 합니다. 그러나 어떤 사람들이 절대반지
를 수소폭탄으로, 모르도르를 러시아로 생각하고 싶어 한다는 말을
그가 듣는다면 '경솔한' 말이라고 한마디 할 것 같습니다. 사람들은
그의 세계와 같은 것이 자라나는 데 얼마만큼의 시간이 걸린다고 생
각하는 걸까요? 그들은 현대국가가 공적公敵 제1호를 바꾸듯, 또는
현대과학자들이 신무기를 발명하듯 그런 세계가 빠르게 만들어질
수 있다고 생각하는 걸까요? 톨킨 교수가 이 작품을 쓰기 시작했을

---

* *The Two Towers*, Bk. III, ch. 4.
** *The Two Towers*, Bk. III, ch. 4.

　이야기에 관하여

때는 아마 핵분열이 없었을 테고 그 당시 모르도르의 화신은 우리 해변에 훨씬 더 가까이 있었을 겁니다.[7] 그러나 텍스트 자체가 우리에게 사우론은 영원하고 반지 전쟁은 그에 맞서는 수많은 전쟁 중 하나일 뿐이라고 가르칩니다. 우리는 매번 사우론의 궁극적 승리를 두려워하는 지혜를 갖추어야 합니다. 그자가 궁극적으로 승리하면 '더 이상의 노래는 없을' 것입니다. 거듭거듭 우리는 "동풍이 불고 나무들이 모두 시들어 버릴 때가 멀지 않았다"*는 믿을 만한 증거를 갖게 될 것입니다. 우리가 승리할 때마다 그것이 일시적인 일임을 알게 될 것입니다. 이 이야기의 교훈을 말해 달라고 고집한다면, 바로 이것이라고 말하고 싶습니다. 영웅적 시대의 인물들이 안이한 낙관주의와 울부짖는 비관주의 모두를 떨쳐버리고 붙들었던 것, 곧 인간의 변함없는 곤경에 대한 확고하면서도 호들갑 떨지 않는 통찰을 기억하는 것이지요. 바로 여기서 이 이야기와 북구신화의 친화성이 가장 강하게 드러납니다. 연민이 담긴 망치질이라고 할까요.

"하지만 어째서." (누군가는 이렇게 묻겠지요.) "인간의 현실에 대해 진지하게 진술할 내용이 있다면, 어째서 자기만의 환영 같은 꿈나라에 대해 이야기하는 방식을 택해야 합니까?" 제가 보기에 그 이유

---

7) 나치 독일을 가리킴.
* The Two Towers, Bk. III, ch. 4.

는, 톨킨이 말하고자 하는 주요 내용 중 하나가 인간 현실에 신화적이고 영웅적인 특성이 있다는 것이기 때문입니다. 그의 캐릭터 설정에서 이 원리가 작용하는 것을 볼 수 있습니다. 사실주의적 작품에서 '성격묘사'로 이루어질 많은 작업이 이야기에서는 캐릭터를 엘프, 난쟁이, 호빗으로 만드는 것으로 간단히 이루어집니다. 이 상상의 존재들은 내면이 밖으로 드러나 있고, 눈에 보이는 영혼들입니다. 그리고 인간 전체, 즉 우주에 맞선 인간에 대해 말하자면, 그가 동화 속 영웅과 같다는 것을 알아보기 전까지 우리는 그를 제대로 보았다고 할 수 없을 것입니다. 이 책에서 에오메르는 "푸른 땅"과 "전설"을 성급하게 대비시킵니다. 아라고른은 푸른 땅 자체가 "전설에 필수적인 요소"라고 대답합니다.*

신화의 가치는 우리가 아는 모든 것을 가져다가 '친숙함의 베일'에 가려진 풍부한 의미를 회복시킨다는 데 있습니다. 아이는 냉장고기가 방금 자기 활과 화살로 잡은 들소인 척 가장함으로써 (그렇지 않다면 따분한 음식이었겠지요) 그 고기를 즐겁게 먹습니다. 그 아이는 지혜롭습니다. 진짜 고기는 이야기에 담았다 꺼내면 더욱 맛깔스러워져서 돌아옵니다. 그제야 비로소 진짜 고기가 된다고 말할 수도 있습니다. 진짜 경치가 질리면 거울에 비친 경치를 보십시오. 빵, 황금,

* *The Two Towers*, Bk. III, ch. 2.

말, 사과, 또는 도로까지도 신화에 집어넣음으로써 우리는 현실에서 물러나는 것이 아니라 현실을 재발견하게 됩니다. 이야기가 우리 머릿속에 머무는 한, 실물은 그 이상의 것들이 됩니다. 이 책은 이런 처리를 빵이나 사과만이 아니라 선과 악에도, 우리의 끝없는 위험, 고뇌, 기쁨에도 적용합니다. 신화 속에 담금으로써 우리는 그것들을 보다 또렷하게 봅니다. 작가는 이외의 다른 어떤 방식으로도 그렇게 할 수 없었을 것입니다.

이 책은 너무나 독창적이고 풍성하기에 한 번 읽고 최종적 판단을 내릴 수 없습니다. 그러나 이 이야기가 우리에게 뭔가 큰 감동을 주었음을 바로 알게 됩니다. 이 책을 읽고 난 뒤의 우리는 더 이상 똑같은 사람이 아닙니다. 그리고 다시 읽을 때는 틀림없이 아껴 읽게 될 것입니다. 저는 이 책이 곧 필독서 중에 한 자리를 차지하게 되리라고 확신합니다.

XII

도로시 세이어즈에게 바치는 찬사

도로시 세이어즈[1]의 작품은 너무나 다양하기 때문에 그녀의 작품을 제대로 다룰 수 있는 사람을 찾기는 거의 불가능합니다. 찰스 윌리엄스라면 그녀의 작품을 잘 다룰 수 있었겠지만, 저는 분명 그럴 능력이 없습니다. 제가 탐정 이야기를 즐겨 읽지 않는다는 사실을 인정하려니 당혹스럽습니다. 신물 나는 지식인층 계급의식의 현 상태에서는 이런 식의 인정이 뽐내는 것으로 받아들여질 수 있기 때문입니다. 하지만 저의 인정은 그런 부류의 것이 아닙니다. 저는, 작가에게 기본적으로 많은 두뇌활동을 요구하며 또한 부패하지 않고 비인간적이지 않은 범죄수사법을 배경으로 전제하는 엄격하고 교양 있는 형식을 그리 즐기지는 않지만 존중합니다. 잘난 체하는 사람들은 도로시가 나이가 들어서는 자신의 '물건들'[즉 탐정 이야기들]을 부끄럽게 여겼고 그것들이 언급되는 것을 듣기 싫어 했다는 소문을 퍼뜨

---

1) Dorothy Sayers, 1893-1957. 영국 추리소설가, 극작가, 문학 비평가, 에세이스트, 기독교 사상가, 번역가.

렸습니다. 이 년 전 제 아내는 그녀에게 소문이 사실이냐고 물었고, 그렇지 않다는 대답을 들은 뒤 안도했습니다. 그녀가 그 장르를 그만 쓴 이유는 그 안에서 할 수 있는 일을 다 했다고 느껴서였습니다. 정말이지 제가 봐도 완벽하여 더 발전할 구석이 없는 것 같습니다. 저는 피터 경[2]이 작품 속에서 성장을 이룬 유일한 가상의 탐정이라는 말을 들은 적이 있습니다. 공작의 아들, 대단한 연인, 학식을 뽐내는 사람, 와인 전문가였던 그는 점점 더 인간적인 캐릭터로 발전합니다. 그는 별난 점과 결점을 갖고 있고, 해리엇 베인을 사랑하여 그녀와 결혼하고 그녀의 보살핌을 받습니다. 서평자들은 미스 세이어즈가 자신이 창조한 주인공과 사랑에 빠졌다고 불평했습니다. 그런 불평에 대해 더 나은 비평가는 제게 이렇게 말하더군요. "그녀가 그와의 사랑에서 빠져나왔고 소녀의 꿈에 연연하지―혹시 그랬었다면―않게 되었으며 사람을 창조하기 시작했다고 말하는 편이 더 맞을 것입니다."

실제로는 그녀가 쓴 탐정 이야기들과 다른 작품들 사이에 어떤 분열도 없습니다. 그 모든 작품들에서 그녀는 무엇보다 장인이자 전문가입니다. 그녀는 언제나 자신을 전문적인 일을 배운 사람으로 여

---

2) Lord Peter Wimsey. 도로시 세이어즈가 창조한 귀족적이고 우아한 탐정. 《시체는 누구》, 《증인이 너무 많다》, 《맹독》 등에 출연.

겼고, 그 일을 존중하면서 다른 사람들에게도 그 일에 대한 존중을 요구했습니다. 그녀를 사랑했던 우리는 이런 태도가 때로는 희극적일 만큼 강경했음을 (우리끼리니까) 다정스레 인정할 수 있을 것입니다. 우리는 "폐하와 저 같은 작가들We authors, Ma'am"*이라는 태도가 그녀의 마음을 여는 최고의 열쇠라는 것을 금세 파악했습니다. '영감靈感'에 대한 허풍, 비평가나 대중에 대한 우는소리, 댄디즘3)과 '외부자 의식outsidership'을 드러내는 온갖 장치들은 그녀에게 역겨운 것들이었습니다. 그녀는 (자신이 할 수 있는 수준에서) 초서, 세르반테스, 셰익스피어, 몰리에르 같은 인기 있는 작가이자 성실한 장인이 되기 원했고, 실제로 그런 존재였습니다. 극소수의 예외를 제외하면 결국 큰 의미가 있게 남는 이들은 이런 작가들뿐이라고 생각합니다. 파스칼은 이렇게 말했습니다. "위대한 사람이 되려면 한 가지 극단에 이른 것만으로는 부족하다. 양극단에 동시에 머물러야 한다." 글쓰기에 대한 그녀의 가장 중요한 생각은 상당 부분 《창조자의 정신The Mind of the Maker》에 들어 있는데, 이 책을 읽은 사람이 지금도 너무 적습니다. 이 책에는 여러 결점이 있기는 합니다만, 가치 있는 책을 집필한 작가가

---

* Benjamin Disraeli가 쓴 것으로 전해지는 이 표현은 빅토리아 여왕을 달래는 효과가 있었다고 한다. 여왕은 1868년에 Leaves from a Journal of Our Life in the Highlands를 출간한 바 있었다.
3) dandyisme. 예술가의 자존심을 보여주는 정신적 귀족주의.

쓴 글쓰기에 대한 책이 굉장히 드물고 유용하기 때문에 무시할 수가 없습니다.

물론 자기 일에 대한 이런 자부심은 그리스도인의 경우 자기 자신에 대한 교만으로 쉽게 쇠퇴해 버리고 심각한 실제적 문제를 제기합니다. 세이어즈는 이 문제를 의식적 수준으로 온전히 끌어올려 그것을 주제로 주요 저작 한 편을 써냈습니다. 이것은 매우 당당하고 직설적인 그녀의 본성에 보기 좋게 어울리는 일입니다. 《주의 전을 사모하는 열심_The Zeal of Thy House_》의 주인공 건축가는 처음에 실제의 도로시 세이어즈가 죽여야 할 대상으로 제시한 도로시의 잠재적 화신—그러므로 틀림없이 그로부터 카타르시스를 안겨 줄 인물—이었습니다. 일 자체를 향한 건축가의 사심 없는 열심은 그녀의 전폭적 공감을 얻습니다. 그러나 은혜가 없으면 이것이 위험한 덕목이 된다는 사실을 그녀는 압니다. 이것은 온갖 자유분방한 얼뜨기가 부모를 소홀히 하고 아내를 버리고 채권자들을 속이는 일을 정당화하기 위해 내세우는 '예술가적 양심'보다 나을 바가 없지요. 개인적 교만은 처음부터 건축가의 성품에 자리잡습니다. 이 희곡은 그가 큰 대가를 치르고 얻는 구원의 과정을 기록합니다.

세이어즈의 탐정 이야기들이 그녀의 다른 작품들과 다르지 않은 것처럼, 종교적 성격이 분명한 저작들도 마찬가지입니다. 세이어즈는 예술가와 예인藝人을 복음전도자 안에 묻어 버리지 않습니다. 그녀는 《왕이 되기 위해 태어난 남자_The Man Born to Be King_》가 무지하고 악의적인 악평에 많이 시달리자[4] 이후 재기 넘치는 (훌륭한) 서문을 써서 이런 관점을 보란 듯이 분명하게 내세웁니다. "사람들은 내가 글을 쓰는 목적이 '도움을 주는 것'이라고 전제했다. 그러나 그것은 사실이 아니다. 물론 애초에 내게 그 희곡의 집필을 맡긴 분들의 목표로는 상당히 적절했을 테지만, 나의 목표는 내가 쓸 수 있는 매체 안에서 능력껏 그 이야기를 들려주는 것이었다. 간단히 말해, 내가 할 수 있는 한 가장 좋은 예술작품을 만드는 것이었다. 예술적 측면에서 선하고 참되지 않은 예술작품은 다른 어떤 측면에서도 참되고 선하지 않다."* 물론 예술과 복음전도는 구분되지만 서로를 필요로 하는 것으로 드러났습니다. 이 주제를 다룬 나쁜 예술은 나쁜 신학과 공존했으니까요. "선량한 기독교인들에게 말한다. 정직한 작가라면 유아방의 이야기를 다루기에도 부끄러울 만한 방식으로 역사상 가장 위대한 이야기를 다루었다는 사실을 부끄럽게 여길 것이다. 그 부끄러움의 근원은 그의 믿음이 아니라 직업적 소명일 것이다."** 그리고 물론 그녀가 '유익을 주려는' 의도를 접은 것은 아이러니하게도 그녀가 독자들에게 끼친 분명하고 막대한 유익으로 보상을 받았습니다.

---

4) 세이어즈는 《왕이 되기 위해 태어난 남자》를 BBC 방송극 대본으로 준비한 바 있다.

* *The Man Born to Be King: A Play-Cycle on the Life of Our Lord and Saviour Jesus Christ*(1943).

** *The Man Born to Be King.*

이 희곡의 구성적 특성은 의문의 여지가 없을 것입니다. 어떤 이들은 이 작품이 통속적으로 다가온다고 말합니다만, 어쩌면 그들은 자신들이 하는 말의 의미를 제대로 모를 수도 있습니다. 그들은 그런 비난을 들은 저자가 희곡 서문에서 제시한 답변을 온전히 소화하지 못했을 수도 있고, 이 희곡이 그저 '그들의 상태에 맞지' 않았을 수도 있습니다. 사람마다 다른 그릇으로 양분을 섭취하는 법이니까요. 제 경우로 말하면, 이 희곡이 처음 나온 이후 매년 수난주간에 다시 읽었는데, 그때마다 깊은 감동을 맛보았습니다.

세이어즈는 만년에 번역에 전념했습니다. 제가 그녀에게 쓴 마지막 편지는 〈롤랑의 노래〉를 번역한 노고에 대한 감사의 내용이었고, 원문의 각 행마다 문장이 마무리되는 시구와 장식이 전혀 없는 문체 때문에 단테보다 번역하기 훨씬 힘들었겠다는 말을 전할 수 있어서 다행스럽게 생각합니다. (그리 심오하지 못했던) 그 단평에 기뻐하는 것을 보면서 그녀가 합리적 비평에 목말라 있었음을 알 수 있었습니다. 〈롤랑의 노래〉가 그녀의 가장 성공적인 번역 작품에 들어간다고 생각하지는 않습니다. 그 책은 지나치게 구어적이라 제 입맛에 맞지 않습니다. 하지만 세이어즈의 고대 프랑스어[5] 실력은 저보다 훨씬 유려

5) 9-13세기의 프랑스어.

했습니다. 그녀의 단테 번역*에서는 상황이 좀 다릅니다. 그 번역은 그녀가 《찰스 윌리엄스 헌정 에세이집*Essays Presented to Charles Williams*》에 기고한 단테 논문**과 항상 함께 읽어야 합니다. 그 논문에는 성숙하고 학구적이고 극도로 독립적인 지성이 단테를 처음 접할 때 받을 수 있는 영향이 드러나 있습니다. 그 영향은 세이어즈의 번역 전체의 성격을 결정했습니다. 그녀는 단테 안에서 이전에 읽어 본 어떤 비평가의 글, 어떤 번역가의 번역본에서도 예상할 수 없었던 것을 발견하고 깜짝 놀랐으며 기쁨을 얻었습니다. 단테의 순전한 서사적 추진력, 자주 나타나는 소박함, 수준 높은 희극, 괴이한 익살 말입니다. 그녀는 이런 특성들을 무슨 수를 써서라도 보존하리라고 결심했습니다. 그것을 위해 다정함이나 숭고함을 희생해야 한다면 그럴 수밖에 없다고 판단했지요. 그래서 언어와 운율 모두에서 대담한 번역이 나왔습니다.

이 부분은 근년에 진행되어 온 신임하기 어려운 현상과 구분해야 합니다. 그리스어와 라틴어 원전을 영어로 옮기는 일부 번역자들

---

* 미스 세이어즈가 번역한 단테의 《신곡》은 세 권으로 나왔다. *The Comedy of Dante Alighieri the Florentine. Cantica I: Hell*(1949); *The Comedy of Dante Alighieri the Florentine. Cantica II: Purgatory*(1955); *The Comedy of Dante Alighieri the Florentine. Cantica III: Paradise*, translation with Barbara Reynolds(1962).

** '…And Telling You a Story: A Note on The Divine Comedy', *Essays Presented to Charles Williams*(1947).}

이 독자들에게 《아이네이스》가 군대용어로 쓰였고 저 그리스 비극[6] 이 길거리 언어를 구사한다고 믿게 만들려 한 시도 말입니다. 그들의 번역본이 암묵적으로 내세우는 주장은 완전히 잘못되었습니다. 그러나 도로시가 대담한 번역으로 표현하려 한 것은 《신곡》에 분명히 존재하는 내용입니다. 문제는 그런 특성을 《신곡》에 담긴 다른 특성들을 손상시키지 않고 어느 정도나 제대로 표현해 낼 수 있을 것인가, 그래서 까다로운 밀턴풍 캐리의 번역본*과 정반대 방향에서 《신곡》을 잘못 표현하는 오류를 피할 수 있을까 하는 것입니다. 결국 번역자는 최악을 피하는 차악의 선택에 직면하게 됩니다. 어떤 번역도 단테의 전부를 보여줄 수 없습니다. 세이어즈의 〈지옥〉편 번역을 보고 나서 저는 그 정도까지 말할 수 있었습니다. 그러나 그녀의 〈연옥〉편 번역본을 펼쳐보았을 때는 작은 기적이 펼쳐지는 듯했습니다. 단테 본인이 〈연옥〉편에서 더 높이 올라섰던 것처럼 도로시도 높이 올라섰습니다. 더 풍성해지고 거침이 없어지고 고양되었습니다. 그때 처음으로 저는 그녀의 〈천국〉편 번역에 큰 기대를 품게 되었습니다. 그녀는 계속 올라갈까? 그것이 가능할까? 감히 바랄 수 있는 일일까?

그런데 그런 것들을 이루는 대신에 그녀는 죽었습니다. 《신곡》

---

6) 호메로스의 《일리아스》를 가리킴.

* The Vision: or, Hell, Purgatory, and Paradise of Dante Alighieri, translated by Henry Francis Cary(1910).

〈천국〉편이 말해 줄 수 있는 것보다 천국에 대해 그녀가 더 많이 알게 되었기를 더없이 겸손하게 바랄 뿐입니다. 그녀가 했던 모든 일과 갖추었던 모든 모습, 그녀가 선사한 기쁨과 교훈, 친구로서 보여 준 전투적 충실함, 직접 보여 준 용기와 정직으로 인해, 그리고 남성적이고 신명난 도깨비 같던 태도와 자세를 통해 비쳐 보이던 풍성한 여성적 특성들로 인해 그녀를 만드신 위대한 작가님께 감사를 드립시다.

XIII

라이더 해거드의 신화창조 재능

저는 모턴 코언[1]이 탁월하게 집필한 《라이더 해거드 전기*Rider Haggard: His Life and Works*》를 읽고 독자들이 해거드를 어떻게 볼 것인가 하는 문제를 완전히 다시 생각하게 되기를 바랍니다. 여기는 정말 문제가 있기 때문입니다. 문체의 결함은 변명의 여지가 없습니다. 그가 늘어놓는 사색은 참기 어려울 만큼 지루합니다(게다가 자주 등장합니다). 그러나 더 이상은 그의 최고 작품이 거둔 성취가 일시적이고 상업적 성공에 불과한 것처럼 가장할 수 없습니다. 그의 최고 작품은 위다[2]와 올리펀트 부인[3], 스탠리 와이먼[4], 맥스 펨버튼[5]의 작품들처럼 사라지지 않았습니다. 그의 작품은 한때 그 안에 담긴 제국주의와 모호한 경건을 거부감 없이 받아들이던 여론이 자취를 감춘 후에도 살아남았습니다. "러디어드가 키플링을 중단하고 해거드가 더 이

---

1) Morton Cohen, 1921-2017. 미국 작가, 학자.
2) Ouida, 1839-1908. 영국 소설가. 대표작 《플란더스의 개》.
3) Mrs. Oliphant, 1828-1897. 스코틀랜드 소설가, 역사저술가.
4) Stanley Weyman, 1855-1928. 영국 소설가.
5) Max Pemberton, 1863-1950. 영국 소설가.

상 라이더가 아닐"* 예정된 시간은 오지 않았습니다. 끈질기고 불명예스럽게도, 사람들은 여전히 해거드를 읽고 또 읽습니다. 왜일까요?

제게 의미심장한 사실은 독자가 《솔로몬왕의 동굴》이나 특히 《그녀》가 끝나갈 때 갖게 되는 느낌입니다. 그때 우리 입술에서는 "……라면 얼마나 좋을까"라는 말이 나옵니다. 이것과 똑같은 이야기를 스티븐슨, 톨킨, 윌리엄 골딩 같은 작가가 썼다면 얼마나 좋을까. 어쩔 수 없어서*faute de mieux* 우리라도 다시 쓰도록 허락받는다면 얼마나 좋을까?

똑같은 이야기라는 점에 주목하십시오. 구성에 결함이 있는 것이 아닙니다. 해거드는 첫 번째 폰*pawn*을 둘 때부터 마지막 체크메이트까지 보통 체스의 고수처럼 움직입니다. 도입부에는―《그녀》보다 더 훌륭한 도입부를 가진 이야기가 또 있을까요―매혹적인 약속이 가득하고 예고된 재앙들은 의기양양하게 그 약속을 지킵니다.

자세한 성격묘사의 결여는 절대 결점이 아닙니다. 모험 이야기는 그런 것을 필요로 하지 않거나 허용하지 않습니다. 현실에서도 모험은 미세한 차이를 가리는 경향이 있습니다. 고난과 위험은 우리의 도덕적 핵심을 고스란히 드러내지 않습니까. 회피하는 사람과 돕는 사람, 용감한 자와 겁쟁이, 믿음직한 사람과 배신자의 구분이 그 무엇보

---

* J. K. Stephen, 'To R. K.', *Lapsus Calami*(1905).

이야기에 관하여

다 중요합니다. 소설가들이 중요하게 여기는 '성격'은 사람들이 안전하고 잘 먹고 몸이 젖지 않고 따뜻한 곳에 있을 때 온전히 피어나는 꽃입니다. 이 사실을 상기시키는 것은 모험 이야기들의 장점입니다.

해거드의 진짜 결점은 두 가지입니다. 첫째, 그는 글을 쓸 줄 모르거나 (코언이 가르쳐 준 바에 따르면) 쓸 의지가 없습니다. 쓰는 일을 귀찮게 여깁니다. 그래서 상투적 문구, 익살, 실속 없는 웅변이 펼쳐집니다. 그가 쿼터메인[6]의 입을 통해 말할 때는 단순한 사냥꾼이라는 비문학적 캐릭터를 효과적으로 이용합니다. 그러나 자신을 드러내어 쓸 때는 그보다 훨씬 못하다는—가장 고약한 의미에서 '문학적'이라는—사실을 도통 깨닫지 못합니다.

둘째, 지적인 결점입니다. 코언의 해거드 전기를 읽고 나면 누구도 해거드가 현실과 동떨어진 인물이었다고 믿을 수 없습니다. 농업 및 사회문제와 관련된 그의 저작들은 어렵게 알게 된 사실들과 그로부터 엄밀하게 도출된 결론이 버무려진 충실한 자료입니다. 그는 토지문제 해결을 위한 유일한 희망이 본인의 정치적 성향을 거슬러 자신의 계급과 가족에게 품었던 희망을 모두 박살내는 계획이 실행되는 데 있다고 판단했을 때, 주저 없이 그 계획을 추천했습니다.

6) Quatermain. 《솔로몬왕의 동굴》의 화자, 주인공.

여기에 이 사람의 진정한 위대함이 있습니다. 전기 작가 코언은 이것을 그의 '전반적 강인함'이라고 부릅니다. 작가로서도 그는 때로 영리함을 발휘합니다. 《그녀와 앨런》[7]에서 앨런 쿼터메인이 아샤의 매력에 굴복하지 않고 그녀의 '허황된' 자전적 이야기들을 믿지도 않는 설정이 그렇습니다. 쿼터메인을 침착하게 만듦으로써 해거드는 본인도 침착할 수 있음을 보여 줍니다.

그러나 이런 분별력을 갖춘 해거드가 어리석게도 자신의 한계만은 인식하지 못했습니다. 그는 철학을 늘어놓으려고 시도합니다. 우리는 그의 이야기들에서 평범한 지성이 모호한 기독교적, 신지학적, 심령주의적 개념들이 짜깁기된 사상으로 무장한 채(또는 그런 사상에 속박된 채) 치명적 주제인 '생명'에 대해 뭔가 심오한 말을 하려고 시도하는 것을 거듭 목격합니다. 이런 경향은 아샤Ayesha가 말할 때마다 그 최악의 당혹스러운 면모를 드러냅니다. 그녀가 정말 지혜의 딸이라면, 부모를 닮지 않은 것입니다. 그녀의 생각은 '고등사상'[8]이라 불리는 유감스러운 유형에 속합니다. 이 모든 결점들에도 불구하고 해거드의 책을 계속 읽게 되는 것은 물론 이야기 자체, 신화 때문입니다. 해거드는 순수하고 단순한 신화창조 재능의 교과서적 사례입니

---

7) *She and Allen*. 《그녀》의 아샤Ayesha 여왕과 《솔로몬왕의 동굴》의 쿼터메인이 함께 등장함.
8) Higher thought. 또는 신사상New Thought. 인간의 신성神性을 강조하여 올바른 사상이 병과 과실을 억제할 수 있다고 보는 일송의 종교 철학.

다. 《노수부의 노래》, 《지킬 박사와 하이드 씨》, 《반지의 제왕》에서는 작가의 신화창조 재능과 여러 문학적 능력들이 너무나 운 좋게 공존했는데, 해거드에게서는 이 재능만 보입니다. 마치 신화창조 재능만 따로 검토하라는 것 같습니다. 이것을 더욱 분명하게 드러내려는 듯, 해거드의 문학적 기술이 나아질수록 그의 신화창조 능력은 약해지는 것 같습니다. 《아샤》는 《그녀》만큼 좋은 신화가 아니지만 더 잘 썼습니다.

이 재능이 완전하게 드러나는 작품에는 저항할 수가 없습니다. 아리스토텔레스가 은유에 대해 한 말처럼, 우리는 이 재능에 대해 '어느 누구도 다른 사람을 통해 이것을 배울 수 없다'고 말할 수 있습니다. 이것은 키플링이 '다이몬'이라고 부른 존재의 활동입니다. 이것은 모든 장애를 극복하고 모든 결점을 참게 해줍니다. 그리고 다이몬이 떠나간 후 작가가 자신의 신화들에 대해 어떤 어리석은 생각을 하든, 완성된 신화는 거기에 별로 영향을 받지 않습니다. 작가는 그 신화들에 대해 누구보다 무지합니다. 어리석게도 해거드는 사실적인 의미에서 자신의 신화들 "안에 어떤 것"이 있다는 믿음을 품었습니다. 그러나 우리 독자들은 거기에 관심 가질 필요가 전혀 없습니다.

《그녀》의 신화적 지위는 논란의 여지가 없습니다. 우리 모두가 알다시피, 융은 그 작품에서 한 가지 원형의 화신을 찾았습니다. 그러나 제 생각에 융조차도 중심으로 파고들지는 못했습니다. 만약 그의 견해가 옳다면, 이 신화는 아샤를 강력한 성애적 이미지로 받아들이는 이들에게만 작동해야 마땅합니다. 그런데 《그녀》를 사랑하는 모든 이들에게 아샤는 그런 이미지가 아닙니다. 저에게 아샤나 다른 비극의 여왕—키가 크고, 왕관을 쓰고, 거칠고, 이마에는 천둥이 눈에는 번개가 깃든 묵직한 저음의 소유자—은 세상에서 가장 효과적으로 성욕을 억제하는 존재 중 하나입니다. 결국 신화의 생명력은 다른 곳에 있습니다.

아샤 이야기는 현실도피가 아니라 탈출에 대한 이야기입니다. 과감한 시도 끝에 끔찍하게 좌절되는 위대한 탈출 시도 이야기입니다. 이 이야기와 가장 가까운 친척 또는 자녀 격의 작품은 10년 후에 나온 모리스의 《세상 끝의 우물》입니다. 두 이야기 모두 다음의 심리적 힘을 외면화한 것입니다. 죽음에 대한 억누를 수 없는 저항심, 육신으로 불멸을 바라는 갈망, 이것이 불가능하다는 경험적 지식, 실제로는 이것이 바람직하지도 않다는 간헐적 인식, 그리고 이 시도가 설령 가능하다 해도 불법적이며 신들의 복수를 불러올 거라는 대단히 원초적인 느낌(이 느낌은 앞선 모든 것보다 더 깊은 곳에서 솟아납니다). 두 책 모두 격정적이고 황홀감을 안겨주는 금지된 (것임이 느껴지는) 희망을 일깨웁니다. 그리고 그 희망의 실현이 눈앞에 보이는 듯할 때, 끔찍한 재난이 우리의 꿈을 산산조각 냅니다. 해거드의 이야기가 모리스의 이야기보다 낫습니다. 모리스는 주인공을 지나치게 인간적이고 건전하게 만듭니다. 그러나 해거드는 외로운 여성형 프로메테우스 주변에 공포와 고통을 둡니다. 이런 설정이 우리 감정에 더 걸맞습니다.

해거드의 최고의 작품은 살아남을 것입니다. 불변하는 호소력에 토대를 두고 있기 때문입니다. 유행의 물결이 아무리 강해도 그것을 허물 수 없습니다. 위대한 신화는 인류의 곤경이 이어지고 인류가 지속하는 한 유의미합니다. 위대한 신화는 그것을 받을 수 있는 사람들에게 언제나 동일한 카타르시스를 안겨줄 것입니다.

하지만 해거드의 생명력뿐 아니라 그를 향한 증오도 이어질 것입니다. 그에게 부정적이었던 평론가들이 당대에 그를 그렇듯 모질게 공격했던 데는 물론 지역적이고 일시적인 원인들이 있었을 것입니다. 해거드 본인의 호전성도 그중 한 가지였고, '인기 있는'(게다가 살아있고 생명력을 이어갈 수 있는) 작품을 써내는 작가에게 비평가의 의례적 찬사_succès d'estime_밖에 내놓지 못하는 기가딥스[9]의 자연적 질투도 또 다른 원인이었습니다. 《고보덕》[10]같은 작품을 쓴 작가는 늘 《탬벌레인 대왕》[11] 같은 작품의 결점들을 예리하게 알아보는 법입니다. 그러

---

9) Gigadibs. 로버트 브라우닝의 시 '블로그램 주교의 변명'에 등장하는 문학애호가의 이름.

10) *Gorboduc.* 최초의 영어 무운시無韻詩. 비극 리어왕의 뒤를 이은 고보덕 왕은 선왕의 전례에 따르지 않고 왕국을 두 왕자에게 분할했다가 동생이 형을, 어머니인 왕비가 동생을 죽이는 비극과 내란을 초래한다.

11) Tamburlaine the Great. 크리스토퍼 말로의 희곡. 중앙아시아 티무르제국의 건설자 티무르를 다룬 이 작품은 유럽 문단에서 큰 인기를 끌었다.

나 이보다 더 깊은 원인이 있었고 그것은 언제나 있을 것입니다. 누구도 신화창조적 작품에 무심하지 않습니다. 그것을 사랑하든지, 아니면 '완벽한 증오로' 미워합니다.

이 증오의 부분적 원인은 원형을 만나기 꺼리는 마음입니다. 이 것은 불안감을 안겨주는 원형의 활력을 본의 아니게 증언합니다. 또 이 증오는 진정한 신화를 구현하기만 한다면 가장 '대중적'인 픽션이 흔히 말하는 '순수serious' 문학보다 훨씬 더 순수하다는 불편한 인식에서 나옵니다. 진정한 신화는 영구적이고 필연적인 내용을 다루는 반면, 세련되거나 섬세한 소설의 등장인물들이 얽혀 있는 많은 문제들은 한 시간의 포격을 당하거나 어쩌면 십 마일 정도의 산책만 해도, 또는 약간의 소금만 섭취해도 없어지기 때문입니다. 제임스[12]의 편지들을 읽고 1914년에 전쟁이 터진 후 몇 주 동안 그에게 어떤 일이 벌어졌는지 보십시오. 그가 곧 제임스 특유의 세계를 다시 쌓아 올리긴 합니다만, 한동안 전쟁은 그에게 "아무것도 남겨 놓지 않은" 것처럼 보였습니다.

12) Henry James, 1843-1916. 미국 소설가, 비평가.

XIV

조지 오웰

텔레비전에 방영된 오웰의《1984》의 극화에 대한 불평이 이제 잦아들고 있어서 상당한 시간 동안 제 마음을 사로잡은 의문을 꺼내기에 적절한 때라는 생각이 듭니다.* 최근에 이 책이 유명해지기 전에도 저는《1984》를 아는 사람 열 명을 만나는 동안《동물농장》을 아는 사람은 한 명밖에 보지 못했습니다. 어떻게 된 일일까요?

동일한 저자의 이 두 책은 기본적으로 같은 주제를 다룹니다. 둘다 대단히 신랄하고 정직하고 명예로운 입장 철회에 해당합니다. 두 작품은 친숙한 유형의 혁명가로 [파시즘에 맞선] 전쟁에 참가*entre guerre* 했다가 그 과정에서 셔츠 색깔과 상관없이[좌우를 막론하고] 전체주의적 통치자는 전부 똑같이 인류의 적이라는 사실을 깨닫게 된 사람의 환멸감을 담고 있습니다.

이 주제는 우리 모두와 관련이 있고 많은 이들이 이 환멸감을 공유하고 있기에, 두 책 중 한 가지나 둘 모두가 많은 독자를 만나는

---

* 1954년 12월 12일에 BBC에서 텔레비전전용으로 각색된《1984》가 방영되었다.

일은 놀랍지 않습니다. 그리고 둘 다 상당히 중요한 동일 작가의 작품인 것도 분명합니다. 그런데 제가 이해할 수 없는 점은 대중들이 《1984》를 훨씬 선호한다는 사실입니다. 제가 볼 때《1984》는 (다행히 따로 떼어놓고 볼 수 있는 훌륭한 '신어Newspeak'를 다룬 부록을 제외하면) 흥미롭지만 결점이 보이는 책이고, 《동물농장》은 그 책의 집필 계기가 된 특정하고 (바라건대) 일시적인 조건들보다 더 오랫동안 살아남을 것 같은 천재적인 작품이기 때문입니다.

우선《동물농장》이《1984》보다 훨씬 짧습니다. 물론 이것 자체는 더 뛰어나다는 증거가 아닙니다. 저는 절대 그런 식으로 생각하는 사람이 아닙니다. 칼리마코스[1]는 엄청난 분량의 책이 엄청난 죄악이라고 생각했지만, 저는 칼리마코스가 엄청나게 점잔빼는 사람이라고 생각합니다. 독자로서 저는 책에 대한 욕구가 왕성한 사람인지라 읽으려고 앉을 때는 분량이 푸짐한 쪽을 좋아합니다. 그러나 이 두 책의 경우 긴 책이 하는 일을 짧은 책도 다 할 뿐 아니라 더 많은 일까지 하는 것 같습니다. 긴 책은 많은 분량의 값어치를 제대로 하지 못합니다. 그 안에는 쓸모없는 부분이 있습니다. 어느 대목이 쓸모없는지는 다들 알아보리라 생각합니다.

《1984》의 악몽 같은 국가에서 통치자들은 성행위에 반대하는 기

---

1) Callimachus, 310?-240? B.C.. 그리스 시인, 문법학자, 비평가.

이한 선전에 아주 많은 시간을 들입니다. 작가와 독자들도 덩달아 거기에 아주 많은 시간을 들여야 하지요. 참으로 주인공과 여주인공의 정사 장면들은 애정이나 욕구의 자연적 결과 못지않게 그런 선전에 맞선 저항의 몸짓으로 보입니다.

전체주의 국가의 지배자들에게는 다른 어떤 것만큼이나 섹스가 모자 안에 든 벌bee in one's bonnet처럼 계속 신경이 쓰일 수 있고, 그런 경우 다른 모든 벌에 쏘일 수 있듯 그 벌에게도 쏘일 수 있습니다. 그러나 이 책에는 오웰이 묘사한 특정한 독재체제가 섹스라는 벌에 그토록 집착해야 할 개연성이 등장하지 않습니다. 나치라는 모자 안으로 가끔 이 벌을 끌어들였던 특정한 시각과 태도들이 여기에 보이는 것도 아닙니다. 게다가 책에서 계속 윙윙거리는 이 벌이 야기하는 의문들은 책의 핵심주제와 별로 연관이 없지만 그 자체로는 흥미롭기 때문에 주제에 집중하는 데 더 방해가 됩니다.

사실인즉 저는 그 벌이 작가가 좀 더 이른 (그리고 훨씬 덜 귀중한) 시기에 했던 생각에서 흘러들어왔다고 생각합니다. 오웰은 (아주 부정확하게) '반反청교도주의'라고 불리던 시대에서 성장했습니다. 당시에는—로렌스 특유의 표현을 쓰자면—"섹스를 비열하게 다루고"* 싶어 했

---

* 'Pornography and Obscenity', *Phoenix: The Posthumous Papers of D. H. Laurence*, ed. Edward D. MacDonald (1936).

던 사람들을 걸핏하면 세상의 적으로 거론했습니다. 그리고 오웰은 《1984》의 악당들을 최대한 나쁜 놈들로 만들고자 그들을 향해 온갖 적절한 비판뿐 아니라 성을 억압한다는 비난까지 가하기로 했습니다.

그러나 악당을 팰 수만 있으면 어떤 몽둥이라도 괜찮다는 원리는 픽션에서는 치명적입니다. 많은 유망한 '악한 캐릭터'(이를테면 베키 샤프2))들이 부적합한 악덕의 추가로 망가졌습니다. 《1984》에서 이 주제에 할당된 모든 대목은 제게 거짓되게 느껴집니다. 저는 지금 어떤 이들이 특정한 성애적 대목을 가리켜 말하는 '악취'(그들의 표현이 정당하든 정당하지 않든)를 불평하는 것이 아닙니다. 적어도 일반적 의미의 악취는 아닙니다. 제가 불평하는 것은 훈제청어3)의 냄새입니다.

그러나 이것은 《1984》를 《동물농장》보다 줄곧 열등하게 만드는 결점의 가장 분명한 사례에 불과합니다. 《1984》에는 작가 자신의 심리가 너무 많이 들어 있습니다. 예술가로서의 창작의도로 다듬어지거나 다스려지지 않은, 인간으로서의 느낌에 너무 빠져 있습니다. 반면 《동물농장》은 완전히 다른 종류의 작품입니다. 여기서는 모든 것이 객관화되고 거리가 확보됩니다. 이 작품은 신화가 되고, 스스로를

---

2) 영국 소설가 W. M. 새커리의 소설 《허영의 시장》의 주인공.
3) red herring. 사람의 주의를 딴 데로 돌리는 물건을 가리킴.

대변하도록 허용합니다. 작가는 우리에게 밉살스러운 장면들을 보여 줄 뿐, 치밀어 오르는 증오에 못 이겨 더듬거리거나 독한 말을 내뱉지 않습니다. 감정이 그를 휘두르지 못한 것은 뭔가를 만들어 내는 데 다 쓰였기 때문입니다.

그에 따른 한 가지 결과로 풍자가 더욱 효과적으로 이루어집니다. 위트와 유머(더 긴 작품인 《1984》에서는 볼 수 없었던)가 발휘되어 파괴적인 효과를 냅니다. "모든 동물은 평등하지만 어떤 동물들은 다른 동물들보다 더 평등하다." 이 문장은 《1984》 전체를 합친 것보다 독자의 마음에 더 깊이 파고듭니다.

이처럼 짧은 책이 긴 책이 하는 일을 다 해냅니다. 그뿐 아니라 더 많은 일도 해냅니다. 역설적이게도 오웰이 자신의 모든 캐릭터를 동물로 바꾸자 캐릭터들이 더욱 온전히 인간적이 됩니다. 《1984》에서 나타난 독재자들의 잔인함은 끔찍하지만 비극적이지는 않습니다. 고양이의 가죽을 산 채로 벗기는 사람처럼 끔찍하지만, 리건과 코네릴이 리어왕에게 저지른 잔인함처럼 비극적이지는 않습니다.

비극이 성립하려면 피해자에게 최소한의 존재감이 있어야 합니다. 《1984》의 주인공과 여주인공은 그 최소한에 이르지 못합니다. 그들은 고통을 겪는 동안에만 흥미로운 존재가 됩니다. 현실에서는 그 정도 고통으로도 우리의 공감을 얻기에 충분하지만(하나님만 아십니다) 픽션에서는 그렇지 않습니다. 괴롭힘을 당함으로써만 간신히 존재감을 얻는 주인공은 실패작입니다. 그리고 이 이야기의 주인공과 여주인공은 너무나 따분하고 초라하고 하찮은 존재라서 여섯 달 동안 매일 소개를 받아도 누구인지 기억이 안 날 것 같습니다.

《동물농장》에서는 이 모든 상황이 달라집니다. 돼지들의 탐욕과 교활함은 (끔찍하기만 한 것이 아니라) 비극적입니다. 돼지들이 착취하는 모든 정직한 선의의 동물들, 또는 영웅적 동물들에게 우리가 마음을 쓰게 되기 때문입니다. 말 복서의 죽음은 《1984》의 더 정교한 모든 잔인함보다 우리 마음을 더 움직입니다. 마음을 움직일 뿐 아니라 확신을 심어줍니다. 이 이야기는 동물세계로 위장하고 있지만 우리는 현실세계에 있다는 느낌을 받습니다. 끊임없이 먹어 대는 돼지들, 덥석덥석 물어 대는 개들, 영웅적인 말들의 집단―이 모두가 인류의 모습입니다. 아주 선하고, 아주 나쁘고, 아주 가엾고, 아주 명예롭습니다. 모든 인간이 《1984》에 나오는 인물들과 같다면, 인간에 대한 이야기를 쓰는 것은 무가치한 일일 것입니다. 오웰은 사람들을 동물 우화에 집어넣고 나서야 그들을 제대로 볼 수 있게 된 것 같습니다.

끝으로 《동물농장》은 형식상 거의 완벽합니다. 가볍고 강력하고 균형 잡힌 책입니다. 전체에 기여하지 않는 문장이 하나도 없습니다. 이 신화는 작가가 말하고자 한 모든 것을 말하고 그 외에는 어떤 것도 말하지 않습니다(이 부분도 똑같이 중요합니다). 이 책은 호라티우스[4]

---

4) Horatius, BC 65-BC 8. 로마의 시인, 풍자시인.

의 송가나 치펜데일 의자처럼 오래도록 만족을 주는 예술작품*objet d'art*입니다.

그렇기 때문에 저는《1984》의 월등한 인기에 낙심천만입니다. 물론 분량 자체에 대해서는 감안해야 합니다. 서적상들은 짧은 책이 안 팔린다고 하니까요. 그리고 주말 독자는 일요일 저녁까지 넉넉히 읽을 만한 책을 원하고, 여행자는 글래스고에 이를 때까지는 읽을 수 있는 분량을 원합니다. 믿을 만한 이유들이지요.

그리고《1984》는 이제 동물우화보다 더 친숙해진 장르에 속합니다. '디스토피아'라고 부를 법한 장르 말입니다. 웰스의《타임머신》과《잠든 사람, 깨어나다》로 시작된, 미래에 대한 악몽 같은 상상 말이지요.《1984》의 인기를 설명하기에 이 정도로 충분했으면 좋겠습니다. 하지만 그렇지 않을 수도 있습니다. 지금은 상상력의 활용이 너무나 퇴보하여 독자들이 모든 픽션에서 사실주의적 외관을 요구하고 일체의 우화를 '어린이물' 정도로 취급하는 상황인지도 모릅니다. 아니면 이제 어떤 책이든 시장에서 팔리려면《1984》의 정사 장면들과 같은 대목을 꼭 넣어야 하는지도 모릅니다. 우리가 이 둘 중 한 가지를 결론으로 채택할 수밖에 없다면 참으로 우려스러운 일입니다.

XV

단어의 죽음

미스 매컬리[1]였던 것 같습니다. 그녀 특유의 유쾌한 글(철사처럼 강하고 가벼운)에서 그녀는 사전이 언제나 "이제는 안 좋은 의미로만 쓰이는" 단어들만 알려주고, "이제는 좋은 의미로만 쓰이는" 단어들은 거의 또는 절대로 알려주지 않는다고 불평했습니다. 우리가 욕설로 쓰는 거의 모든 용어가 원래는 서술 용어였음은 분명한 사실입니다. 누군가를 빌런villain이라 부르는 것은 원래 그의 법적 지위(농노)를 규정하는 일이었는데 한참 후에는 그의 도덕성을 매도하는 단어(악당)가 되었습니다. 인류는 단순한 비난의 단어들로 만족하지 못하는 듯합니다. 누군가를 부정직하다거나 잔인하다거나 신뢰할 수 없다고 말하는 대신, 그가 적법한 출생이 아니라거나 어리다거나 사회적 지위가 낮다거나 모종의 동물이라고 빗대어 말합니다. '농노', 사생아, 상놈, 머슴, 개, 돼지, 또는 (보다 최근에는) 풋내기라고 부르는 식입니다.

---

1) Rose Macaulay, 1881-1958. 영국 소설가.

그러나 이런 변화가 전부는 아니지 싶습니다. 한때는 모욕용으로 썼다가 이제는 칭찬으로 쓰는 단어들도 많지는 않지만 분명히 있습니다. 당장 떠오르는 단어는 민주주의자democrat뿐인데, 칭찬의 뜻만 갖게 된 단어들이 이것 말고도 또 있습니다. 이 단어들은 한때 특정한 의미를 지녔지만 이제는 모호한 승인을 표시하는 소리에 불과합니다. 가장 분명한 사례가 신사gentleman라는 단어입니다. 이 단어는 한때 ('빌런'처럼) 사회적 사실과 문장학적heraldic 사실2)을 정의하는 용어였습니다. 스눅스가 신사인지 아닌지 따지는 문제는 그가 바리스타인가 문학석사인가를 따지는 일만큼이나 쉽게 해결할 수 있었습니다. 그런데 40년 전부터는 이 문제가 해결 불가능해졌습니다. 신사는 칭찬의 뜻만 갖게 되었고, 칭찬의 근거가 된 특성들은 동일한 화자의 머릿속에서도 시시각각 달라졌습니다. 이것은 단어가 죽는 여러 방식 중 하나입니다. 유능한 단어학자는 문제의 단어에 '진짜'나 '참된' 같은 기생적 형용사가 붙기 시작하는 순간 그 단어가 치명적인 질병에 걸렸다고 선언할 것입니다. 신사가 분명한 의미를 갖고 있는 동안에는 아무개가 신사라고 말하는 것으로 충분합니다. 우리가 누군가를 가리켜 '진정한 신사'나 '참된 신사', 또는 '가장 참된 의미

---

2) 신사라는 말은 상당한 땅을 소유했다는 사회적 사실과 가문의 문장紋章을 수놓은 외투를 입는다는 사실을 보여 주었다.

에서의 신사'라고 말하기 시작한다면, 그 단어가 살날이 얼마 안 남았다고 확신해도 됩니다.

이제 저는 미스 매컬리의 논평을 과감히 확장시켜 보겠습니다. 원래 순수했던 단어들이 나쁜 의미를 띠게 되는 경향이 있다는 것은 진실의 일부분에 불과합니다. 아첨과 모욕의 어휘가 끊임없이 늘어나는 만큼 무언가를 정의하는 데 쓰이는 어휘는 줄어듭니다. 늙은 말이 도살장으로 가거나 낡은 배가 선박 해체업자에게 가는 것처럼, 쇠퇴의 마지막 단계에 있는 단어들은 '좋은'과 '나쁜'의 엄청난 동의어 목록을 더 늘려 놓습니다. 대부분의 사람들이 사실을 기술하기보다는 자신의 호불호를 표현하고 싶어 안달하는 한, 이는 분명 언어에 대한 보편적 진실로 남을 것입니다.

현재 이 과정은 대단히 빠르게 진행되고 있습니다. '추상적abstract'이라는 단어와 '구체적concrete'이라는 단어는 원래 사고에 꼭 필요한 구분을 표현하기 위해 만들어졌지만, 이 단어들이 여전히 그런 역할을 하는 곳은 교육수준이 아주 높은 사람들의 집단뿐입니다. 대중언어에서 '구체적'이라는 단어는 이제 '분명하게 정의되고 실행가능한' 정도를 의미합니다. 칭찬의 용어가 된 것이지요. '추상적'이라는 단어는 (부분적으로는 '난해하다abstruse'의 발음에 영향을 받아) '모호하고 희미하고 실체 없는'을 뜻합니다. 비난의 용어가 된 것이지요. 많은 화자들은 '현대적modern'이라는 단어를 연대기적 용어로 사용하지 않습니다. 이 단어에는 "좋은 의미가 스며들었고" 흔히 '효율적인' 또는 (어떤 맥락에서는) '친절한' 정도를 의미합니다. 그리고 역시 많은 화자들이 말하는 중세적 만행medieval barbarities은 중세Middle Ages와도 야만적 barbarian이라 분류되는 문화와도 아무 관련이 없습니다. 그저 '거대하고 사악한 잔혹행위'를 의미할 뿐입니다. '전통적conventional'이라는 단어는 따로 설명이 없으면 원래의 적절한 의미로 더 이상 쓰일 수 없습니다. '실용적practical'이라는 단어도 인정을 표현하는 용어일 뿐입니다. 일부 문학 비평 학파에서 쓰는 '현대적contemporary'이라는 단어 역시 사정은 비슷합니다.

어떤 단어든 찬사와 비방의 심연에서 구해내는 것은 영어를 사랑하는 모든 이들이 노력을 기울일 가치가 있는 일입니다. 그리고 저는 지금 이 순간 심연으로 떨어지기 일보 직전의 한 단어를 떠올릴 수 있습니다. 바로 '기독교적Christian'이라는 단어입니다. 정치가들이 '기독교적 도덕 기준'을 말할 때는 항상 기독교 도덕을 유교나 스토아학파 또는 벤담의 도덕과 구분 짓는 어떤 요소를 생각하는 것이 아닙니다. 그들이 여기서 사용하는 '기독교적'이라는 단어를 듣노라면 그것이 우리의 정치적 어법에서 '도덕적 기준'이라는 표현 앞에 꼭 붙어야 할 것 같은 여러 '꾸미는 말' 중 한 가지 형태일 뿐이라는 느낌을 받습니다. '문명화된'(망가진 또 다른 단어입니다), '현대적', '민주적', '계몽된' 같은 단어들도 이와 똑같은 역할을 할 것입니다. 그러나 기독교적이라는 단어가 그저 '좋은'의 동의어가 된다면 그것은 정말이지 큰 골칫덩이일 것입니다. 다른 사람들은 몰라도, 역사가들은 여전히 제대로 된 의미로 쓴 그 단어가 가끔 필요할 것이기 때문입니다. 단어들이 찬사와 비방의 심연에 빠지도록 내버려두면 늘 이런 문제가 생깁니다. 돼지를 뜻하는 'swine'을 단순한 모욕적 언사로 바꿔버리면 그 동물에 대해 말하려 할 때 새로운 단어(즉 'pig')가 필요합니다. 사디즘sadism이 잔인함의 무용한 동의어로 쪼그라들게 방치해보십시오. 그러면 사드[3]를 실제로 괴롭혔던 대단히 특별한 성도착증을 가리킬 때 어떻게 한단 말입니까?

'기독교적'이라는 단어가 처한 위험은 기독교에 공공연히 반대하는 적들이 아니라 그 친구들에게서 야기된 것임을 주목해야 합니다. 신사라는 단어를 죽인 이들은 평등주의자들이 아니라 상류계급을 호의적으로 보고 지지한 사람들이었습니다. 일전에 저는 어떤 사람들이 그리스도인이 아니라고 말할 기회가 있었습니다. 그러자 한 비판자가 그들의 마음을 읽을 수도 없으면서(물론 저도 읽을 수 없습니다.) 감히 어떻게 그렇게 말할 수 있느냐고 제게 물었습니다. 저는 그리스도인이라는 단어를 '기독교의 특정한 교리들을 믿는다고 고백하는 사람들'이라는 뜻으로 썼는데, 저를 비판한 사람은 제가 그 단어를 그가 (올바르게) 거론한 '훨씬 더 심오한 의미'로 사용하기를 원했습니다. 너무나 심오해서 어떤 인간 관찰자도 그 단어가 누구에게 적용되

3) M. de Sade, 1740-1814. 프랑스 작가.

는지 알 수 없는 그런 의미로 말입니다.

그런데 더 심오한 그 의미가 더 중요하지 않습니까? 참으로 그렇습니다. 문장을 갖춘 외투보다 '진짜' 신사가 되는 일이 더 중요했던 것처럼 말입니다. 그러나 단어의 가장 중요한 의미가 언제나 가장 유용하지는 않습니다. 한 단어에서 실용적인 명시적 의미를 전부 박탈한다면 그 단어의 함축적 의미를 심화시킨다 한들 무슨 소용이 있겠습니까? 단어도 여자처럼 '지나친 친절로 화를 입을' 수 있습니다. 그리고 아무리 경건한 뜻에서라도, 단어를 하나 죽였다면 그 단어가 원래 나타내던 것을 인간의 정신에서 있는 힘껏 지워버린 것이기도 합니다. 사람들은 말하는 법을 잊어버린 그 대상을 오랫동안 계속 생각하지 못합니다.

XVI

파르테논과 기원법

"이 소년들의 문제는," 어느 엄한 노 고전학자가 채점하고 있던 몇 몇 감상적인 입학시험 시험지 위로 고개를 들고 말했습니다. "이 소년 들의 문제는 이들에게 기원법optative을 가르쳤어야 할 교사들이 파르 테논에 대해 말했다는 겁니다." 우리 모두는 그 말이 무슨 뜻인지 알 았습니다. 우리도 그와 같은 시험지를 읽어봤거든요.

그날 이후로 죽 저는 파르테논과 기원법을 두 종류의 교육에 대 한 상징으로 사용해 왔습니다. 하나는 문법, 날짜, 운율 같은 딱딱하 고 건조한 것들로 시작합니다. 그리고 끝에 가면 그만큼 건조하지는 않지만 똑같이 단단하고 확고한 진짜 감상에 이를 가능성이 조금이 나마 있습니다. 다른 하나는 '감상'에서 출발하여 감정의 분출로 끝 납니다. 첫 번째가 실패할 때, 적어도 학생은 지식이 어떤 것인지를 알게 됩니다. 그는 자신이 지식을 바라지 않는다고 판단할 수 있습 니다. 하지만 자신이 지식을 바라지 않는다는 사실을 알고, 자신에 게 지식이 없다는 사실도 압니다. 그러나 두 번째 교육법은 가장 성 공하는 순간에 가장 비참하게 실패합니다. 이 방법은 학생이 여전히 아는 것이 없는 데도 교양을 쌓았다고 막연히 느끼도록 가르칩니다.

자신이 해석할 수 없는 시를 즐긴다고 생각하게 만듭니다. 이해하지 못하는 책을 비평하게 하고 지성 없이 지성인 행세를 할 자격을 부여합니다. 그리고 결국에는 진리와 오류의 구분까지 엉망으로 만듭니다.

하지만 진정한 학식이 있고 그것을 사랑하는 이들이 이 파르테논 유형의 교육을 종종 추천합니다. 그들은 뮤즈들에 대한 모종의 엉터리 공경에 의거하여 움직입니다. 그들이 문학에서 귀하게 여기는 것은 그들의 눈에 너무나 섬세하고 정신적이어서 그것이 어형변화표, 흑판, 점수, 시험지 같은 거칠고 기계적인 장치들로 (그들이 생각할 때) 훼손되는 것을 차마 볼 수가 없습니다. "다음 중 다섯 가지를 골라 문맥을 제시하고 필요한 설명을 덧붙이시오." 그들은 시험관들이 낸 이런 문제를 지목하며 묻습니다. 그것이 《태풍》의 진짜 특성과 무슨 관련이 있는가? 학생들이 그 작품을 감상하도록 가르치는 것이 더 낫지 않은가?

그러나 여기에는 심각한 오해가 있습니다. 이 선의의 교육자들이 문학적 감상을 섬세한 일로 여긴 것은 아주 옳습니다. 그런데 그들이 생각하지 못하는 것이 있습니다. 바로 그렇기 때문에 초등학교의 문학과목 시험에는 그토록 자주 조롱거리가 되는 건조한 사실 확인 문제들만 출제해야 한다는 점입니다. 이런 문제들은 애당초 감상 능력을 시험하자는 것이 아닙니다. 학생이 읽어야 할 책들을 읽었는지 여부를 알아내자는 것이 그 취지입니다. 학생에게 유익을 주리라 기대한 대상은 시험이 아니라 읽기였습니다. 그리고 이것은 그런 시험의 결함이기는커녕 시험을 유용하게, 심지어 참을 만하게 만드는 핵심입니다.

좀 더 고차원의 영역에서 예를 들어봅시다. 성경의 내용을 아는지 확인하는 단순한 시험은 적어도 해롭지는 않습니다. 그러나 응시자가 '구원받았는지' 알아내려 하고 거룩함의 자격기준으로 60점 이상을 요구하는 시험을 누가 견딜 수 있겠습니까? 문학과목의 상황이 이것과 어느 정도 유사합니다. 학생에게 책 한 권을 '벼락치기로 공부'하라고 말하고 학생이 공부를 했는지 여부를 알아낼 수 있는 질문들을 내십시오. 잘하면 학생은 위대한 시 한 편을 즐기는 법을 배울 (최상의 경우, 그것도 무의식적으로 배울) 수 있습니다. 차선의 경우라면 학생은 정직하게 공부를 하고 기억력과 이성을 사용할 것입니다. 최악의 경우에도 우리는 그에게 아무런 해를 끼치지 않습니다. 그의 영혼을 건드리거나 집적대지 않고, 잘난 체하는 사람이나 위선자가 되도록 가르치지 않습니다. 그러나 '책들 사이에서 영혼이 펼치는 모험'을 측정하려 드는 초등학교 시험은 위험합니다. 순종적인 학생들을 부추기면 만들어 내려 하고, 영리한 학생들이 흉내 낼 수 있고, 수줍음 많은 학생들이 숨기려 드는 것, 대가를 기대하는 순간 죽어 버리는 것을 향해 앞으로 나와서 자신을 과시하고 드러내라고 촉구하는 셈이니까요. 소심하고 인식하기 어려운 영혼의 떨림이 그런 자의식을 가장 배겨내지 못하는 나이의 학생들에게 말입니다.

노우드 보고서Norwood Report*는 이런 잘못된 추앙이 얼마나 쉽게 자기 발등을 찍을 수 있는지 드러냅니다. 그 보고서를 작성한 이들은 학교에서 영어과목의 외부 시험이 폐지되기를 원합니다. 문학은 너무나 '섬세하고 파악하기 어렵기' 때문에 그런 시험들은 '거친 주변부'만 건드린다는 것이 그들이 논리입니다. 그들이 이쯤에서 그친다면 그래도 어느 정도 공감할 수 있을 것 같습니다. 어떤 대상의 가장 거친 부분을 왜 건드리면 안 되는지는 모르겠지만 말입니다. 학교 교과과정에서 문학을 완전히 배제하자는 제안은 상당히 일리가 있습니다. 저는 학생이 영국의 시인들을 좋아하게 만드는 최선의 방법이, 학생에게 그들의 시를 읽지 못하게 하고는 그 지시를 어길 기회를 많이 확보해 주는 것이 정말 아닌지 확신하지 못하겠습니다. 그러나 보고서의 의도는 문학을 수업에서 배제하여 오히려 학생들이 좋아하게 만드는 것이 아닙니다. 보고서는 문학적 감상을 가르치는 수업을 원합니다. 심지어는 교사의 그런 수업을 평가하되 시험 주체는 외부인이 아니기를 원합니다. 거기에는 이렇게 나와 있습니다. "교사의 성공은 본인이나 그를 잘 아는 가까운 동료가 측정할 수 있다."

---

* 준비위원장이었던 Cyril Norwood 경의 이름을 따서 그렇게 불린 이 보고서의 정식 명칭은 다음과 같다. *Curriculum and Examinations in Secondary Schools: Report of the Committee of the Secondary School Examinations Council Appointed by the President of the Board of Education in 1941.*

시험 비슷한 것이 계속 있을 거라는 의미입니다. 두 가지 개혁의 내용은 (a) 시험이 '거친 주변부' 대신에 '섬세하고 파악하기 어려운' 핵심을 다루어야 하고 (b) 모든 시험은 말하자면 가족 안에서 이루어져야 한다는 것입니다. 교사는 자신의 성공이나 다른 교사의 성공을 '측정'해야 합니다. 저는 이 두 번째 개혁안에서 무엇을 기대할 수 있는지 도저히 모르겠습니다. 어떤 과목에서든 외부 시험을 치르는 큰 목적은 시험의 대상이 학생이든 교사이든 아무런 편견이 없고 학식 있는 외부자의 공정한 비평을 받는 것입니다. 노우드 보고서는 이런 상식과 정반대로 교사의 동료 정도가 아니라 '그를 잘 아는' 동료를 시험관으로 세우도록 제안합니다. 저는 이것이 해당 과목이 '섬세하고 파악하기 힘들다'는 사실과 연관이 있을 거라고 생각합니다. 하지만 아무리 고민해 봐도 어떤 식으로 연관이 있는지는 모르겠습니다. 문학 과목이 객관적 시험으로 평가하기가 특별히 어려우니 (모든 과목 중에서 이 과목만) 객관성 확보를 더없이 어렵게 만드는 조건에서 시험을 치러야 한다는 의미일 리야 없겠지요. (케임브리지의 리비스 박사[1] 밑에서 영어 공부를 마친) A교사는 사실정보와 무관한 순수 감상의 형태로 개성을 자기 학급에 쏟아냅니다. 말썽꾸러기 학생들은 장난을 치고 '착한' 학생들은 덥석 받아들여 그대로 되풀이합니다. 이런

---

1) F. R. Leavis, 1895-1978. 영국의 문학평론가.

수업의 결과는 누구도 객관적으로 판단하기 어렵습니다. 그러나 해결책은 간단합니다. A교사와 13주 동안 가까이서 지냈고 런던에서 W. P. 커[2]의 지도로 같은 종류의 감상을 배운 B교사에게 판단을 맡기는 것입니다. 그 와중에 학생들이 작가가 쓴 단어들을 실제로 이해하는지는 누구도 알아내지 못합니다. 그것은 '거친 주변부'일 뿐이니까요. 하지만 옛날 방식의 시험이라면 어떤 시험관이라도 학생들의 단어 이해 여부를 꽤 정확하게 확인할 수 있을 것이고, 학생들은 시험관들의 목전에서 정신적 곡예를 부리는 일을 면할 수 있을 것입니다. 옛날 방식의 시험이 더 낫습니다.

물론 우리는 옛날 방식의 시험을 위해 시를 '공부'하느라 시가 '지긋지긋해지지' 않았다면 지금쯤 시의 애독자가 되었을 거라고 말하는 사람을 많이 만납니다. 이론적으로는 가능한 일입니다. 이제껏 한 번도 성경 시험을 칠 일이 없었다면 지금쯤 그들은 성자가 되었을지도 모릅니다. 학교 장교훈련단에 들어갈 일이 없었다면 전략가나 영웅이 되었을 수도 있겠지요. 그럴 수도 있습니다. 그러나 어째서 그럴 거라고 믿어야 합니까? 우리가 가진 것은 그들의 말뿐입니다. 그리고 그런지 안 그런지 그들은 어떻게 안답니까?

2) William Paton Ker, 1855-1923. 스코틀랜드 문학학자, 에세이 작가.

XVII

시대 비평

며칠 전 〈리스너_The Listener_〉를 펼쳤다가 제임스 스티븐스가 체스터턴에 대해 쓴 글을 발견했는데, 제가 볼 때는 인색하고 심지어 부당한 내용이었습니다.* 그 글은 체스터턴을 크게 두 가지로 비판했습니다. 하나는 그가 너무 대중적이라는 것이었고 (스티븐스의 견해에 따르면 시는 아주 사적인 일이기 때문입니다) 또 하나는 그가 '시대에 뒤떨어졌다'는 것이었습니다. 첫 번째 비판을 여기서 길게 논할 필요는 없을 것 같습니다. 스티븐스와 저는 아주 잘 알려진 울타리를 사이에 두고 서로 마주보고 있습니다. 현재는 스티븐스 씨 쪽이 더 인기가 있다는 점을 고백해야겠습니다. 그래도 제가 볼 때 작가들이 인쇄하여 열심히 부수를 늘려놓고 서점에서 팔기 위해 광고를 하고 진열도 하는 작품들을 '사적private'이라고 말하는 사람들에게 입증의 책임이 있습니다. 사생활privacy을 보장하는 방법 치고는 이상합니다. 그러나 이 문제는 급하지 않습니다. 체스터턴은 이런 문제로 염려하지 않았을

---

* James Stephens, 'The "Period Talent" of G. K. Chesterton', _The Listener_(17 October 1946).

것이 분명합니다. 즉시 널리 수용되는 시(에우리피데스, 베르길리우스, 호라티우스, 단테, 초서, 셰익스피어, 드라이든, 포프, 테니슨의 작품처럼)는 모두 단순한 '농민'시가 분명하다는 격언 또한 농민계층의 회복을 무엇보다 바랐던 체스터턴을 불쾌하게 만들지 않았을 것입니다. 그러나 '시대성'의 문제는 여전히 남습니다.

여기서 스티븐스의 공격을 그대로 되돌려 스티븐스 본인만큼 특정 시대의 냄새를 강하게 풍기는 작가가 어디 있느냐고 묻지 않기가 어렵습니다. 신화와 신지학의 독특한 조합—판과 앙구스[1], 레프라혼[2]과 천사들, 환생과 데어드레이[3]의 슬픔—을 보고 레이디 그레고리[4], A. E.[5], 중기의 예이츠, 심지어 앨저넌 블랙우드[6]의 세계를 떠올리게 되지 않는다면, 시대라는 단어는 실제로 아무 의미가 없는 것입니다. 내적 증거를 볼 때 20세기에 쓰인 모든 책 중에서《황금항아리》*만큼 시대에 뒤떨어졌다고 말할 만한 작품은 없을 것입니다. 탐정 이야기

---

1) Aengus. 아일랜드 신화에서 사랑과 젊음의 신.
2) leprechaun. 아일랜드의 요정. 구두방의 요정.
3) Deirdre. 아일랜드 전설에 나오는 아름다운 여인.
4) Lady Gregory, 1852-1932. 아일랜드 극작가. 예이츠 평생의 지지자였고, 국민극장의 창설에 협력하여 아일랜드 문예부흥에 공헌하였다.
5) 조지 윌리엄 러셀의 필명. 아일랜드 작가, 편집자, 비평가, 시인, 화가 및 아일랜드 민족주의자.
6) Algernon Blackwood, 1869-1951. 영국 작가. 미스터리와 초자연적인 이야기들을 주로 썼다.
* James Stephens, *The Crock of Gold*(1912), *The Demi-Gods*(1914), *Here Are Ladies*(1913), *Deirdre*(1923).

들(체스터턴은 이런 책을 쓰는 것으로 악명이 높았습니다)이 제1차 독일전쟁 [제1차 세계대전]의 발발에 어떤 식으로든 기여했다는 스티븐스의 흥미로운 제안도 되받아칠 수 있습니다. 그렇게 따지면 나치 이데올로기의 기원을 스티븐스의 작품에 있는 난장판 술잔치의 요소들에서 찾는 것도, 판 숭배나 이성에 맞선 반란(철학자의 여행, 투옥, 구출로 상징되는)이나 '가장 못생긴 사람'이라는 등장인물에서 찾는 것도 충분히 그럴듯한 일일 것입니다. 체스터턴의 문학작품들의 신학적 배경은 스티븐스에 대해 추측하게 만드는 '켈트의 여명'[7]과 진지한 오컬티즘(예이츠는 마법을 부리는 마법사라고 주장했습니다)의 조합보다는 훨씬 시대에 덜 뒤떨어졌다고 쉽게 주장할 수 있을 것입니다.

그러나 이런 반박이 쉽기는 해도 실제로 진행할 만한 가치는 없을 것입니다. 스티븐스가 시대에 뒤떨어졌음을 증명한다고 해서 체스터턴이 지닌 영구적 가치가 드러나지는 않을 테니까요. 제가 이런 '대인논증 argumentum ad hominem'으로 스티븐스에게 답하지 않는 이유는 또 있습니다. 저는 스티븐스의 책들을 여전히 좋아합니다. 그는 저의 개인적 판테온에서 체스터턴만큼은 아니지만 상당히 확고한 자리를 차지하고 있습니다. 그 자리가 체스터턴의 자리보다 못한 이유는 《황금항아리》, 《반신半神들 The Demi-Gods》, 《숙녀들 Here Are Ladies》에서 쓸

---

7) 아일랜드 민담 전통의 환상적 정서. 거기서 영감을 얻은 예이츠의 작품명이기도 하다.

모없는 부분의 비율이 〈백마의 노래〉,《목요일이었던 남자》,《돌아다니는 술집》*의 경우보다 높은 듯 보이기 때문입니다. 보스턴에서 '초절주의'[8]라고 불린 생각을 드러내는 스티븐스의 긴 단락들은 시원찮고 가끔은 무의미하기까지 합니다. 그러나 그런 단락들은 언제나 시원찮았고, 시대는 그것과 아무 상관이 없습니다. 반면 스티븐스의 작품 속에는 거대한 (그리고 적절한 의미에서 라블레풍[9]) 희극적 효과—철학자가 체포되는 장면[10]이나 오브라이언과 그의 3펜스짜리 동전의 사후死後 모험[11]—가 무궁무진합니다. 감탄스러운 악당 팻시 맥켄[12]이 여기에 속하고 당나귀[13]도 그렇습니다. 그가 제시하는 자연의 그림도 그렇습니다. 바람 부는 날 나뭇잎들을 꼭 붙들고 서있는 나무들, '나는 악마 같은 까마귀야'라고 말하는 까마귀는 또 어떻습니까. 저는 스티븐스를 포기할 수 없습니다. 누군가가 어리석고 악의적인 글을 써서 스티븐스가 '시대적인' 작가에 불과하다고 말한다면, 저는 펜에 잉크가

* G. K. Chesterton, *The Ballad of the White Horse*(1911), *The Man Who Was Thursday*(1908), *The Flying Inn*(1914).
8) Transcendentalism. 19세기 중엽 미국에서 일어난 관념론적 철학 운동. 칸트, 셸링 및 동양 사상의 영향을 받아 범신론, 직관주의, 신비주의, 유니테어리언주의 등을 주장.
9) 프랑수아 라블레의 작품은 지독한 유머감각과 기상천외한 풍자가 특징이었다.
10) 《황금항아리》에 나오는 장면.
11) 《숙녀들》에 실린 단편 *The Threepenny-Piece*의 내용.
12) 《반신들》의 주인공 땜장이.
13) 《황금항아리》에 등장하는 동물.

남아 있는 한 그 문제로 끝까지 싸울 것입니다.

사실인즉 연령대에 따른 독자 분류가 적절한 것이라도 되는 양 날짜와 시대를 중심으로 하는 비평 전체가 혼란스럽고 천박하기까지 합니다. (제 말은 스티븐스 씨가 천박하다는 뜻이 아닙니다. 천박한 사람이 아니라도 천박한 일을 할 수 있습니다. 아리스토텔레스의 《니코마코스 윤리학》에서 이에 대한 설명을 볼 수 있습니다.) 그것이 천박한 이유는 유행에 뒤떨어지고 싶지 않은 마음에 호소하기 때문입니다. 이런 마음은 양재사dressmaker에게나 합당합니다. 또 그것이 혼란스러운 이유는 사람이 '자기 시대에 속할' 수 있는 여러 방식을 똑같이 취급하기 때문입니다.

사람은 부정적 의미에서 자기 시대에 속할 수 있습니다. 영구적 중요성을 가진 일이 아닌데 일시적 유행 때문에 중요하게 보여서 그것을 다루는 경우입니다. 이런 면에서 볼 때 제단과 십자가 모양으로 구성된 허버트[14]의 시들은 '구식dated'입니다. 켈트문화 부흥운동에서 나타나는 오컬트적 요소들도 마찬가지로 '구식'입니다. 구식이 되지 않으려고, '현대적'이려고 안달하다가는 사람도 이런 식으로 구식이 될 가능성이 높습니다. 시대의 흐름을 따라가면 모든 시대와 같은 결말에 이르게 되기 때문입니다. 반면 사람은 특정 시대에 속한 형식, 설정, 장치를 통해 영구적으로 중요한 사항을 표현한다는 의미

14) George Herbert, 1593-1633. 영국 종교시인.

에서 구식일 수 있습니다. 이런 의미에서 보면 가장 위대한 작가들은 흔히 가장 구식인 이들입니다. 호메로스보다 더 분명하게 고대 아카이아적인 인물은 없습니다. 단테보다 더 스콜라적인 사람도 없고, 프루아사르[15]보다 더 봉건적인 사람도 없고, 셰익스피어보다 더 '엘리자베스 시대적인' 사람도 없습니다. 〈머리타래의 겁탈*Rape of the Lock*〉[16]은 완벽한 시대물입니다. 〈서곡*The Prelude*〉은 그 시대의 냄새가 납니다. 〈황무지*The Waste Land*〉의 모든 행에는 '1920년대'의 도장이 찍혀 있습니다. 이사야서조차도 신중한 학자에게는 그것이 루이 14세의 궁정이나 현대 시카고에서 쓰인 것이 아님이 드러날 것입니다.

진짜 문제는 체스터턴이 어떤 의미에서 자기 시대에 속했는가 하는 것입니다. 그의 작품 중 상당수는 수명이 짧은 저널리즘에 해당합니다. 첫 번째 의미에서 구식의 글이지요. 작은 에세이집들은 이제 주로 역사적 중요성을 갖습니다. 스티븐스 씨의 작품에서는 로망스들이 아니라 〈리스너〉에 실은 기고문이 이와 유사합니다. 그런데 체스터턴의 문학작품들은 제가 볼 때 상당히 다른 위치에 있습니다. 물론 그 작품들을 구성하는 요소는 다양합니다. 〈백마의 노래〉

---

15) Jean Froissart, 1333?-1400?. 프랑스 연대기 작가, 시인.
16) 알렉산더 포프의 모방 서사시. 어느 귀족 청년이 다른 귀족 가문 아가씨의 머리카락을 자르는 소동을 영웅 서사시로 표현한 작품.

의 반反게르만주의는 벨록[17]의 어리석고 일시적인 역사적 이단서설에 속합니다. 벨록은 지적인 측면에서 언제나 체스터턴에게 해로운 영향을 끼쳤지요. 그리고 그의 로망스에서는 우리 곁에서 물러났던 속에 칼이 든 지팡이, 말 한 필이 끄는 2인승 이륜마차, 무정부주의자들이 모두 진짜 런던과 가상의 런던[18]에 다시 등장합니다. 이 모든 것을 통해 영구적이고 시대를 초월한 내용이 전해진다는 것을 어떻게 보지 못할까요? 〈백마의 노래〉의 중심주제—동정녀 마리아가 앨프리드 대왕에게 전하는 고도의 역설적 메시지—가 구체화하는 감정은 어느 시대나 거의 패배한 사람들이 남은 무기를 들고 나가 승리하도록 이끌어주는 유일한 감정 아닙니까? 그러므로 지난 전쟁[제2차 세계대전]의 가장 암울한 시기에 체스터턴과 전혀 다르고 정교한 시인[19]이 무의식적으로 이와 똑같은 취지의 다음 시구를 써낸 것은 불가피한 일이었습니다.

신성하고 절박한 희망들을 제외하고는 전부 침몰하여
더 이상 보이지 않는다.

---

17) Hilaire Belloc, 1870-1953. 프랑스 태생의 영국 수필가, 시인, 문명 비평가.
18) 《신 아라비안나이트The New Arabian Nights》에 나온 런던.
19) Ruth Pitter, 1897-1992. 영국의 시인.

프랑스가 함락된 후 떨리던 며칠 동안 젊은 시절의 제 친구(공군에 입대하기 직전이었습니다)와 저는 서로에게 〈백마의 노래〉 한 연씩을 읊어주었습니다. 그 외에는 달리 아무 말도 할 수 없었습니다.

체스터턴의 이야기도 이와 마찬가지입니다. 《돌아다니는 술집》을 다시 읽어 보십시오. 아이비우드 경Lord Ivywood이 시대에 뒤졌습니까? 교조적 정치가, 귀족이자 혁명가, 비인간적이고 용감한 달변의 소유자인 그는 가장 비열한 배신과 혐오스러운 압제의 시기를 고상한 관대함이 울려 퍼지는 시대로 바꿔놓았습니다. 이런 사람이 시대에 뒤떨어진다고요? 현대의 언론인은 힙스 하우에버[20]를 읽고도 아무런 느낌이 없을까요? 《목요일이었던 남자》는 어떻습니까? 이 책을 또 다른 뛰어난 작가인 카프카의 작품과 비교해보십시오. 둘의 차이가 하나는 '구식'이고 다른 하나는 현대적이라는 것뿐일까요? 두 작품 모두 우리 각자가 자신의 우주와의 단독 투쟁에서 만나는 외로움과 당혹감을 강력하게 보여주지만, 체스터턴은 우주에 더 복잡한 변장을 부여하고 투쟁의 공포뿐 아니라 기쁨도 인정함으로써 더 많은 것을 담아냈습니다. 체스터턴이 좀 더 균형 잡혀 있고, 그런 의미에서 더 고전적이고 더 영구적이라고 할 수 있지 않을까요?

이런 이야기들에서 에드워드 7세 시대의(1901-1910) '시대물'밖에

20) Hibbs However. 체스터턴의 작품에 등장하는 언론인.

보지 못하는 사람이 어떤 사람인지 스티븐스 씨에게 말씀드리겠습니다. 그는 스티븐스 씨의 《데어드레이》(그의 여러 좋은 작품 중에서도 틀림없이 위대하고 거의 완벽한 책)를 펼친 뒤 거기 나오는 이름들(코노하, 데어드레이, 퍼거스, 니시)을 쓱 훑어보고는 '전부 옛날 애비극장[21]에 나오는 이름이군' 하고 중얼대며 더 이상 읽지 않는 사람입니다. 스티븐스 씨가 너무 점잖으셔서 그런 사람이 바보 같다고 응수하지 않으신다면, 제가 대신 응수해 드리겠습니다. 그런 사람은 지독한 바보일 겁니다. 첫째, 그는 초기 예이츠를 싫어하는 바보입니다. 둘째, 같은 주제를 다룬 모든 책은 초기 예이츠와 같을 거라고 생각하는 바보입니다. 셋째, 가장 세련된 영웅서사 중 일부, 가장 잘 훈련된 페이소스 중 일부, 20세기가 목격한 가장 깔끔한 산문 중 일부를 놓친 바보입니다.

---

21) Abbey Theatre. 아일랜드 대표 연극상영 극장으로 초기 예이츠가 크게 활약한 곳이다.

이야기에 관하여

XVIII

문학에서 취향의 차이

소위 취향의 차이라는 골치 아픈 문제에 대해 다시 생각하고 있습니다. 물론 취향이라는 단어가 함축하는 바를 엄격하게 받아들이면 아무 문제가 없을 것입니다. 루비 에어스[1]와 톨스토이 중에서 고르는 문제가 순한 맥주와 비터 맥주 중에서 고르는 것과 똑같다고 생각한다면, 그 문제를 아예 논하지 말거나 적어도 심각하게 논하지는 말아야 할 것입니다. 그러나 사실 우리는 진짜로 그렇게 생각하지는 않습니다. 언쟁이 격해지면 그렇게 말할 수도 있지만 그 말을 믿지는 않습니다. 예술에서 어떤 선호가 다른 선호보다 낫다는 생각은 제거될 수 없습니다. 그런데 그 생각에 대한 객관적 시험법은 없어 보이다 보니 취향의 차이라는 것이 문제가 됩니다.

그 문제가 한편의 글로 해결된다고 생각하지는 않지만, 최근에 저는 우리가 최초의 잘못된 진술로 문제를 불필요하게 어렵게 만들지는 않았는지 진지하게 궁금해하던 참이었습니다. 어떤 사람들이

---

1) Ruby M. Ayres, 1881-1955. 영국의 로맨스 소설가.

좋은 예술을 좋아하는 것과 똑같은 방식으로 다른 사람들이 나쁜 예술을 좋아한다고 처음부터 가정하고 쓴 글이 거듭거듭 눈에 들어옵니다. 이런 가정에 의문을 제기합니다. 그리고 식별가능한 의미에서, 나쁜 예술은 누구에게도 제대로 된 결과를 내지 못한다고 제안하고 싶습니다.

그러나 먼저 제가 말하는 나쁜 예술이 무엇인지 먼저 설명해야겠습니다. 나쁜 예술이라는 말로 〈니벨룽의 반지〉[2], 〈마미온〉[3]이나 설리번[4]의 작품을 의미한다면, 제가 제안하려는 이론은 성립하지 않을 겁니다. 그보다 기준을 훨씬 낮게 잡아야 합니다. 나쁜 예술이라는 말은, 이 문제를 진지하게 논하는 사람들 사이에서는 아예 고려조차 되지 않지만 라디오만 틀면 울려나오고 대여도서관[5]마다 잔뜩 쌓여 있고 모든 호텔 벽에 걸려 있는 것들을 의미합니다. 제가 공격하는 허위진술은 어떤 사람들이 좋은 예술을 즐기는 만큼 어떤 사람들은 나쁜 예술을 즐긴다는 말입니다. 나쁜 예술의 사례로는 엘

---

2) 독일의 작곡가 바그너의 오페라.
3) Marmion. 1808년 영국 소설가 월터 스콧이 발표한 서사시.
4) Sullivan, 1748-1782. 아일랜드 시인.
5) circulating library. 18세기 영국에서 상업적으로 운영된 도서관. 일반 시민이 좋아하는 연애소설이 장서의 중심이었음.

이야기에 관하여

라 휠러 윌콕스[6]의 시나 최신 유행 음악이 있습니다. 여기다 특정 포스터를 포함시킬 수 있겠지만 모든 포스터가 해당하지는 않습니다.

물론 사람들이 이런 것들을 모종의 방식으로 좋아한다는 사실은 분명합니다. 라디오를 켜고, 이런 소설을 빌려 보고, 이런 시를 구입합니다. 그러나 이런 작품들이 누군가의 삶에서 차지하는 자리가, 좋은 예술이 그것을 사랑하는 이들의 삶에서 차지하는 자리와 똑같다는 증거가 있습니까? 나쁜 음악을 즐기는 사람이 그것을 즐기는 모습을 보십시오. 그의 욕구는 왕성합니다. 좋아하는 음악을 하루에도 수없이 들을 준비가 되어 있습니다. 그러나 음악이 나오는 동안 꼭 말을 멈추지는 않습니다. 그는 공연에 참여합니다. 휘파람을 불고, 발로 박자를 맞추고, 방안을 돌면서 춤을 추거나 들고 있던 담배 또는 잔을 지휘봉으로 씁니다. 그리고 음악이 끝나면, 아니 끝나기도 전에 다른 것에 대해 이야기할 것입니다. 저는 실제 연주가 끝났을 때를 말하는 겁니다. 음악이 또 다른 의미에서 '끝났을' 때, 즉 그 노래나 춤의 유행이 지났을 때, 그는 호기심에서라면 몰라도 다시는 그것을 생각하지 않습니다.

문학에서 나쁜 예술의 '소비자'적 특성은 규정하기가 더 쉽습니다. 그는 매주 일정량의 픽션을 간절히 원할 수도 있고, 그것이 여의

6) Ella Wheeler Wilcox, 1850-1919. 미국 작가, 시인.

치 않으면 비참한 기분이 들 수도 있습니다. 그러나 그는 그 픽션을 절대 되풀이해서 읽지 않습니다. 문학적 독자와 비문학적 독자 사이에 이보다 분명한 차이는 없고 예외도 없습니다. 문학적인 사람은 다시 읽고, 비문학적인 사람들은 그냥 읽습니다. 그들에게 한번 읽은 소설은 어제치 신문과 같습니다. 《오디세이아》나 맬러리[의 《아서왕의 죽음》], 보즈웰[의 《존슨전》], 《피크위크 클럽의 기록》[7]등을 한 번도 안 읽은 사람에게는 모종의 희망을 품을 수 있지만, 그 책들을 이미 읽었다고 하고 그것으로 모든 문제가 해결되었다고 생각하는 사람에게는 아무 희망이 없습니다. 그건 마치 사람이 한번 씻었다거나 한 번 잤다, 또는 아내에게 한 번 키스했다, 한 번 산책을 다녀왔다고 하는 말과 같습니다. 나쁜 시를 다시 읽는지 여부는 모르겠습니다(그런 시는 의심스럽게도 손님용 침실에 놓여 있는 경향이 있습니다). 그러나 우리가 모른다는 사실이 의미심장합니다. 나쁜 시는 그것을 구입한 사람들의 대화에 끼어들지 않습니다. 그런 시를 좋아하는 이들끼리 시를 인용하거나 자리 잡고 앉아 좋아하는 시를 주제로 즐거운 저녁시간의 대화를 나누는 모습은 볼 수 없습니다. 나쁜 그림도 마찬가지입니다. 구매자는 그 그림이 사랑스럽고 기분 좋고 아름답고 매력적이다, 또는 '멋지다'(이렇게 말할 가능성이 더 높습니다)고 말하는데 분명히 진심

7) *Pickwick*. 찰스 디킨스의 소설.

이야기에 관하여

일 것입니다. 그러나 그는 그 그림을 보이지 않는 곳에 걸고는 다시는 쳐다보지 않습니다.

이 모든 경우에서 나쁜 예술을 진정으로 원하는 징후들이 보이지만, 그것은 좋은 예술을 원하는 사람의 욕구와 종류가 같지 않습니다. 나쁜 예술의 애호가가 분명하게 원하는—그리고 얻는—것은 삶의 유쾌한 배경, 남는 시간을 채워줄 그 무엇, 정신의 트렁크에 들어갈 꾸러미나 정신의 위장에 들어갈 '섬유질'입니다. 기쁨joy이 들어설 자리는 전혀 없습니다. 온 정신을 새롭게 만드는 면도날처럼 날카로운 이 기쁨의 경험은 '거룩한 영적 전율'을 낳는데, 그럴 때면 (피프스[8]가 '바람음악'을 듣고 느꼈던 것처럼) "속이 막 울렁거릴" 수 있습니다. 피프스는 "그건 마치 예전에 아내와 사랑에 빠졌을 때와 비슷한 기분이었다"라고 감상을 덧붙였습니다. 나쁜 예술에서 얻는 즐거움은 좋은 예술에서 얻는 즐거움이 부적당한 상황에서 발생한 것이 아닙니다. 나쁜 예술을 향한 욕구는 습관에서 자라납니다. 그것은 흡연자의 담배 욕구와 비슷한데, 욕구가 채워질 때 얻는 아주 강한 즐거움보다는 거부될 때의 극도의 불쾌감이 두드러진 특징입니다.

따라서 예술에서 처음으로 진정한 기쁨을 맛보는 경험은 이전의

---

8) Samuel Pepys, 1633-1703. 영국 해군 행정관. 젊은 날 10년간 쓴 일기로 유명함.

단조로운 즐거움들의 경쟁상대로 느껴지지 않습니다. 소년 시절 제가 《고대 로마 민요》(제 논지를 분명히 드러낼 만큼 충분히 나쁜 시는 아닙니다만, 그럭저럭 쓸 수는 있겠습니다. 제 아버지의 책장에는 정말 나쁜 책이 드물었습니다)에서 〈소랩과 러스텀〉[9]으로 넘어갔을 때, 이미 알고 있던 즐거움보다 더 많은 양 또는 더 양질의 즐거움을 얻고 있다는 느낌은 전혀 들지 않았습니다. 그보다는 이전까지는 코트를 거는 장소로만 가치가 있었던 벽장이 어느 날 문을 열었을 때 헤스페리데스 정원[10]으로 이어지는 통로로 변한 사실을 알게 된 것과 같았습니다. 맛 때문에 즐겼던 음식이 (용의 피처럼) 새들의 말을 이해하게 해주는 묘약이었음이 어느 날 드러난 것과 같았습니다. 갈증을 해소해 주던 물이 취하게 만드는 음료로 갑자기 바뀐 것과 같았습니다. 오래되고 친숙한 대상이었던 '시'가 전혀 새로운 목적에 쓰일 수 있었고 그런 목적으로 써달라고 고집하고 있었습니다. 이런 전환은 '그 소년이 시를 좋아하기 시작했다'거나 '더 좋은 시를 좋아하기 시작했다'는 말로는 제대로 전해지지 않습니다. 실제로 벌어지는 일은 인생의 사소한 즐거움 중 하나로 배경에 놓여 있던 것—토피 사탕과 별반 다르지 않던 것—이 전면으로 뛰어나와 사람을 장악하여 (피프스가 말하는 의미에

9) *Sohrab and Rustum*. 영국 시인, 비평가인 매슈 아널드의 설화시.
10) 그리스신화에 나오는 비밀정원. 헤라가 제우스와의 결혼을 기념한 선물로 가이아로부터 받은 황금 사과나무를 라돈이라는 뱀과 세 명의 요정들이 지키는 아름답고 포근한 이상향.

서) 속이 "막 울렁거리고", 부들부들 떨리고 사랑에 빠진 사람처럼 달아오르다가 오싹해지는 것입니다.

그러므로 어떤 사람들은 좋은 예술을 좋아하고 어떤 사람들은 나쁜 예술을 좋아한다고 말해서는 결코 안 될 것 같습니다. 여기서의 오류는 '좋아하다'라는 동사에 도사리고 있습니다. 우리는 프랑스어 단어 'aimer'의 용법을 기준으로 삼아 남자는 골프를 '사랑하는' 것처럼 여자를 '사랑한다'고 유추합니다. 그리고 더 낫거나 더 못한 '취향'의 관점에서 이 두 '사랑'을 비교하기 시작합니다. 말하자면 언어유희에 당하는 것이지요. 제대로 진술하려면 어떤 사람들은 나쁜 예술을 좋아하지만, 좋은 예술이 만들어 내는 반응에는 좋아한다는 말이 부적절하다고 말해야 합니다. 그리고 나쁜 예술은 이 다른 반응을 한 번도 만들어낸 적이 없을 것입니다.

한 번도 없다고요? 어떤 책이 제가 묘사했던 (어린 시절의) 그 황홀경을 우리 안에 만들어냈지만, 지금 우리는 나쁜 책이라고 판단하는 경우가 없습니까? 두 가지 답변이 가능합니다. 첫째, 제가 제안하는 이론이 대부분의 경우에 유효하다면, 예외로 보이는 경우가 겉보기와는 다르지는 않은지 고려해 보아야 한다는 것입니다. 아무리 어린 독자에게라도 진정한 감동을 준 책이라면 아마도 그 안에는 모종의 진짜 좋음이 있을 것입니다. 그리고 둘째―하지만 두 번째 답변은 다음 주까지 미뤄야 하겠습니다.

지난주에 저는 사람들이 좋은 예술을 향유하는 것과 똑같은 의미에서 나쁜 예술을 향유하지는 않는다고 말했습니다. 나쁜 예술은 사람들이 '좋아하는' 대상일 뿐, 사람을 깜짝 놀라게 하거나 정신을 못 가누게 하거나 단단히 사로잡는 일은 없습니다. 그런데 이렇게 말하면 저는 한 가지 어려움에 직면하게 됩니다. 이 어려움을 누구보다 가장 잘 표현한 사람은 제대로 인정받지 못한 뛰어난 예술가 포레스트 리드[11]입니다. 그는 《배교자*Apostate*》라는 작은 자서전에서 소년 시절에 미스 마리 코렐리[12]의 《아르닷*Ardath*》을 읽으며 얻은 즐거움을 묘사합니다. 어린 나이였음에도 그가 볼 때 마지막 부분은 "너무 시원찮아서 이전의 모든 내용에 대한 인상을 약화"시켰습니다. 그러나 그 이전의 인상은 사라지지 않았습니다. 리드 씨가 어른이 되어 그 책을 다시 읽지 않은 것은 지혜로운 일이었던 것 같습니다. 그는 "그 화려함이 저속함으로 다가오고, 열정적 모험은 멜로드라마로, 그 시는 효과를 노리는 조악한 안간힘으로 느껴질까 봐" 우려했습니다. 그럼에도 불구하고 (그런 문제에서 속을 가능성이 살아 있는 누구보다 적은 사람인) 리드 씨는 "그 옛 즐거움이 미학적 즐거움이 아니었던 척 가장해 봐야" 아무 소용이 없다고 덧붙입니다. "그것은 미학적 즐거움이

---

11) Forrest Reid, 1875-1947. 북아일랜드 소설가, 문학평론가, 번역가.
12) Marie Corelli, 1855-1924. 영국 소설가 메리 맥케이Mary Mackay의 필명.

이야기에 관하여

었다. 그것이 핵심이다." 그리고 그는 중요한 내용을 제시합니다. "그때 내가 얻은 것은 아마 미스 코렐리가 상상한 《아르닷》이었을 것이다. 지금 내가 다시 읽을 때 얻게 되는 것은 그녀가 실제로 만든, 훨씬 덜 훌륭한 《아르닷》일 것이다."

이 진단이 옳을 수도 있습니다. 리드 씨는 작가가 상상한 《아르닷》을 얻었을 수도 있습니다. 그리고 어쩌면 그가 얻은 것은 자신이 상상한 《아르닷》일지도 모릅니다. 즉 그 책의 암시로 자극을 받아 스스로 만들어낸 작품의 배아를 즐겼을 수도 있습니다. 그러나 이 두 가능성 중 어느 하나를 꼭 선택해야 하는 것은 아닙니다. 어느 쪽이든 요점은 리드씨가 그 책의 실제 내용이 아니라 실제가 아닌 내용 때문에 그 책을 즐겼다는 점입니다. 이런 일은 독자가 작가보다 상상력이 더 뛰어날 때, 그리고 어리고 비판력이 없을 때 자주 일어납니다. 상상력이 처음 피어나는 소년은 돛을 올린 갤리언선의 더없이 조악한 그림 정도면 필요한 일을 다 할 수 있습니다. 아니, 그는 그 그림을 거의 보지도 않습니다. 첫 번째 암시만으로도 그는 천마일이나 멀리 떨어진 곳으로 가버립니다. 입술에는 소금물이 어리고 머리는 물결에 오르내리고 갈매기들이 날아와 미지의 나라가 멀지 않음을 알려줍니다.

하지만 저는 이 사례가 나쁜 예술은 결코 사람을 황홀하게 만들지 못한다는 일반적 원리를 무너뜨린다고 인정할 수 없습니다. 그 원리를 측량막대 삼아 마구 적용하는 것을 이 사례가 무너뜨릴 수는 있을 것입니다. 그런 것이라면 많이 무너뜨릴수록 좋습니다. 우리는 좋은 것과 나쁜 것 사이에 진정한 구분이 존재하고, 우리 취향의 진보라는 것이 무가치한 변동에 그치지 않는다는 확신을 원합니다. 하지만 어떤 특정한 사례에서 누가 틀렸고 누가 옳은지 확실하게 아는 일이 똑같이 필요하지는 않고, 아마 바람직하지도 않을 것입니다. 신기루(리드 씨가 미스 코렐리의 글에서 나온 감동이 아니라 그녀의 글을 계기로 맛본 감동 같은)의 존재는 이 원리를 무너뜨리지 않습니다. 그 신기루를 통해 우리는 거기에 없는 것을 즐깁니다. 그것은 우리가 스스로를 위해 만들어 내는 것일 수도 있고, 어쩌면 우리 눈앞의 작품이 떠올려주는 더 나은 다른 작품들을 기억하는 과정일 수도 있습니다. 그리고 이것은 나쁜 예술에 대한 많은 '좋아함'이나 '감상'과는 분명히 구분됩니다. 감상적인 시, 나쁜 소설, 나쁜 그림, 그리고 단순히 입에 붙는 곡조를 좋아하는 사람들은 흔히 바로 거기 있는 것을 즐깁니다. 제가 이제껏 주장한 대로, 그들이 거기서 즐기는 것은 다른 사람들이 좋은 예술에서 얻는 즐거움에 비길 만한 것이 결코 아닙니다.

그것은 미지근하고 사소하고 주변적이며 습관적입니다. 그것은 사람을 괴롭히지 않고, 자꾸만 성가시게 하지 않습니다. 그것과 위대한 비극이나 절묘한 음악에서 느끼는 황홀경을 즐거움이라는 같은 이름으로 부르는 것은 언어유희에 지나지 않습니다. 저는 사람을 황홀하게 만들고 도취시키는 예술이 언제나 좋다고 여전히 주장합니다. 신기루에서는 이 좋은 것이 우리가 예상하는 책이나 그림 안에 있지 않습니다. 그러나 이것은 그 자체로 좋을 수 있습니다. 오아시스가 실제로는 백 마일 너머에 존재하고 사막 여행자의 눈에 보이는 대로 다음 골짜기에 있지 않아도 여전히 좋은 것처럼 말이지요. 나쁜 예술에 실재하는 특성들이 좋은 예술이 일부 사람들에게 하는 역할을 할 수 있다는 증거는 여전히 없습니다. 나쁜 예술이 주는 즐거움은 좋은 예술이 주는 것과 종류가 다르기 때문입니다. 그 구분이 '미학적' 즐거움과 뭔가 다른 즐거움을 나누는지는 묻지 맙시다. 그것은 곁길로 빠지는 일이니까요. 어떤 철학적 정의에 따르면 둘 다 아마 미학적 즐거움일 것입니다. 요점은 일부 사람들이 좋은 예술을 아끼는 방식으로 나쁜 예술을 아끼는 사람은 없다는 것입니다.

상황이 이렇다면, 우리 앞에 실제로 놓인 것은 '좋은 취향을 만들기' 위해 우리가 선택해야 할 예술분야의 경쟁관계에 있는 경험들이 아닙니다. 제가 고려하고 있는 수준에서는 그렇지 않습니다. 그 수준 너머, 비평을 조금이라도 하는 모든 사람이 나쁘다고 인정하는 것을 배제한 상황에서는 비평의 문제가 발생할 수 있습니다. 사람에 따라서는 베를리오즈가 바흐보다, 셸리가 크래쇼[13]보다 못하다고 판단할 수 있습니다. 그러나 저는 누구에게든 강렬하고 황홀한 즐거움

---

13) Richard Crashaw, 1613~1649. 영국 시인.

을 선사한 적이 있는—그에게 정말 중요했던 적이 있는—모든 작품은 울타리 안으로 들어왔고, 소위 '대중적' 예술작품은 대부분 울타리 안으로 들어올 후보조차 된 적이 없다고 말하겠습니다. 대중적 작품은 그런 일을 하려고 시도하지 않았습니다. 그런 작품을 좋아하는 이들은 그것이 강렬하고 황홀한 즐거움을 주기를 원하지 않았습니다. 그들은 예술이 그런 일을 할 수 있다거나 그런 일을 하게 되어 있다고는 생각도 못했습니다.

이 견해에서 좋은 예술의 기준은 순전히 경험적인 것입니다. 외부적 시험법은 없습니다. 그러나 잘못 알아볼 가능성도 없습니다. 저는 여기서 한 걸음 더 나아가 보다 미묘한 비평적 구분들—울타리 안에서만 시작되는 구분들—에는 언제나 (합당하게도) 미학적 기준 이상의 기준이 포함된다고 말하고 싶습니다. 따라서 누군가 제가 〈파르지팔 서곡〉[14]을 처음 들은 경험이 그가 바흐의 수난곡을 들은 경험보다 열등하다고 말한다 해도 저는 그분 말이 맞을 거라고 확신합니다. 그러나 그 말이 바그너의 음악은 많은 대중음악이 나쁜 예술이라는 의미에서 나쁘다는 뜻이거나 그런 뜻이어야 한다고는 생각하지 않습니다. 바그너의 음악은 울타리 안에 있습니다. 저는 어릴 때 흥얼대던 뮤지컬 코미디의 곡조를 〈파르지팔〉과 같은 방식으로 귀하게 여긴

---

14) *Parsifal*. 바그너의 오페라.

적이 없습니다. 둘 사이에는 경쟁의 가능성이 전혀 없었습니다. 그리고 누군가가 바그너 음악이 나쁘다고(훨씬 더 높고 미묘한 의미에서) 말할 때는 언제나 실제로는 기술적 또는 도덕적 고려사항을 염두에 두고 있었고, 예술계에서 도덕적 측면을 고려하는 사람은 흔히 그 사실을 인지하지 못합니다. 그래서 우리는 바그너가 진부하다거나 뻔하다거나 안이하다고 (기술적 측면에서) 비판하거나, 저속하거나 관능적이거나 야만적이라고 (도덕적 측면에서) 비판합니다. 저는 이것이 올바른 방향이라고 생각합니다. 저는 '진짜' '좋은' 또는 '순수' 예술과 분명하게 '나쁜' 또는 (단지) '대중적인' 예술을 나누는 예비적 구분에서는 이런 기준들이 전혀 필요하지 않거나 실제로는 쓸 일이 없다는 점만 말씀드리고 싶습니다. 둘은 결코 경쟁 관계가 아닙니다. 바그너의 작품은 한 소년에게 일 년 내내 또는 그 이상에 걸쳐 인생에서 가장 중요해질 수 있다는 사실만으로도 '좋은' 예술입니다. 그 다음부터는 원하는 대로 판단하십시오. 제가 말하는 의미의 '좋음'은 이미 확립되었습니다.

생각이 뒤죽박죽인 일부 사람들은 공리(이를테면, a=b이고 b=c이면 a=c이다)가 참임을 어떻게 알 수 있는지 이해하지 못합니다. 이 공리를 대체할 만한 다른 명제를 발견한다면 이 공리가 참임을 알 수 없게 되겠지요. 그러나 그런 대안적 명제는 존재하지 않습니다. (문법적으로) 명제처럼 보이지만 명제가 아닌 문장이 있을 뿐이지요. 그런 문장은 소리 내어 말해도 머릿속에 아무 일도 일으키지 않습니다. 마찬가지로 좋은 예술의 경험을 대체할 만한 경험은 없습니다. 나쁜 예술이 제공하는 경험은 좋은 예술의 경험과 엄연히 다릅니다. 〈글레노키의 제왕〉[15]을 보고서 틴토레토[16]가 줄 만한 유익을 얻는 사람은 별로 없습니다. 물만 마시고 취하는 사람이 그리 많지 않은 것과 같지요. 제가 크리켓 경기장 옆을 지나가다가 다음 번 던질 공을 보려고 발걸음을 잠시 멈출 수는 있지만 그런 일시적 호기심이 축구경기 관중의 열광적 관심과 같은 것이라고 생각할 수는 없지 않겠습니까.

---

15) *The Monarch of the Glen.* 영국 동물화가 에드윈 랜시어 경Sir Edwin Landseer이 그린 우아한 수사슴 그림.

16) Tintoretto, 1519-1594. 이탈리아 베네치아파 화가. 대표작 〈미美의 세 여신〉.

XIX

비평에 관하여

비평가와 작가를 겸하는 사람이 자신의 작품에 대한 비평을 읽고서 더 나은 비평가가 될 수 있는 여러 방법에 대해 이야기하고 싶습니다. 하지만 주제를 좀 더 좁혀야겠습니다. 한때 사람들은 비평가의 한 가지 기능이 작가가 더 잘 쓸 수 있게 돕는 것이라고 생각했습니다. 비평가의 찬사와 비판은 작가들이 어디서 어떻게 성공하거나 실패했는지 보여주어 그 진단으로 유익을 얻은 작가들이 다음번에는 단점을 바로잡고 장점을 늘릴 수 있게 해야 한다는 생각이 있었습니다. 포프는 바로 이것을 염두에 두고 "모든 친구를 활용하고 모든 적도 활용하라"라고 말했습니다. 그러나 제가 논하고 싶은 내용은 이런 것이 아닙니다. 작가 겸 비평가는 자신의 비평서에 대한 서평들을 통해 비평가로서 분명히 유익을 얻을 수 있을 것입니다. 하지만 제가 다루고 싶은 내용은 다음과 같습니다. 작가가 자신의 글 중 비평이 아닌 글, 곧 시, 희곡, 이야기에 대한 평론들을 접하고 비평가로서 어떤 유익을 얻을 수 있는가, 자신에 대한 비평을 보면서 비평의 기술에 대해 무엇을 배울 수 있는가, 다른 이들이 자신의 문학작품을 다루는 방식을 참고하여 다른 이들의 문학작품에 대한 더 나은 비평가, 또는 덜 나쁜 비평가가 될 수 있는 방법은 무엇인가. 자신의 작품이 비평의 대상이 될 때는 어떤 의미에서 그 비평의 좋은 점이나 나쁜 점을 판단하기에 특별히 유리한 위치에 있게 되기 때문입니다.

이 말이 역설적으로 들릴지 모르지만, 모든 것은 '어떤 의미에서'라는 단서에 달려 있습니다. 물론 다른 의미에서 책의 작가는 그 책에 대한 서평들을 판단하기에 가장 부적격인 사람입니다. 그는 한쪽으로 치우치지 않을 재간이 없기에 자신의 책에 대한 서평들의 평가를 제대로 판단할 수 없습니다. 그로 인해 그는 천진하게도 모든 칭찬조의 비평을 좋은 것으로 여기고 모든 부정적 비평을 나쁜 것이라 여길 수 있습니다. 아니면 (이럴 가능성도 높은데) 자신의 분명한 편견을 이겨내려고 무진장 애를 쓰다가, 칭찬하는 서평자들은 다 과소평가하고 비판하는 이들은 다 귀하게 여길 수 있습니다. 어느 쪽이든 똑같이 골치 아픈 행동입니다. 따라서 비평이라는 말로 평가만을 의미한다면, 누구도 자신의 작품에 대한 비평을 판단할 수 없습니다. 하지만 대부분의 소위 비평적 글쓰기에는 평가 외에도 상당히 많은 내용이 담겨 있습니다. 이것은 서평의 경우는 물론이고, 문학사에 담긴 비평의 경우도 마찬가지입니다. 둘 다 늘 독자들의 판단을 이끌어줄 뿐 아니라 정보도 제공해야 하고 흔히 그렇게 노력합니다. 그런데 그의 서평자들이 이 두 가지 일을 하는 한, 저는 작가가 그들이 쓴 서평의 장단점을 어느 누구보다 잘 볼 수 있다고 생각합니다. 그리고 작가가 비평가이기도 하다면, 그는 그들로부터 배워서 단점

이야기에 관하여

은 피하고 장점은 본받을 수 있다고 생각합니다. 자신의 작품에 대해 이루어진 비평적 오류를 죽은 작가들의 책을 대상으로 저지르지 않을 수 있지요.

제가 저의 비평가들로부터 배웠다고 생각하는 바에 대해 말하는 일이 어떤 의미에서도 '비평가들에 대한 답변' 같은 것이 아님이 이제 분명해졌으면 합니다. 그런 답변은 지금 제가 지금 하려는 일과 양립할 수 없을 것입니다. 제가 앞으로 언급할 비평적 악덕을 가장 많이 저지른 서평들 중 일부는 전적으로 호의적인 비평이었던 반면, 제가 받았던 가장 가혹한 비평 중 한 편은 그런 악덕이 전혀 없는 것처럼 보였습니다. 저는 모든 작가가 이와 동일한 경험을 했으리라 생각합니다. 작가들은 분명 자기애에 시달리지만, 자기애가 모든 안목을 폐기할 정도로 늘 심각한 것은 아닙니다. 저는 명백한 바보가 바치는 어리석은 찬사가 어떤 무시발언보다 더 큰 상처가 될 수 있다고 생각합니다.

비평적 결점 중 한 가지는 제가 다루고자 하는 진짜 주제와 관련이 없기 때문에 당장 목록에서 지우고자 합니다. 부정직 말입니다. 엄격한 정직함은 제가 아는 한, 현대 비평계에서 하나의 이상理想으로 고려조차 되지 않습니다. 제가 어린 무명 작가였을 때, 첫 번째 책을 출간하기 전날 어느 친절한 친구가 제게 이렇게 말했습니다. "서평에 대해 어려움이 있을 것 같아요? 제가 몇 사람에게 이야기해 줄 수 있어요." 그것은 졸업시험을 하루 앞둔 학부생에게 누군가 이렇게 말하는 것과 다를 바 없었습니다. "시험관 중에 아는 사람 있어? 내가 너에 대해 좋게 말해줄 수 있는데." 몇 년 후 저의 책에 대해 그리 대단하지 않은 호의적 서평을 쓴 또 다른 사람(모르는 사람이었습니다)이 제게 편지를 보내왔습니다. 본인은 서평에서 밝힌 것보다 제 책을 훨씬 더 높이 평가했다는 내용이었습니다. "하지만 아시다시피 제가 그 책을 그 이상으로 칭찬했다면, 아무개가 제 서평을 실어 주지 않았을 것입니다." 언제인가는 누군가가 X라는 신문에 저를 공격하는 글을 기고했습니다. 그런데 그가 책을 한 권 썼습니다. X의 편집장은 하고 많은 사람 중에 갑자기 제게 서평을 써보라고 제안했습니다. 아마도 우리 두 사람 사이에 싸움을 붙여서 대중의 흥미를 유도하고 매출을 늘리려고 한 것이겠지요. 그러나 보다 호의적인 가능성을 고려한다 해도—그가 소위 스포츠맨십을 중요하게 여겨서 'A가 B를 공격했으니 B에게도 A에게 한소리 할 기회를 주는 것이 공평하다'고 말했다 치더라도—, 그가 생계의 기반인 대중에게 정직해야 한다는 생각이 없다는 것만은 너무나 분명합니다. 대중에게 정직한 비평, 즉 편파적이지 않고 공정한 비평을 받아볼 권리 정도는 있습니다. 그런데 그가 그 책을 치우침 없이 판단할 가능성이 가장 높은 사람이 저라고 생각했을 리는 없습니다. 더욱 괴로운 것은 제가 이 이야기를 꺼낼 때마다 누군가가 꼭—부드럽고 은근하게—이렇게 묻는다는 겁니다. "그래서 그렇게 하셨어요?" 이 질문은 제게 모욕적으로 느껴집니다. 편집장의 대

이야기에 관하여

단히 부적절한 제안을 거절하는 것 외에 정직한 사람이 다른 어떤 일을 할 수 있는지 모르겠기 때문입니다. 물론 그들은 모욕의 뜻으로 그렇게 묻지는 않았습니다. 그런데 그것이 문제입니다. 차라리 누군가 저를 모욕할 생각으로 저의 어긋난 행동을 가정한 것이라면 크게 중요하지 않을 수도 있습니다. 그는 단순히 화가 난 것뿐일 수 있으니까요. 그러나 그런 가정을 하면서도 그 가정의 대상이 된 사람이 기분 상할 수 있다는 인식이 전혀 없을 때, 그런 가정이 모욕적이라고 판단할 기준 자체를 모른다는 사실을 그처럼 아무렇지도 않게 드러낼 때, 그와 저의 사이를 가르는 큰 구렁이 열리는 것 같습니다.

이 정직의 문제를 주된 주제에서 배제하려는 것은 그것이 중요하지 않다고 생각해서가 아닙니다. 저는 그것이 아주 중요하다고 생각합니다. 서평자의 정직함을 당연하게 여길 때가 혹시 온다면, 그때 사람들은 지금 우리가 재판관이나 채점관이 흔히 뇌물을 받는 나라나 과거에 그랬던 시기를 돌아볼 때처럼 현재 우리의 상태를 되돌아보게 될 거라고 생각합니다. 제가 이 문제를 짤막하게 다루고 넘기는 이유는 간단합니다. 이 글에서는 제가 저의 서평자들에게 배웠기를 바라는 것들에 대해 말하고 싶은데, 정직함은 그중 하나가 아니기 때문입니다. 작가가 되기 오래 전에 저는 거짓말을 해서는 안 된다(진실의 은폐*suppressio veri*와 허위의 암시*suggestio falsi*로도 안 된다)고 배웠고, 어떤 일을 위해 돈을 받고는 몰래 그와 전혀 다른 일을 하면 안 된다고도 배웠습니다. 이 요점을 벗어나기 전에 저는 이런 식의 타락한 서평자들을 너무 가혹하게 질타해선 안 될 거라는 말을 덧붙이고 싶습니다. 부패한 시대에 부패한 직업을 갖고 일하는 사람에게는 양해해야 할 부분이 많을 테니까요. 모두가 뇌물을 받는 시절이나 장소에서 뇌물을 받는 재판관은 물론 비난받아 마땅하지만, 더 크게 비난받아야 할 쪽은 건강한 사회에서 뇌물을 받은 재판관일 것입니다.

이제 저의 핵심 주제로 넘어가겠습니다.

제가 제 책의 서평자들로부터 배운 첫 번째 교훈은 모든 비평이 전제해야 마땅한 예비작업의 성실한 수행이 필수사항(모두가 원칙적으로 인정할 만한 내용이지만)이 아니라 극도로 드문 일이라는 것입니다. 제가 말하는 예비작업은 물론 자신이 비평하는 책을 주의 깊게 읽는 것입니다. 이것은 너무 명백한 일이라 길게 생각할 것도 없어 보일 수 있습니다. 제가 이것을 먼저 얘기하는 이유는 너무나 분명한 일이기 때문이기도 하고, 어떤 면에서는(물론 그렇지 않은 면도 있습니다) 이것이 작가가 자신의 비평가들을 판단할 최고 적임자가 될 수 있다는 저의 논지를 실제로 보여 줄 것 같아서이기도 합니다. 작가는 자기 책의 가치에 대해서는 무지할지 몰라도, 적어도 책의 내용에 대해서만은 전문가입니다. 책의 내용을 계획하고 쓰고 다시 쓰고 교정쇄로 두 번 세 번 읽은 작가는 거기 담긴 내용을 어느 누구보다 잘 압니다. 제가 지금 말하는 것은 어떤 미묘하거나 은유적 의미의 '거기 담긴 내용'(그런 의미에서 그 안에는 아무것도 없을 수도 있습니다)이 아니라 그

이야기에 관하여

저 어떤 단어가 그 페이지에 인쇄되어 있는지 여부입니다. 서평의 대상이 된 경험이 많지 않다면, 서평가가 예비작업을 제대로 하는 경우가 얼마나 드문지 믿지 못할 것입니다. 적대적 서평가들만 그러는 것이 아닙니다. 적대적 서평가들이라면 오히려 이해가 되는 부분이 있습니다. 악취나 치통 비슷한 불쾌감을 주는 작가의 글을 읽는 것은 고역이니까요. 바쁜 사람이 이 불쾌한 과제를 대충 건너뛰고 훨씬 더 유쾌한 모욕과 폄하의 단계로 어떻게든 빨리 넘어가고 싶은 마음을 누가 모르겠습니까. 하지만 우리 채점관들은 점수를 매기기 전에 가장 지루하고 가장 지긋지긋하고 도대체 알아보기 어려운 시험 답안지들을 어떻게든 다 봐야 합니다. 그 일이 좋아서도 아니고 답안지가 그만한 가치가 있다고 생각해서도 아닙니다. 그 일을 하는 대가로 급료를 받기로 했기 때문입니다. 하지만 사실은 칭찬하는 비평가들도 텍스트에 대한 똑같은 무지를 흔히 보여 줍니다. 그들도 읽기보다는 쓰고 싶어 하는 겁니다. 두 종류의 서평 모두에서 나타나는 이런 무지는 꼭 게으름 탓은 아닙니다. 많은 사람들이 작가가 무슨 말을 할지 안다는 생각에서 출발하여 자기가 읽게 될 거라 예상하는 내용을 읽었다고 정직하게 믿습니다. 그러나 이유가 무엇이든, 서평의 대상이 되는 경험이 많아지면 자신이 말한 적이 없는 것을 말했다거나 말한 내용을 말하지 않았다는 이유로 거듭거듭 비난이나 칭찬을 받게 될 것이 분명합니다.

물론 훌륭한 비평가는 어떤 책의 모든 내용을 읽지 않고도 그 책을 정확하게 평가할 수 있다는 것도 사실입니다. 시드니 스미스Sidney Smith가 "서평을 쓰기 전에 책을 읽어서는 절대로 안 된다. 읽으면 편견만 갖게 될 뿐"이라고 한 말의 의미가 아마 이것일 것입니다. 하지만 제가 지금 말하는 것은 불완전한 독서에 근거한 평가가 아니라, 그 책에 담겨 있거나 담겨 있지 않은 내용에 관한 직접적 사실관계의 오류입니다. 게으르거나 서두르는 서평자에게는 부정적 진술이 특히 위험합니다. 그리고 여기에 모든 비평가가 배워야 할 교훈이 있습니다. 스펜서가 가끔 이렇게 저렇게 한다는 말은 그런 내용이《선녀 여왕》전체에서 한 대목만 나와도 정당화되지만, 그가 결코 그렇게 하지 않는다는 말이 정당화되려면 그 책을 전부 읽고 하나도 틀림없이 기억하고 있어야 합니다. 이 정도는 누구나 알아봅니다. 이것보다 놓치기 쉬운 것은 긍정적으로 보이는 진술에 숨겨진 부정적 내용입니다. 예를 들면 서술 용법으로 쓰이는 '새롭다new'가 담긴 진술이 그렇습니다. 던[1]이나 스턴[2], 홉킨스[3]가 한 일이 새로웠다고 가볍게 말하는 것은 그 이전의 누구도 그런 일을 한 적이 없다는 부정적 진술이 됩니다. 그러나 이것은 자신의 지식을 넘어서는 말입니다. 엄격히 말하면, 모든 사람의 지식을 넘어서는 말입니다. 또 다른 예를

---

1) John Donne, 1572-1631. 영국 시인, 목사.
2) Lawrence Sterne, 1713-1768, 영국 소설가, 대표작《트리스트럼 섄디》.
3) Gerard Manley Hopkins, 1844-1889. 영국 시인.

들어보면, 어떤 시인의 성장이나 발전에 대해 우리가 걸핏하면 내뱉는 말은 종종 시인이 우리가 전해 받은 것 외의 다른 내용은 쓴 적이 없다는 부정문을 함축합니다. 하지만 과연 그런지는 누구도 모르는 일입니다. 우리는 그의 휴지통에 뭐가 들어 있는지 보지 못했습니다. 만약 봤더라면, 시인이 A 시에서 B 시로 넘어갈 때 지금 우리 눈에는 그의 기법이 급격히 바뀐 것처럼 보여도 그 변화가 결코 급격하지 않았음을 알게 되었을 수도 있습니다.

이 논점을 마무리하기 전에 지적하고 넘어갈 것이 있습니다. 서평자들의 경우는 어떨지 몰라도, 지금의 학술적 비평가들은 과거 그 어느 때보다 나은 것처럼 보인다는 점입니다. 매컬리가 《선녀여왕》에서 블라탄트 비스트[4]가 죽는다고 말하고도 문제없이 넘어가고, 드라이든이 채프먼은 《일리아스》를 알렉산더 격으로 번역했다고 말하고도 아무 문제 없던 시절은 끝났습니다. 학술적 비평가들은 대체로 비평할 책을 잘 읽습니다. 그러나 아직 완벽한 정도는 아닙니다. 잘 알려지지 않은 작품들의 경우 실제로 읽고 검증하지 않은 것이 분명한 생각들이 비평가들 사이에서 아직도 버젓이 돌아다닙니다. 저는 흥미로운 개인적 증거품을 하나 보유하고 있습니다. 예전에 어느 위대한 학자의 소유였던 두꺼운 시집으로 한 시인의 작품을 모은 것입

---

4) Blatant Beast. 중상모략을 상징하는 괴물. 작품에서 완전히 제압되지 않는 유일한 괴물이다.

니다. 처음에 저는 보물을 발견했다고 생각했습니다. 첫 번째와 두 번째 쪽에는 깔끔하고 알아보기 쉬운 필체로 대단히 박식하고 풍부한 주석이 달려 있었습니다. 세 번째 쪽에서는 주석이 줄어든다 싶더니 그 이후로는 첫 번째 시가 끝날 때까지 아무것도 적혀 있지 않았습니다. 모든 시가 다 그런 상태였습니다. 처음 몇 쪽은 주석이 달려 있고 나머지는 새것과 같았습니다. 매번 "이 나라 심장부로 이처럼 깊숙이"[5] 들어가나 싶더니 이내 더 이상 파고들지 않았습니다. 하지만 그는 그 시들에 대해 글을 썼습니다.

이것이 서평자들이 저에게 가르쳐준 첫 번째 교훈입니다. 물론 여기에는 다른 교훈도 있습니다. 정말 부득이한 경우가 아니라면 서평으로 생계를 꾸리려고 하지 말라는 것입니다. 텍스트에 대한 이 치명적 무지가 언제나 게으름이나 악의의 산물은 아닙니다. 때로는 감당할 수 없는 부담에 짓눌린 패배에 불과할 수도 있습니다. 다 읽을 가망 없이 책상에 산처럼 높이 쌓인 (대체로 맘에 들지 않는) 새 책들과 더불어 밤낮으로 사는 일, 할 말이 전혀 없는 내용을 가지고 뭔가를 말해야만 하는 상황, 언제나 일이 밀려 있는 상황. 이런 노예 상태에 있는 사람에게는 참으로 양해할 만한 여지가 많습니다. 그러나 물론 어떤 것이 양해할 만하다는 말은 곧 양해가 필요함을 고백하

5) 셰익스피어의 역사극 《리처드 3세》 5막 2장 대사.

는 것입니다.

이제부터는 제가 정말 관심을 갖는 문제로 넘어갑니다. 제가 서평자들에게서 감지하는 근본적인 죄는 우리 비평가들의 작업에서 몰아내기가 아주 어려운 것들이라고 보기 때문입니다. 거의 모든 비평가들은 실제로는 모르는 책과 관련된 사실을 아주 많이 안다고 상상하는 경향이 있습니다. 작가는 실제 사실들을 알기 (흔히 혼자서만) 때문에 비평가들의 무지를 인지할 수밖에 없습니다. 비평가들의 이 악덕은 다양한 형태로 나타날 수 있습니다.

(1) 거의 모든 서평자들은 작가가 펴낸 책들의 집필순서와 출간순서가 같고 전부 출간 직전에 썼다고 가정합니다. 최근에 나온 톨킨의 《반지의 제왕》 서평들 중에 여기에 속하는 아주 좋은 사례가 있었습니다. 대부분의 비평가들은 그 책이 정치적 알레고리가 분명하다고 보았고(이것은 다른 악덕을 잘 보여 줍니다) 많은 이들은 절대반지가 틀림없이 원자폭탄'이라고' 생각했습니다. 그 책의 실제 창작 역사를 아는 사람들은 누구나 그런 생각이 틀렸을 뿐 아니라 연대기적으로도 불가능함을 알고 있었습니다. 또 다른 서평자들은 《반지의 제왕》의 신화가 톨킨의 어린이 이야기 《호빗》에서 자라난 것이라고 생각했습니다. 이것도 대체로 틀린 생각이라는 것을 톨킨과 그의 친구들은 알았습니다. 물론 비평가들이 이런 것들을 잘 모른다고 나무랄 사람은 없습니다. 그들이 어떻게 알겠습니까? 문제는 자신들이 모른다는 사실을 모른다는 것입니다. 머리에 추측이 떠오르면 그들은 그

것이 추측임을 인식하지도 못한 채 글로 적습니다. 이 부분에서 비평가인 우리 모두는 아주 분명하고 걱정스러운 경고에 주목해야 합니다. 《농부 피어스의 꿈》[6]과 《선녀여왕》의 비평가들은 이 작품들의 창작 역사에 대해 거대한 구조물을 쌓아 올립니다. 물론 그런 구조물이 추측이라는 점은 다들 인정해야 합니다. 추측이라 해도 그중 일부는 개연성이 있지 않겠느냐고 누군가 물을 수 있겠습니다. 그럴 수도 있습니다. 그러나 여러 번 비평을 당해 본 결과 저는 그 개연성을 낮게 평가하게 되었습니다. 사실관계를 알고 보면 그런 구조물이 완전히 틀린 경우가 아주 많이 눈에 들어오기 때문입니다. 합리적 논리에 따라 만들어 냈다 해도, 그런 구성물이 옳은 것일 가능성은 낮아 보입니다. 물론 저는 학자가 랭랜드나 스펜서의 책을 연구하는 것만큼 서평자가 제 책을 많이 연구하지 않았다(아주 합당한 일이지요)는 사실을 잘 알고 있습니다. 그러나 저는 서평자에겐 있고 학자에겐 없는 이점 때문에 이 부분이 상쇄될 거라고 생각했던 것 같습니다. 결국 서평자는 저와 같은 시대에 살고 같은 취향과 여론의 영향을 받고, 같은 종류의 교육을 받았으니까요. 그는 저의 세대, 저의 시기, 제가 어울리는 그룹에 대해 아주 많이 알 수밖에 없습니다. 서평자들은 그런 것에 능하고 관심이 있으니까요. 그와 제가 공통적으로 아는

---

6) *Piers Plowman*. 영국 시인 랭랜드William Langland가 지은 장편 풍자시.

사람들도 있을 수 있습니다. 학자가 죽은 작가에 대해 추측하는 것처럼 서평가는 저에 대해 추측하기에 좋은 자리에 있습니다. 하지만 그의 추측이 옳은 경우는 드뭅니다. 따라서 저는 죽은 작가들에 대한 학자들의 비슷한 추측이 그럴듯해 보이는 것은 오로지 죽은 작가들이 나타나 반박하지 않기 때문이라는 확신을 떨칠 수가 없습니다. 실제 스펜서나 실제 랭랜드와 오 분만 대화를 나눠 보면 학자들의 공든 구조물이 와르르 무너질 것입니다. 이 모든 추측 가운데 서평자가 저지른 오류는 불필요한 것이었다는 데 주목하시길 바랍니다. 그는 다른 일을 하느라 정작 자신이 돈을 받고 하기로 했던 일, 또는 할 수 있었던 일을 소홀히 했습니다. 그가 맡은 일은 독자에게 책에 대한 정보를 주고 그 내용에 관해 판단을 내리는 것입니다. 해당 책이 만들어진 과정에 대한 추측들은 표적에서 멀찍이 벗어난 일입니다. 이 부분에서 저는 편견 없이 쓰고 있다고 상당히 확신합니다. 서평자들이 제 책에 대해 쓴 가상의 역사들이 늘 불쾌한 것은 절대 아닙니다. 가끔은 칭찬하는 내용도 있습니다. 그것에 대한 유일한 불만은 사실이 아니라는 것, 만약 사실일 경우에는 다소 엉뚱한 소리라는 것입니다. 이름만 [제 것으로] 바꾸면 저에게도 그대로 적용할 수 있습니다 *Mutato nomine de me*. 저는 죽은 작가들에 대해 똑같은 일을 하지 않도록 배워야 합니다. 그리고 굳이 과감한 추측을 해보겠다면, 틀릴 가능성이 매우 높은 승산 없는 시도임을 제대로 알고 있어야 하고 독자들에게도 그 사실을 분명히 경고해야 할 것입니다.

(2) 남의 책의 기원을 추측하는 또 다른 유형의 비평가는 아마추어 심리학자입니다. 그는 프로이트식 문학이론을 갖고 있고 작가의 억제된 충동들에 대해 전부 다 안다고 주장합니다. 그는 작가가 작품을 통해 의식하지 못한 어떤 소망을 충족시키고 있는지 압니다. 이때 작가는 앞에서 말한 것과 같은 의미에서 모든 사실을 알고 있다고 주장할 수 없습니다. 비평가가 작품에서 발견했다고 공언하는 내용은 정의상 작가가 의식하지 못하는 것이기 때문입니다. 그러므로 작가가 그 내용을 큰소리로 부정하면 할수록 비평가가 옳다는 것이 더 분명해집니다. 그런데 작가가 그 내용을 인정하면 그것도 비평가가 옳음을 증명하게 되니 참 기이한 일이지요. 여기에는 더 큰 어려움이 있는데, 비평가는 편견에서 그렇게 자유롭지 않다는 것입니다. 이런 식의 서평은 거의 적대적인 비평자들에게서만 볼 수 있기 때문입니다. 지금 보니, 죽은 작가를 대상으로 이런 일을 한 이들은 어느 정도 그 작가의 실체를 폭로하려 했던 학자들뿐이었습니다. 어쩌면 이것 자체가 의미심장할 수도 있습니다. 전문심리학자는 이런 아마추어 심리학자들이 진단의 근거로 삼은 증거를 충분하다고 여기지 않을 것이고 이 사실을 지적하는 것은 불합리한 일이 아닙니다. 그들은 문제의 작가를 소파에 앉혀놓지도 않았고 그의 꿈을 듣지도 않았고 병력을 다 파악하지도 않았습니다. 그러나 이 중에서 저는 작가가 그런 서평에 맞서 작가로서 말할 수 있는 내용에만 관심이 있습니다. 작가가 자신의 무의식에 대해 아무리 모른다고 해도, 자신이

의식하는 마음의 내용에 대해서는 서평자들보다 더 많이 압니다. 그리고 작가는 작품에 대한 (그에게는) 아주 분명한 의식적 동기를 서평자들이 완전히 간과하고 있음을 발견하게 될 것입니다. 만약 비평가들이 작가의 분명한 동기를 언급한 다음 그것을 작가의 (또는 환자의) '합리화'로 여기고 무시한다면, 그들의 판단이 어쩌면 옳을 수도 있을 겁니다. 그러나 그들이 그것을 의미 있는 내용으로 전혀 고려하지도 않았음이 분명히 드러납니다. 그들은 특정한 에피소드나 이미지 (또는 그와 비슷한 어떤 것)가 특정한 지점에 왜 등장해야 했는지 작가의 이야기 구조 면에서나 스토리텔링 일반의 본질 면에서 도무지 알아보지 못했습니다. 작가의 마음속에는 서평가들이 온갖 심리학으로 무장하고도 결코 고려하지 못했던 한 가지 충동이 존재하는 것이 분명합니다. 창조의 충동, 뭔가를 만들고 빚고 그 안에 통일성, 양각, 대비, 패턴을 부여하고 싶은 충동 말입니다. 그런데 불행히도 이 충동이야말로 책을 쓰게 만드는 주된 원동력입니다. 비평가들 본인에게 이런 충동이 없다 보니 다른 이들에겐 있을 거라는 생각을 하지 못합니다. 그들은 책 내용이 한숨이나 눈물이나 자동 글쓰기처럼 사람에게서 흘러나온다고 생각하는 것 같습니다. 모든 책에는 무의식에서 나오는 부분이 많이 있을 겁니다. 그러나 자기 책의 경우에 작가는 의식적 동기를 압니다. 이런 의식적 동기가 책의 모든 부분에 대해 온전한 설명을 제시한다는 생각은 틀릴 수도 있습니다. 그러나 수면에 또렷이 보이는 물체들을 보지 못하는 이들이 내놓는 해

저에 대한 설명을 믿기는 어려울 것입니다. 설령 그런 설명들이 옳다 해도 우연의 일치에 불과할 것입니다. 제가 죽은 작가들에 대해 비슷한 진단을 내리고 그것이 그처럼 옳다 해도 똑같이 우연의 일치에 불과할 것입니다.

사실 무의식에서 올라오는 아주 많은 부분, 책을 계획하는 초기 단계에는 너무나 매력적이고 중요해 보이는 많은 부분은 책이 완성되기 오래 전에 솎아지고 버려집니다. 사람들이 (따분한 사람들이 아니라면) 자기가 꾼 여러 꿈 가운데서 재미있는 것이나 맑은 정신으로 되돌아볼 때 어떤 식으로건 흥미로운 부분만 이야기하는 것과 같습니다.

(3) 이제 보다 미묘한 형태로 제시되는 책 창작의 가상의 역사를 살펴보겠습니다. 저는 비평가들은 물론 비평할 때의 우리도 이 작업을 진행하면서 자신이 실제로 하는 일에 대해 종종 속아 넘어가거나 혼란에 빠진다고 생각합니다. 속임수는 비평가의 단어들 자체에 도사리고 있습니다. 여러분과 저는 서평의 대상이 된 책의 한 대목이 'laboured'하다고 비판할 수 있습니다. 그런데 이 말은 그 대목이 '어색하게' 들린다는 뜻일까요? 아니면 그 대목이 작가가 실제로 '공을 들여' 쓴 부분이라는 추측을 내세우는 것일까요? 아니면 가끔씩 우리가 무슨 말을 하는지 잘 모르는 것일까요? 만약 우리가 두 번째 의미로 밀힌 것이라면, 우리가 더 이상 비평을 쓰고 있는 게 아니라는

데 주목하십시오. 우리는 그 대목에 있는 결점을 지적하는 것이 아니라, 그 대목이 어떻게 해서 그런 결점들을 갖게 되었는지 인과적으로 설명하는 이야기를 지어내고 있는 것입니다. 그리고 주의하지 않으면 우리가 지어낸 이야기만 하고는 책에 있는 결점이 무엇인지 구체적으로 밝히지 않았다는 사실도 모른 채 필요한 일을 다 한 것처럼 다음으로 넘어갈 수 있습니다. 우리는 문제가 무엇인지 말하지도 않은 채 문제의 원인을 제시하여 문제를 설명합니다. 책을 칭찬한다고 생각하면서도 같은 일을 할 수 있습니다. 우리는 어떤 대목이 작위적이지 않고unforced 자연스럽다spontaneous고 말할 수 있습니다. 그 말은 그 대목이 힘들이지 않고 '붓 가는 대로currente calamo' 쓴 것처럼 보인다는 뜻일까요, 아니면 실제로 그렇게 썼다는 뜻일까요? 어느 쪽을 의미하건, 그런 표현보다는 그 책의 어떤 대목의 어떤 장점들을 칭찬하고 싶은지를 제시하는 편이 더 흥미롭고 비평가의 영역에 더 잘 부합하지 않을까요?

문제는 특정한 비평용어들—영감을 받은, 의례적인, 공들인, 관습적인—이 추측된 창작 역사를 암시한다는 것입니다. 제가 말하는 비평적 악덕은 책에 있는 좋은 점과 나쁜 점은 말하지 않고 특정한 비평용어들의 유혹에 넘어가 어떤 과정을 거쳐 그런 좋음과 나쁨이 생겨났는지 이야기를 지어내는 것입니다. 어쩌면 그들은 왜라는 단어의 이중적 의미에 속았을 수도 있습니다. '왜 이것이 나쁜가?'라는 질문은 두 가지를 의미할 수 있으니까요. (a) 어떤 것을 나쁘다고 하는 것의 의미는 무엇인가? 그 나쁨은 무엇으로 이루어지는가? 내게 형상인Formal Cause을 알려 달라. (b) 그것은 어떻게 해서 나쁘게 되었는가? 작가는 왜 그렇게 안 좋게 썼는가? 작용인Efficient Cause을 알려 달라. 첫 번째 질문은 제가 볼 때 본질적으로 비평적 질문입니다. 제가 지금 염두에 두는 비평가들은 두 번째 질문에 답하는데, 흔히 틀린 답을 내놓고 불행히도 그것이 첫 번째 질문에 대한 답을 대체한다고 여깁니다.

비평가가 한 대목에 대해 "이건 나중에 덧붙인 부분"이라고 말하는 경우도 마찬가지입니다. 그가 옳을 가능성과 틀릴 가능성은 반반입니다. 그 대목이 나쁘다고 생각하는 그가 옳을 수도 있습니다. 그리고 그는 나중에 덧붙인 부분에서 생길 법한 나쁨을 그 대목에서 알아보았다고 생각하는 것이 분명합니다. 하지만 그 나쁨 자체를 폭로하는 것이 그 기원에 대한 가설보다 훨씬 낫지 않겠습니까? 그런 폭로야말로 비평이 작가에게 조금이라도 유용하게 만드는 유일한 방법이 확실합니다. 작가인 저는 덧붙인 부분으로 진단된 대목이 실제로는 책의 씨앗이었고 거기에서 책 한권이 통째로 자라났음을 알 수 있습니다. 어떤 식의 일관성 부족이나 부적절함, 지루함 때문에 그 대목이 덧붙인 부분으로 보이는지 누가 알려 준다면 정말 좋을 것입니다. 그러면 다음번에 그런 오류를 피하는 데 도움이 될 것입니다. 그 대목의 집필과정에 대한 비평가의 상상, 그것도 엉터리 상상을 아는 것은 아무 소용이 없습니다. 그것은 대중에게도 마찬가지입니다.

이야기에 관하여

대중은 제 책에 어떤 결점이 있는지 들을 권리가 있습니다. 그러나 책의 기원에 대한 가설(사실이라고 대담하게 주장된)과 구별되는 이 결점이 무엇인지 대중은 배우지 못합니다.

한 비평가가 저의 글에 대해 내린 판단이 실제로 옳았다고 제가 확신하기 때문에 특히 중요해진 사례를 하나 들고자 합니다. 그 비평가는 제가 에세이집에 실린 글 중 한편을 확신 없이 과제하듯 썼고 마음을 담지 않았다는 내용의 평을 썼습니다. 그런데 그것 자체는 완전히 틀린 소리였습니다. 그 글은 그 책의 모든 에세이 중에서도 제가 가장 크게 관심을 갖고 가장 열정적으로 쓴 것이었습니다.* 그 비평가가 옳았던 부분은 그 글이 최악이라고 생각한 점이었습니다. 그 판단에 대해서는 모두가 동의했습니다. 저도 그에게 동의합니다. 그러나 보시다시피, 그의 비평을 통해 대중도 저도 그 나쁨이 무엇인지 전혀 배우지 못했습니다. 그는 진단과 약 처방 없이 환자가 (병명을 모르는) 병에 어떻게 걸렸는지만 말하는 의사와 같습니다. 그 의사가 하는 말은 다 엉터리입니다. 아무런 증거가 없는 장면들과 사건들을 늘어놓기 때문입니다. 부모가 희망을 품고 의사에게 묻습니다. "뭡니까? 성홍열입니까? 홍역입니까? 천연두입니까?" 의사는 이

---

* 나는 루이스가 말하는 글이 *Selected Literary Essays*(1969)에 실린 윌리엄 모리스에 대한 에세이라고 확신한다.

렇게 대답합니다. "혼잡한 기차에서 옮은 게 분명합니다." (환자는 최근에 기차여행을 한 적이 없었습니다.) 그러자 부모가 묻습니다. "그러면 어떻게 해야 합니까? 어떻게 치료해야 합니까?" 의사는 이렇게 대답합니다. "전염된 거라고 확신해도 될 것 같습니다." 그리고 그는 차에 올라타고 가버립니다.

여기에도 하나의 기술로서의 글쓰기에 대한 철저한 무시가 있습니다. 비평가들은 작가의 심리상태가 언제나 거침없고 고스란히 글 안에 흘러들어가 결과물을 만들어낸다고 가정합니다. 목공이나 테니스 경기, 기도나 성교, 요리나 행정, 그 외 여느 다른 것과 마찬가지로 글쓰기에도 기술이 있고, 기술은 일시적으로 잘 발휘될 때가 있고 그렇지 못할 때가 있다는 것을 어떻게 모를 수가 있을까요? 컨디션이 좋다 나쁘다, 손이 말을 '잘 듣는다' '안 듣는다', 일진이 좋다 사납다는 말로 사람들이 묘사하는 상태는 글쓰기의 기술에서도 나타납니다.

이것은 우리가 배워야 할 교훈이지만 이것을 적용하기는 아주 어렵습니다. 서평을 쓸 때 직접 확인할 도리가 없는 작가의 정신 상태나 작업방법에 대해 픽션을 쓰지 않고 자기 앞에 있는 작품에만 항상 주목하도록 스스로를 몰아붙이려면 대단한 인내가 필요합니다. 예를 들어 '진실한' 같은 단어는 피해야 합니다. 진짜 중요한 것은 무엇 때문에 어떤 대목이 진실하게, 또는 진실하지 않게 들리는가 입니다. 군대에서 서신검열을 해본 사람이라면 다 알겠지만, 읽고 쓰기에

능하지 않은 사람들이 다른 사람들보다 진실하지 않은 것은 아닌데 글을 써놓으면 좀처럼 진실하게 들리지 않습니다. 그리고 애도의 편지를 써본 경험을 통해 우리는 정말 깊은 애도의 감정을 느끼는 경우에도 우리의 애도 편지가 반드시 그 감정을 담아내는 것은 아님을 압니다. 다른 날, 애도의 감정을 크게 느끼지 못할 때 쓴 편지가 오히려 더 그럴듯하게 다가갈 수도 있습니다. 물론 우리가 비평하는 형식에 대한 우리의 경험이 부족할수록 오류를 저지를 위험은 더 커집니다. 우리가 집필을 시도해본 적이 없는 부류의 작품을 비평할 때, 그런 부류의 글을 어떻게 쓰는지, 그런 글쓰기에서 어렵거나 쉬운 것은 무엇인지, 어떤 특정한 결함이 나타날 가능성이 높은지 우리가 모른다는 사실을 깨달아야 합니다. 많은 비평가들은 자신이 작가가 쓴 것과 같은 부류의 책을 쓰려고 시도한다면 어떻게 진행해나갈 것인지 분명히 안다고 생각하고, 작가가 바로 그런 작업을 하고 있다고 가정합니다. 그리고 종종 자신들이 왜 그런 종류의 책을 그동안 한 번도 쓰지 않았는지를 무의식적으로 드러냅니다.

써본 적이 없는 종류의 작품은 비평하지 말아야 한다는 말이 절대 아닙니다. 그 반대로 우리는 그런 작품을 비평하는 일만 해야 합니다. 그 작품의 장점과 단점을 분석하고 따져봐야 합니다. 우리가 하지 말아야 하는 일은 가상의 역사를 쓰는 것입니다. 저는 철도역 식당에서 파는 모든 맥주가 별로라는 것을 알고 있고 그 '이유'를 어느 정도 말할 수 있습니다. (이유라는 단어의 한 가지 의미인 형상인을 제시할 수 있습니다.) 그 맥주들은 미지근하고 시큼하고 탁하고 밍밍합니다. 하지만 다른 의미의 '이유'(작용인)를 말하려면 맥주 양조업이나 술집을 운영해본 경험이 있어서 맥주를 어떻게 양조하고 보관하고 다루는지 알아야 합니다.

저는 필요 이상으로 엄격하게 굴고 싶은 마음은 없습니다. 문자적 의미로 보면 창작의 역사를 암시하는 것처럼 보이는 단어들이 때로는 완성된 작품의 성격을 가리키는 생략된 표현으로만 쓰였을 수 있음을 인정해야 할 것입니다. 누군가가 어떤 글을 보고 '힘이 너무 들어갔다forced'거나 '술술 써진effortless' 글처럼 보인다고 말할 때, 그는 그 글이 어떻게 쓰였는지 안다고 주장하는 것이 아니라 누구나 알아보리라 생각하는 특성을 일종의 속기로 표현한 것일 수 있습니다. 우리의 비평에서 이런 유의 모든 표현을 추방하라는 것은 어쩌면 실천하기 어려운 조언일 수도 있습니다. 그러나 저는 이런 표현들의 위험성을 점점 더 확신하게 됩니다. 이런 표현을 쓰려고 할 때는 극도로 조심해야 합니다. 우리가 비평하는 글이 어떻게 쓰였는지 알지 못하며, 그것을 아는 척하고 있지 않다는 사실을 스스로와 독자들에게 아주 분명하게 밝혀야 합니다. 우리가 비평하는 글이 어떻게 쓰였는지 설령 안다고 해도, 그것은 비평 작업에 의미 있는 정보가 아닐 것입니다. 힘들여 쓴 것처럼 보이는 글이 실은 수월하게 써내려간 것이라 해도 더 나아질 것이 없고, 영감을 받은 것처럼 보이는 글이 영감 없이invita Minerva 몹시 고되게 써낸 것이라 해도 더 나빠질 것이 없습니다.

이제 해석으로 넘어갑니다. 해석에서는 우리를 포함한 모든 비평가들이 여러 오류를 범할 것입니다. 그런 오류들은 제가 이제껏 묘사한 부류의 오류에 비하면 아주 사소한 것들입니다. 그런 오류들은 쓸데없는 것은 아니기 때문입니다. 그중 한 가지는 비평가가 비평을 하지 않고 픽션을 쓸 때 생겨나고, 다른 한 가지는 적절한 기능을 수행하다 생겨납니다. 적어도 저는 비평가들이 해석을 해야 한다고, 즉 책의 의미나 의도를 알아내려 시도해야 한다고 생각합니다. 비평가들이 실패할 때 그것은 그들 탓일 수도 있고 작가 탓일 수도 있으며 둘 모두의 탓일 수도 있습니다.

저는 '의미'나 '의도'라고 모호하게 말했습니다. 우리는 각 단어에 상당히 분명한 뜻을 부여해야 합니다. 작가는 '의도'하고, 책은 '의미'를 지닙니다. 작가의 의도가 제대로 실현된다면 그는 그것을 성공으로 여길 것입니다. 모든 독자나 대부분의 독자, 또는 그가 주로 염두에 둔 독자들이 어떤 대목에서 웃고 그가 그 결과에 만족한다면, 그의 의도는 희극적이었다, 또는 독자를 웃기려고 의도했다고 말할 수 있습니다. 독자들이 웃는 반응에 작가가 실망하고 굴욕감을 느낀다면, 작가는 심각한 분위기를 의도했다, 또는 그의 의도는 진지했다고 말할 수 있지요. 의미는 훨씬 더 어려운 용어입니다. 의미는 알레고리 작품 안에서 쓰일 때 가장 단순합니다. 《장미 이야기》[7]에서 꽃봉오리를 꺾는 행위는 여주인공의 사랑을 얻는 것을 의미합니다. 의식적이고 분명한 '교훈'을 담고 있는 작품의 의미를 파악하는 일은 여전히 상당히 쉽습니다. 《어려운 시절》[8]은 여러 의미가 있지만 그중에서도 공립초등학교 교육이 엉터리임을 의미합니다. 《맥베스》는 죄가 죄 지은 사람을 찾아낸다는 것을 의미합니다. 《웨이벌리》[9]는 젊은 날에 외롭게 지내며 상상에 빠져 살면 그를 착취하려는 사람들에게 손쉬운 먹잇감이 될 수 있음을 의미합니다. 《아이네이스》는 로마의 공적인 일res Romana이 개인적 행복의 희생을 정당하게 요구함을 의미합니다. 그러나 우리는 이미 궁지에 몰렸습니다. 물론이 책들 하나하나가 훨씬 더 많은 것을 의미하기 때문이지요. 그리고 우리가 지금처럼 《십이야Twelfth Night》, 《폭풍의 언덕》, 《카라마조프 형제들》의 '의미'를 논할 때는 과연 무엇에 대해 말하는 걸까요? 지금 우리는 책의 진정한, 또는 참된 의미를 놓고 서로 다른 의견으로 논쟁을 벌이고 있지 않습니까? 지금까지 저에게 가장 가까이 다가온 정의에 따르면, 책의 의미는 책을 읽음으로써 만들어지는 감정, 성찰, 태도들의 연쇄나 체계입니다. 그러나 물론 이 결과물은 상이한 독자

---

7) 중세 말의 프랑스어 운문 소설. 궁정 사교계를 상징하는 정원 안에서 한 청년이 장미 꽃봉오리에게 구애하는 과정을 꿈의 형식을 빌려 그린 작품.
8) *Hard Times*. 찰스 디킨스의 소설.
9) *Waverley*. 영국 소설가 월터 스콧Walter Scott이 쓴 역사소설.

에 따라 상이하게 나타납니다. 완벽하게 잘못되었거나 틀린 '의미'는 가장 어리석고 둔감하고 편견에 사로잡힌 독자가 책을 대충 읽었을 때 머리에 남는 결과물입니다. 완벽하게 참되거나 옳은 '의미'는 아주 많은 최고의 독자들이 거듭해서 신중하게 책을 읽은 다음 (어느 정도) 공유하는 의미입니다. 최고의 독자들의 독서는 하나로 결합되어 서로를 풍요롭게 할 수는 없지만(이 부분이 중요한 단서조항입니다) 여러 세대, 다양한 시대, 국적, 변덕, 각성도, 사적 관심사, 건강상태, 기분 등을 아우르는 공통점을 만듭니다. (이 일은 독자가 인생의 여러 다양한 시기에 한 권의 책을 여러 차례 읽고 비평가들의 서평을 통해 간접적으로 다가오는 여러 읽기의 영향으로 현재의 책 읽기를 수정하고 향상할 때 일어납니다.) 여러 세대를 아우르는 책의 의미를 말했지만 여기에 한 가지 단서가 붙습니다. 여러 세대라는 조건이 책의 의미에 대한 인식을 풍성하게 하려면 문화적 전통이 그대로 보존되어야 한다는 것입니다. 전통이 단절되거나 변할 수 있으니까요. 그렇게 되면 이후에는 완전히 이질적인 관점을 가진 독자들이 일어날 것이고, 그들은 같은 작품이라도 전혀 새로운 작품처럼 해석할 것입니다. 중세에 《아이네이스》를 알레고리로, 오비디우스를 도덕가로 읽은 것이나, 근대에 《새들의 회의》[10]에 나오는 오리와 거위를 주인공으로 읽은 것이 이런 사례에 해당합니다. 이

---

10) *Parlement of Foules*. 제프리 초서의 초기 시.

런 해석을 영구적으로 추방할 수는 없어도 가능한 한 지연시키는 것이 순수비평과 구별되는 학술비평의 큰 역할입니다. 사람들을 불멸의 존재로 만들 수 없음을 알면서도 수명을 늘리려고 의사들이 애쓰는 것과 같다고 할 수 있습니다.

이런 면에서 볼 때 책의 의미에 대해서는 작가가 반드시 최고의 재판관은 아니며, 완전한 재판관은 더더욱 아닙니다. 작가의 의도 중 하나는 흔히 작품에 특정한 의미를 갖게 하는 것이지만, 책이 그런 의미를 갖고 있는지 작가는 확신할 수 없습니다. 그는 그 책이 갖추게 하려고 자신이 의도했던 의미가 독자들이 그 안에서 발견하는 의미보다 모든 면에서 낫다고, 아니 조금이라도 낫다고 확신하지도 못합니다. 그러므로 여기서 비평가는 작가의 우월한 지식에 반박당할 우려 없이 자유롭게 탐구할 큰 자유를 갖습니다.

제가 볼 때 비평가가 가장 자주 실수하는 대목은 알레고리적 의미를 성급하게 가정하는 데 있습니다. 서평가들이 현대 저작들에 대해 이런 실수를 하는 것처럼, 제가 볼 때는 학자들도 옛날 책들에 대해 같은 실수를 자주 범합니다. 저는 서평가들과 학자들 모두에게 몇 가지 원칙을 추천하고자 하며, 저도 비평 작업을 할 때 그 원칙들을 지키려고 노력할 것입니다. 첫째, 사람이 기지를 발휘하여 지어낸 모든 이야기는 다른 누군가가 기지를 발휘하여 알레고리적으로 해석할 수 있습니다. 스토아학파의 원시신화 해석, 기독교의 구약성경 해석, 중세의 그리스로마 고전 해석, 이 모두가 이 점을 증명해줍니다. 그러므로 (2) 눈앞의 작품을 알레고리로 해석할 수 있다는 사실 자체가 그 작품이 알레고리라는 증거는 아닙니다. 물론 그 작품을 알레고리로 해석할 수 있습니다. 예술에서든 현실에서든, 무엇이든 알레고리로 해석할 수 있습니다. 저는 우리가 여기서 법률가들에게 힌트를 얻어야 한다고 봅니다. 누구든 유죄가 분명해 보이는 증거가 드러나기 전에는 순회재판소에서 재판을 받지 않습니다. 우리는 어떤 작품이든 알레고리로 여겨야 할 근거가 분명히 나타나기 전에는 그 작품을 알레고리로 해석하지 말아야 합니다.

[루이스는 여기서 이 에세이를 끝낼 생각이 아니었던 것 같다. 남아 있는 원고의 아랫부분에 다음과 같은 글귀가 있기 때문이다.]

의도의 다른 속성들에 관하여

자신의 관심사들

자료연구*Quellenforschung*. 주의하라*Achtung*— 날짜.

XX

실재하지 않는 땅_{unreal estates}[1]

[루이스 교수와 킹슬리 에이미스[2], 브라이언 올디스[3]가 나눈 이 비공식 대화
는 루이스 교수가 병환으로 은퇴하기 얼마 전 그의 모들린 칼리지 연구실에서
녹음되었다. 마실 것을 따르는 동안 대화가 시작된다.]

올디스 우리 세 사람은 《환상문학과 과학소설》에 이야기를 실었고
그중 일부는 멀리 떨어진 곳의 이야기라는 공통점을 갖고 있습니다.
과학소설의 매력 중 하나가 우리를 미지의 장소로 데려간다는 점이
라는 것에 우리 모두 동의할 거라고 생각합니다.

에이미스 스위프트가 오늘날 글을 쓴다면 독자를 다른 행성으로 데
려가야 하지 않을까요? 당시 미지의 세계_{terra incognita}였던 곳이 이제

1) 통상적으로 real estate는 '부동산'을 뜻하는데, 그때의 'real'은 법률용어로서 '사람이 아닌 사
　물에 관련된', 다시 말해 '부동산의'를 의미한다. 부동산에 대응되는 '동산動産'은 'personal
　estate'이다. 이 글의 'unreal estate'는 '실재한다real'의 일반적 의미와 반대되는, 과학소설의
　무대로서 실재하지 않는 영역을 나타내는 표현이다.
2) Kingsley Amis, 1922-1995. 영국 소설가, 시인.
3) Brian Aldiss, 1925-2017. 영국 과학소설가.

는 대부분 실재하는 땅이 되었으니 말입니다.

올디스 18세기에는 오스트레일리아나 그와 비슷한, 실재하지 않는 땅에서 펼쳐지는 과학소설격의 이야기가 많았지요.

루이스 맞습니다.《피터 윌킨스의 생애와 모험》(1751)이 그렇고 그 외에도 여러 작품이 그렇지요. 그런데 케플러의《꿈*Somnium*》[4]를 번역하려는 사람이 있을까요?

에이미스 그로프 콘클린[5]이 그 책을 읽었다고 하더군요. 번역본이 나와 있는 모양입니다. 지금은 교수님이 창조하신 세계에 대해 이야기해도 될까요? 교수님이 과학소설이라는 매체를 이용하신 이유는 낯선 곳으로 가고 싶으셨기 때문이지요?《침묵의 행성 밖에서》에 나오는 우주여행에 대한 설명을 떠올리면 존경심과 즐거운 감탄이 일어납니다. 랜섬과 그의 친구가 우주선에 탔을 때 "우주선이 어떻게 작동하느냐?" 하고 묻지요. 그리고 "어떤 것의 덜 알려진 특성을 활용해서 작동한다"라는 대답을 듣습니다. 그것이 무엇이었지요?

루이스 태양광선입니다. 랜섬은 자신에게 아무 의미가 없는 말을 전한 거예요. 비전문가가 과학적 설명을 요구하면 그런 식의 대답을 듣게 되지요. 모호한 표현이 분명합니다. 저는 과학자가 아니고 과학의

---

4) 천문학자 요하네스 케플러가 남긴 과학 환상문학.
5) Groff Conklin, 1904-1968. 미국의 과학소설 선집 편집자.

순전히 기술적 측면에는 관심이 없으니까요.

올디스 3부작[6]의 첫 번째 소설을 쓰신 것이 사반세기 전이었군요.

루이스 제가 예언자였던가요?

올디스 어느 정도는 그러셨지요. 적어도 태양광선으로 움직이는 우주선에 관한 착상은 다시 인기를 끌고 있거든요. 코드와이너 스미스Cordwiner Smith는 그것을 시적으로 사용했고, 제임스 블리시[7]는 《항성 거주자들The Star Dwellers》에서 그것을 기술적으로 쓰는 시도를 했습니다.

루이스 제 경우에 그것은 순전히 허튼소리였는데 말입니다. 아마 주로 저를 납득시키기 위한 용도였을 거예요.

에이미스 작가가 고립된 행성이나 고립된 섬을 다룰 때는 특정한 목적을 갖고 그렇게 하지요. 현대의 런던이나 미래의 런던을 무대로 하면 동일한 고립감과 그에 따른 의식의 고조를 독자에게 제공할 수 없을 테니까요.

루이스 저의 두 번째 과학소설 《페렐란드라》의 출발점은 머릿속에 떠오른 떠다니는 섬들의 이미지였어요. 어떤 의미에서 그 책을 쓰는 나머지 작업은 전부 떠다니는 섬들이 존재할 수 있는 세상을 창조하는

---

6) 랜섬 3부작. 《침묵의 행성 밖에서》, 《페렐란드라》, 《그 가공할 힘》.
7) James Blish, 1921-1975. 미국 소설가.

일로 채워졌지요. 물론 그 다음에 타락을 모면하는 이야기가 만들어졌습니다. 아시다시피, 이 흥미진진한 세계에 등장인물들을 데려왔으면 뭔가 일이 벌어져야 하니까요.

에이미스　흔히 등장인물들을 아주 힘들게 하는 일이지요.

올디스　하지만 저는 교수님이 그렇게 거꾸로 말씀하셔서 깜짝 놀랐습니다. 저는 교수님이 교훈적 목적을 위해 《페렐란드라》를 구성하셨다고 생각했거든요.

루이스　그래요, 다들 그렇게 생각합니다. 완전히 틀린 생각이죠.

에이미스　루이스 교수님 편에서 한 마디 보태자면, 물론 교훈적인 목적이 있었습니다. 아주 흥미롭고 심오한 말들이 많이 등장했어요. 하지만―제가 틀렸다면 바로잡아 주십시오―저는 단순한 경이감, 벌어지는 비범한 일들이 창작 배후의 원동력이라고 생각했습니다.

루이스　그럼요. 하지만 뭔가 사건이 일어나야 했어요. 타락을 모면하는 이야기는 여기서 아주 편리했습니다. 물론 제가 다른 이유로 그런 특정한 생각들에 원래 관심이 없었다면 이야기는 달라졌을 거예요. 하지만 이것이 그 작품의 출발점은 아니었습니다. 저는 어떤 메시지나 교훈에서 출발한 적이 한 번도 없어요. 혹시 그런 적이 있으신가요?

에이미스　아뇨, 한 번도 없습니다. 상황에 관심을 갖게 되지요.

루이스　이야기 자체가 작가에게 교훈을 강요한다고 할 수 있습니다. 작가는 이야기를 씀으로써 교훈이 무엇인지 알아냅니다.

에이미스 정확히 그렇습니다. 제가 볼 때는 모든 종류의 픽션이 다 그렇습니다.

올디스 하지만 다른 관점에서 쓰인 과학소설도 많아요. 가끔 등장하는 지루한 사회학적 드라마들은 교훈적 목적—정해둔 논점을 전달하겠다는 목적—에서 출발했지만 조금도 진전을 이루지 못했어요.

루이스 걸리버 이야기의 작가는 분명한 견해를 갖고 출발했을까요? 아니면 많은 거인들과 소인들에 대해 쓰고 싶어서 시작했을까요?

에이미스 아마 둘 다겠지요. 필딩[8]이 리처드슨[9]을 패러디하여《조지프 앤드루스》[10]를 쓴 것처럼 말입니다. 많은 과학소설이 다음과 같이 말하여 장르의 효과를 제대로 살리는 데 실패합니다. "자, 여기는 화성입니다. 이곳이 어떤 장소인지 우리 모두 압니다. 우리는 가압형 돔 건물 등에서 살고 생활은 지구에서와 대체로 비슷한데 기후차이가 크다는 점만 달라요." 그들은 고유의 환경을 만들어내기보다 남들이 만들어놓은 설정을 이용합니다.

루이스 새로운 행성으로 여행을 떠나는 이야기가 상상력이 풍부한 사람들의 흥미를 자극하는 경우는 첫 번째 여행뿐입니다.

---

8) Henry Fielding, 1707-1754. 영국 소설가, 극작가.

9) Samuel Richardson, 1689-1761. 영국 소설가.

10) *Joseph Andrews*. 주인공 조지프는 신분이 높은 부비 부인 밑에서 일을 하다가 부인의 유혹을 거절하여 해고된다. 조지프는 리처드슨 소설《파멜라*Pamela*》의 주인공 파멜라의 남동생으로 설정되어 있다.

에이미스 읽어 보신 과학소설 중에서 그 일을 제대로 해낸 작가를 만난 적이 있으신가요?

루이스 글쎄요, 대단히 비과학적이라 아마 싫어하실 것 같은데 데이빗 린지가 《아크투르스로의 여행》에서 그 일을 해냈습니다. 아주 놀라운 작품입니다. 과학적으로는 허튼소리고 문체는 끔찍한데도 그 섬뜩한 상상이 잘 전해지거든요.

올디스 제게는 전해지지 않았습니다.

에이미스 제게도요. 그래도 …… 빅터 걸랜스[11]가 제게 《아크투르스로의 여행》에 대한 린지의 아주 흥미로운 논평을 들려주었어요. 그는 이렇게 말했지요. "나는 많은 대중에게 매력적으로 다가가진 못할 것입니다. 하지만 우리 문명이 존속하는 한, 일 년에 한 명 정도는 내 책을 읽을 것입니다." 저는 그런 태도를 존경합니다.

루이스 그렇습니다. 겸손하고 적절하지요. 저는 에이미스씨가 어느 서문에서 쓰신 내용에 동감합니다. 제 기억이 맞다면, 일부 과학소설은 사실적인 픽션이 다루는 것보다 훨씬 더 심각한 사안을 다룬다고 하셨어요. 인류의 운명 등에 대한 진정한 문제들 말이지요. 어떤 남자가 다른 행성에서 새끼들을 거느리고 온 암컷 괴물을 만나는 이야기 기억하세요? 남자는 굶주린 괴물들에게 이것저것 먹을 것을 주지

---

11) Victor Gollancz, 1893–1967. 영국 출판업자.

만 금세 다 토해 버리고, 결국 새끼 중 하나가 그에게 달라붙어 피를 빨아먹기 시작하자 금세 회생하거든요. 그 암컷 생물은 인간과 전혀 다르고 끔찍하게 생겼어요. 그런데 그 생물이 그 남자를 오랫동안 바라봐요. 그들은 외로운 곳에 있거든요. 그러다 그 생물은 아주 슬퍼하면서도 새끼들을 챙겨서 우주선으로 다시 들어가 떠납니다. 보세요, 이보다 더 심각한 주제가 있을까요? 이것에 비하면 한 쌍의 인간 연인들에 대한 이야기는 얼마나 하찮은가요?

에이미스　부정적 측면을 말하자면, 이런 경탄할 만한 거대한 주제들을 감당할 정신적, 도덕적, 문체적 준비가 안 된 사람들이 이것을 다루는 경우가 종종 있습니다. 최근의 과학소설을 읽어 보면 이런 문제들을 다루는 작가들의 역량이 커지고 있음을 알 수 있습니다. 월터 밀러[12]의 《리보위츠를 위한 찬송》[13]을 읽어 보셨나요? 그 책에 대해 하실 말씀이 있으신지요?

루이스　아주 훌륭하다고 생각했습니다. 한 번밖에 안 읽었어요. 그런데 말입니다. 책은 제가 두세 번 읽기 전에는 별 유익을 못 줍니다. 다시 읽을 생각이에요. 대작인 것은 분명합니다.

---

12) Walter Miller, 1923-1996. 미국 과학소설가.
13) *Canticle for Leibowitz.* 핵전쟁으로 세계가 멸망한 후, 과학기술에 대한 생존자들의 강한 증오심 때문에 수많은 책이 불타고 지식인이 죽임을 당하는 상황에서 리보위츠 수도원이 후대를 위해 인류 지식의 보고인 책을 지켜나가려고 애쓰는 이야기의 소설.

에이미스 그 종교적 감정에 대해서는 어떻게 생각하셨습니까?

루이스 아주 잘 전해졌지요. 글의 스타일 중에 마음에 안 드는 부분이 좀 있기는 했지만 대체로는 멋진 상상이 잘 구현된 책이었어요.

에이미스 제임스 블리시의 소설 《양심의 문제》[14]는 읽어 보셨나요? 자세한 교회 관습 및 역사의 복잡한 세부내용 등과 관련이 없는 종교소설을 쓰는 데는 과학소설이 자연스러운 표현수단이 될 수 있다는 데 동의하십니까?

루이스 종교가 있다면 그것은 우주적인 것이어야지요. 이런 장르가 최근에야 나왔다는 것이 이상합니다.

올디스 이런 장르는 전부터 있었는데 오랫동안 비평계의 관심을 끌지 못했습니다. 과학소설 잡지들은 1926년부터 죽 있어왔습니다. 다만 처음에는 과학의 기술적 측면에 주로 호소했지요. 에이미스 씨가 말한 대로, 이후 공학적 개념들을 생각할 뿐 아니라 글을 쓸 줄 아는 사람들이 나타났습니다.

루이스 그것이 과학소설에서도 상당히 다른 종류에 해당한다는 말을 앞에서 했어야 했습니다. 기술적 측면에 정말 관심이 있는 과학소설에 대해 저는 아무 말도 하지 않습니다. 그런 과학소설이 잘 구현

---

14) *A Case of Conscience*. 원죄가 없기에 범죄도 극단적 갈등도 없는 리씨아 행성에서 현지 외계인을 대상으로 포교에 나선 한 가톨릭 신부의 고뇌를 다룬 소설.

된다면야 물론 말할 나위 없이 완벽하게 정당한 작품입니다.

에이미스 순수한 기술적 요소와 순수한 상상적 요소가 겹치는 것이지요, 그렇지 않습니까?

올디스 분명 그 두 가지 흐름이 있고 둘은 종종 겹칩니다. 이를테면 아서 클라크의 작품들에서 그렇습니다. 말하자면 풍성한 혼합물이지요. 그런가 하면 신학적이진 않지만 도덕적 교훈을 제시하는 유형의 이야기도 있습니다. 한 가지 사례가 방사능으로 오염된 지구에 대한 셰클리의 이야기입니다. 인류의 생존자들은 다른 행성으로 가서 천 년 동안 살았습니다. 그들이 지구를 되찾으러 와보니 온갖 종류의 알록달록한 갑각류 생물들과 식물 등이 가득했습니다. 일부는 이렇게 주장합니다. "여기를 쓸어버리고 다시 인간이 살 수 있는 곳으로 만들자." 그러나 결국 사람들은 이런 결정을 내립니다. "자, 이곳이 우리의 소유였을 때 우리는 이곳을 엉망으로 만들었다. 우리는 여길 떠나고 저들에게 이곳을 맡기자." 이 이야기는 대부분의 사람들이 이 주제에 대해 생각을 시작하기도 전이었던 1949년경에 나왔습니다.

루이스 그렇습니다. 이전에 나온 이야기들 대부분은 우리 인류가 옳고 다른 모든 것은 흉악한 괴물ogre이라는 정반대의 가정에서 출발합니다. 그런 생각을 바꾸는 데 제가 조금 기여했을 수도 있지만, 새로운 관점이 크게 유행하고 있습니다. 우리는 말하자면 확신을 잃었습니다.

에이미스 요즘은 모두 너무나 자기비판적이고 자기성찰적입니다.

루이스　사람들이 그렇게 생각한다는 것은 엄청난 개선, 인류의 개선이 분명합니다.

에이미스　이런 유형의 픽션에 대한 소위 식자들의 편견은 엄청납니다. 과학소설 잡지, 특히 〈환상문학과 과학소설〉을 펼치면 관심사의 범위나 활용된 지적 능력이 놀랍습니다. 더 많은 사람들에게 인기를 얻을 때가 되었지요. 우리가 이것에 대해 사람들에게 이야기한 지가 꽤 되었습니다.

루이스　맞습니다. 순수소설의 세계는 정말 좁아요.

에이미스　넓은 주제를 다루기엔 너무 좁지요. 예를 들어, 필립 와일리[15]는 《실종*The Disappearance*》에서 지역적 시대적 고려사항에 방해받지 않고 20세기 사회의 남녀차이를 일반적으로 다루고 싶어 합니다. 제가 이해한 그의 논점은 사회적 역할을 벗기면 남자와 여자가 실상 다를 바 없다는 것입니다. 환경의 주요한 변화를 가정할 수 있는 과학소설은 이런 종류의 주제를 다루기에 자연스러운 매체입니다. 골딩의 《파리대왕*Lord of the Flies*》에서 수행된 인간의 악에 대한 해부작업을 보세요.

루이스　그 작품이 과학소설은 아니지 않습니까.

에이미스　그 말씀에 동의할 수 없습니다. 그 책은 전형적인 과학소설

---

15) Philip Wylie, 1902-1971. 미국 작가.

의 상황에서 출발합니다. 제3차 세계대전의 발발, 폭탄 투하, 그리고 모든 것이……

루이스 아, 그거요. 미래에 대한 모든 로맨스는 과학소설이라는 독일의 견해를 취하시는군요. 저는 그것이 유용한 분류라고 생각하지 않습니다.

에이미스 '과학소설'은 절망적일 만큼 모호한 명칭이지요.

루이스 그리고 그중 많은 작품은 '과학'소설이 아닙니다. 사실 그것은 부정적 기준에 불과합니다. 자연주의적이지 않은 모든 것, 소위 현실 세계가 아닌 것에 대한 모든 것을 말하거든요.

올디스 저는 우리가 과학소설을 정의하려 시도해서는 안 된다고 생각합니다. 그것은 어느 정도는 스스로를 규정하거든요. 읽어 보면 알 수 있습니다. 하지만 《파리대왕》에 대한 에이미스 씨의 말씀이 옳습니다. 그 책의 분위기가 과학소설과 비슷한 것이지요.

루이스 그것은 정말 이 세상의 섬이었습니다. 픽션에 등장하는 섬 중 최고의 섬이랄까요. 독자에게 주는 감각적 효과는 엄청납니다.

올디스 그렇습니다. 하지만 그것은 실험실 같은 사례랄까…….

에이미스 인간의 몇몇 특성들을 고립시켜 놓고 상황이 어떻게 펼쳐지는지 보는 것이지요.

루이스 유일한 문제는 골딩이 글을 너무 잘 쓴다는 것입니다. 그의 다른 소설 《상속자들 The Inheritors》에서도 나뭇잎에 비친 빛 등 모든 감각적 인상의 세부내용이 너무 뛰어나서 어떤 사건이 벌어지고 있는지 알아낼 수가 없습니다. 지나치게 뛰어난 묘사라고 할까요. 현실에서 그런 세세한 내용은 열이 높을 때만 눈에 들어옵니다. 저는 나뭇잎을 보느라 나무를 볼 수가 없었습니다.

올디스 《핀처 마틴*Pincher Martin*》에서도 그렇습니다. 주인공이 무인도의 해변으로 쓸려갔을 때 바위의 모든 감촉이 환각 같은 생생함으로 묘사됩니다.

에이미스 그렇습니다. 바로 그 표현입니다. 삼십 년 전만 해도 일반적 주제를 논하려 할 때는 역사소설을 선택했을 겁니다. 이제는 제가 편견을 갖고 설명한 '과학소설'을 선택할 겁니다. 과학소설에서는 살펴보고 싶은 요소들을 고립시킬 수 있거든요. 예를 들어 식민주의라는 주제를 다루고 싶으면, 폴 앤더슨[16]이 한 것처럼 하면 됩니다. 가나나 파키스탄에 대한 소설을 쓰는 식으로 하지 않지요.

루이스 그렇게 쓰려면 파고들고 싶지 않은 너무나 많은 세부내용을 다루게 되니까요.

에이미스 자기가 필요로 하는 특성들을 담고 있는 세계를 우주에 설정하는 것이지요.

루이스 애벗의《플랫랜드》를 과학소설이라고 보시나요? 내용을 감각적으로 살려내려는 노력이 전혀 없습니다. 아니, 그럴 수가 없었지요.

---

16) Paul Anderson, 1926-2001. 미국의 과학소설가.

그래서 그 책은 지적인 정리定理로 남아 있습니다. 재떨이 찾으세요?
카펫에 그냥 터시면 됩니다.

에이미스 사실은 스카치 위스키를 찾고 있었습니다.

루이스 아, 그렇군요. 드세요. 실례했습니다. …… 하지만 과학소설에
서 걸작은 아직 나오지 않은 것 같습니다. 내세에 대한 가벼운 책들
이 나온 다음에 단테가 나왔고, 패니 버니[17]가 제인 오스틴 이전에
나왔고, 말로가 셰익스피어보다 먼저 나왔습니다.

에이미스 서론격 작품들이 나오고 있는 셈이지요.

루이스 과학소설을 진지하게 받아들이도록 현대의 지식층 비평가들
을 설득할 수 있다면…….

에이미스 그럴 수 있을 거라 생각하십니까?

루이스 아뇨, 현재의 지배층이 다 죽고 땅속에서 썩은 다음에야 뭔가
일이 이루어질 수 있을 겁니다.

올디스 그렇군요!

에이미스 무엇이 그들을 그런 상태에 붙잡아 두고 있다고 생각하십
니까?

루이스 매슈 아널드[18]는 문학이 점점 종교를 대체할 거라는 끔찍한

---

17) Fanny Burney, 1752-1840. 영국 소설가. 처음으로 사회에 나서는 순진한 소녀의 체험을 그린
    가정소설을 써서 제인 오스틴에게 영향을 끼침.
18) Matthew Arnold, 1822-1888. 영국의 시인, 비평가, 교육자.

예언을 했습니다. 이미 그렇게 되었고, 문학은 혹독한 박해, 지독한 불관용, 유물 매매의 특성을 모두 갖추었지요. 모든 문학은 신성한 문서가 됩니다. 신성한 문서는 언제나 말도 안 되는 주해에 노출이 되고요. 그러다 보니 어느 한심한 학자가 17세기에 쓰인 순수 여흥물에서 거기에 존재하지도 않는 아주 심오한 모호함과 사회비판을 끌어내는 광경을 보게 됩니다. …… 엉뚱한 것red herring을 좇다 시시한 것mare's nets을 발견하는 꼴이지요. [웃음.] 이런 현상은 제가 살아있는 동안 계속 이어질 것 같습니다. 여러분은 이런 현상이 끝나는 것을 볼 수 있을지 모르겠지만 저는 못 볼 겁니다.

에이미스 이것이 기성평단의 필수적 부분이라 사람들이 극복하지 못한다고 생각하시는…….

루이스 말하자면 산업이지요. 이 버팀목이 없어지면 저 많은 사람들이 무엇으로 박사학위 논문을 쓰겠습니까?

에이미스 며칠 전에 그런 접근법의 사례를 접했습니다. 누군가가 "에이미스 씨의 책은 과학소설에 열광하는 척 가장하고 있다고 본다……"고 말하더군요.

루이스 그거 정말 화나지 않습니까!

에이미스 그런 말이 마음에 들 수는 없지요.

루이스 평범한 사람인 척해야 합니다. …… 저는 그런 태도를 거듭거듭 보았습니다. 에이미스 씨도 논문의 주제가 되는 단계에 도달하신 것 같군요. 저는 미국의 한 논문심사위원으로부터 '이러이러한 뜻으로 말한 것이 맞느냐'고 묻는 편지를 받았습니다. 어느 학위논문 저자가 제가 더없이 평이한 영어로 분명하게 반박했던 견해를 제가 내세운다고 주장하고 있었습니다. 대답할 수 없는 죽은 사람들에 대해 쓰는 편이 훨씬 더 지혜로운 일일 겁니다.

올디스 미국에서는 과학소설이 보다 책임 있는 수준에서 수용되는 것 같습니다.

에이미스 그 부분에 대해서는 확신이 들지 않네요, 브라이언. 우리의 선집 《스펙트럼*Spectrum I*》이 미국에서 출간되었을 때 서평자들의 반응은 여기보다 우호적이지 않았고 이해심도 부족했거든요.

루이스 놀랍습니다. 대체로 미국의 서평은 영국보다 우호적이고 관대하거든요.

에이미스 미국에서는 사람들이 우리 말뜻을 이해하지 못하는 것에 대해 자화자찬을 늘어놓고 있었습니다.

루이스 아직 수준이 안 되어서 경험하지 못하는 유혹을 넘어선 것처럼 느끼는 이 비범한 자부심! 고자가 정절을 자랑하는 셈이네요! [웃음.]

에이미스 저의 지론은 아직 태어나지 않았거나 학생인 순수문학 작가들이 곧 과학소설을 자연스러운 글쓰기 방식으로 여길 거라는 것입니다.

루이스 그런데 과학소설 작가 중에 제3의 성性을 발명하는 데 성공한 사람이 있나요? 우리가 다 아는 제3의 성 말고 말이에요.

에이미스 클리퍼드 시맥[19]은 일곱 가지 성이 존재하는 설정을 창조했습니다.

루이스 그러면 행복한 결혼이 정말 드물겠습니다!

올디스 오히려 추구할 만한 가치가 있는 것이 될지도 모르지요.

루이스 행복한 결혼을 성취한다면 정말 멋지겠군요. [웃음.]

올디스 저는 다른 어떤 장르보다 과학소설을 쓰고 싶습니다. 보통의 소설 분야보다 부담이 훨씬 덜하거든요. 새로운 땅을 정복한다는 느낌이 있습니다.

에이미스 소위 사실주의 소설가로서 말하자면, 저는 짤막짤막한 과학소설을 써봤는데 엄청난 해방감이 있더군요.

루이스 글쎄요. 에이미스 씨는 아주 부당한 대우를 받았어요. 에이미스 씨는 소극笑劇을 썼는데[20] 다들 그것이 신설대학에 대한 신랄한 비판이라고 생각했거든요. 저는 늘 당신에게 깊이 공감했습니다. 사람들은 농담을 농담으로 이해하지 못하더군요. 모든 것을 심각하게 받아들여요.

에이미스 '사회의 흐름을 알리는 한 가지 지표'이지요.

루이스 우리에게 대단히 불리하게 작용하는 과학소설의 한 가지는

---

19) Clifford Simak, 1904-1988. 미국의 과학소설 작가.
20) 《럭키 짐》을 두고 하는 말이다. 주인공 짐 딕슨은 역사학과 계약직 강사로, 계약기간 연장을 위해 교수에게 잘 보이려고 노력해야 했다.

요소는 만화의 끔찍한 그늘입니다.

올디스   그건 잘 모르겠습니다. 팃빗츠 로맨스 문고Titbits Romantic Library 가 순수문학 작가에게 불리하게 작용하지 않거든요.

루이스   정당한 비유군요. 온갖 중편소설novelette[21])에도 구애와 사랑을 다룬 평범하고 정당한 소설은 죽지 않았지요.

올디스   과학소설과 만화를 다 합쳐도 부족했던 때가 있었을지 모르지만, 적어도 그런 시기는 지나갔습니다.

에이미스   제 아들들이 읽는 만화책을 들여다보니 과학소설이 다루는 주제들이 대단히 통속적으로 재가공되어 있더군요.

루이스   그러니까 해롭지 않다는 거지요. 만화의 도덕적 위험성에 대한 수다는 허튼소리입니다. 진짜 반론의 근거는 끔찍한 그림 실력입니다. 하지만 만화를 읽는 소년이 셰익스피어나 스펜서도 읽는 것을 보게 될 겁니다. 어린이들은 정말 너무나 보편적이에요. 이것은 제 의붓자식들에 대한 저의 경험입니다.

올디스   분류하는 건 영국인의 습관입니다. 셰익스피어를 읽는 사람은 만화를 읽지 않을 것이다, 과학소설을 읽는 사람은 순수문학을 읽지 않을 것이다, 이렇게 나눠버리지요.

에이미스   그건 정말 짜증나는 생각이지요.

---

21) 질 낮은 연애소설을 뜻한다.

루이스 '심각한_serious_'이라는 단어는 사용금지 조치가 이루어져야 한다고 생각하지 않으십니까? '심각한'은 그저 '웃기는_comic_'의 반대말을 의미해야 하는데, 지금은 '좋은' 또는 '진짜 문학_Literature_'을 뜻해요.

올디스 진지하지 않고도 심각할 수 있지요.

루이스 리비스는 도덕적 진지함을 요구합니다만, 저는 도덕성을 선호합니다.

에이미스 그 부분에 대해서 저는 한결같이 교수님 편입니다.

루이스 카드게임에서 속이지 않는 것에 대해 진지한 사람들보다는 카드게임에서 속이지 않는 사람들 사이에서 살고 싶다는 뜻입니다. [웃음.]

에이미스 스카치 더 드시겠습니까?

루이스 저는 괜찮습니다. 감사합니다. 마음껏 드세요. [액체 소리.]

에이미스 제 생각에 이 내용은 밖으로 나가면 안 될 것 같습니다. 우리가 술에 대해 말한 대목들 말입니다.

루이스 술을 마셔서 안 될 이유는 없습니다. 보세요, 애벗의 《플랫랜드》를 빌려가고 싶으신 거 아닌가요? 아쉽지만 저는 이제 저녁식사 자리에 가봐야 합니다. [《플랫랜드》에 손을 대며] 《일리아스》의 초고도 이만큼 귀하진 않을 겁니다. 불경건한 자들이나 책을 빌린 뒤 돌려주지 않는다고 했는데.

에이미스 [읽는다.] A. 사각형_Square_ 지음.

루이스 물론 그때 'square'라는 단어는 의미가 달랐습니다.

올디스   다음과 같이 끝나는 프랜시스 톰슨[22]의 시 [〈데이지Daisy〉]에
도 의미가 달라진 단어가 나와요. "아이는 내게 세 가지 증표를 주었
다. 눈빛, 귀여운 입에서 나온 한마디, 그리고 달콤한 야생 나무딸기
하나." 여기도 의미가 달라진 표현이 나오네요.[23] 톰슨 시대에 그것은
정말 야생 나무딸기였어요. [웃음.]

루이스   엑서터의 주교에 대한 멋진 사례도 있습니다. 그가 어느 여
자학교에서 상을 수여하고 있을 때였어요. 학생들은 《한여름 밤의
꿈》 공연을 했고, 이 가엾은 사람은 공연이 끝난 뒤 일어나서 연설
을 하고 이렇게 말했습니다. [높은 목소리로] "여러분의 즐거운 공연 대
단히 흥미롭게 봤습니다. 무엇보다도 제 평생 처음으로 여성의 저력
Bottom[24]을 볼 수 있어서 대단히 흥미로웠습니다." [요란한 웃음.]

22) Francis Thompson, 1859-1907. 영국의 시인.
23) '나무딸기를 주다give the raspberry'에는 '비웃다'라는 뜻이 있다.
24) '엉덩이'라는 뜻도 있음.

해설

"차는 아무리 잔이 커도, 책은 아무리 길어도 성에 차지 않아요."
C. S. 루이스는 그렇게 말했다. 이 짧은 책의 제사題詞로 써도 무방할
것 같은 그 말은 틀림없이 진심이었을 것이다. 그 순간에 나는 루이
스의 아주 큰 코니쉬웨어 찻잔에 차를 따르고 있었고 그는《황폐한
집*Bleak House*》을 읽고 있었기 때문이다.

이 에세이집의 주제는 이야기의 탁월함이다. 이야기 중에서도 루
이스에게 특히 소중했던 부류, 즉 동화와 과학소설을 중심으로 한다.
여기 실린 에세이들에서 저자가 다루는 문학적 특성들은 그가 그동
안 생각할 때 비평가들이 간과한 것이거나 끊임없이 변하는 유행에
따라 자동적으로 무시했던 것들이다. 이 책의 대부분의 글이 1966년
에《다른 세계들에 대하여*Of Other Worlds*》라는 제목으로 처음 출간되
었을 때는 (그중 네 편의 이야기는 루이스의《검은 탑과 기타 이야기들*The Dark
Tower and Other Stories*》에 다시 실렸다) 가장 목소리가 큰 문학 비평가들이
독자들에게 문학에서 거의 모든 것을 찾아내라고 권하고 있었다. 인
생의 단조로움, 사회적 불의, 짓밟힌 가난한 이들에 대한 공감, 고된
일, 냉소, 혐오감까지, 한마디로 즐거움enjoyment을 제외한 모든 것을

찾으라고 했다. 그런 흐름에서 벗어나면 '도피주의자'라는 딱지가 붙었다. 수많은 사람들이 즐겨 읽던 책을 더 이상 응접실에서 읽지 않고 집의 안쪽 부엌 싱크대 근처로 책 읽는 자리를 옮긴 것은 놀랄 일이 아니다.

루이스는 그런 비평가들의 말을 듣고도 자기 자리에 그대로 머물렀고 그 모든 것에 전혀 개의치 않는 모습을 보여 주었다. 그러므로 이 에세이집에서 불후의 대목으로 꼽을 만한 것은 루이스가 일곱 권으로 된 자신의 《나니아 연대기》와 과학소설 3부작을 다룬 글에 있다고 할 수 있다. 나는 루이스가 감옥 문을 열고 우리를 얽어맨 사슬을 끊은 뒤 끌어내주지 않았다면, 문학의 간수들이 여전히 우리를 가둬두고 있었으리라 확신한다. 그러나 루이스가 해방자로서 유능했던 것은 부분적으로 그가 이전에 투옥된 경험을 통해 감옥 내부에 친숙한 덕분이었다. 무엇이 그를 거기 가뒀고 어떻게 그가 탈출했는지 살펴보자.

C. S. 루이스는 대여섯 살 때쯤 훨씬 나중에 내게 물려준 공책에다 '화성에 갔다 돌아오다'라는 이야기와 갑옷을 갖춰 입고 달려나가 고양이들을 죽이는 기사 생쥐 및 토끼들에 대한 짧은 로망스를 썼다. 로망스, 특히 환상적이고 '다른 세계가 등장하는' 로망스에 대한 관심은 평생 그에게 남아 있었지만, 그가 겨우 아홉 살이던 1908년에 어머니가 돌아가시고 나서부터 그의 글에 벨파스트에서 사무변호사

로 일했던 아버지의 관심사와 '어른들' 이야기가 점점 반영되기 시작한 것은 우연의 일치가 아닐 것이다.

루이스는 나중에 자서전《예기치 못한 기쁨 *Surprised by Joy*》에서 자신이 글을 쓰게 된 것은 엄지손가락에 마디가 하나밖에 없는 선천성 기형 때문에 손을 쓰는 데 아주 서툴렀던 탓이라고 말한다. 물론 그것이 한 가지 이유이다. 그러나 그가 글쓰기에서 큰 즐거움을 발견한 것을 보면 이 성향을 억누르기란 지구의 자전 방향을 바꾸는 것만큼이나 어려웠으리라 짐작하게 된다.

루이스가 여섯 살부터 열다섯 살 때까지 계속 썼던 미출간 이야기의 대부분은 처음에 가상세계인 동물나라와 거기 사는 의인화된 동물들을 다루었다. 시간이 가면서 그의 형 워렌은 인도를 '자기' 나라로 선택했다. 그다음 인도를 동생과 공유하기 위해 그곳을 현실의 구체적 장소에서 빼내어 동물나라 바로 옆에 놓았고, 시간이 가면서 이 두 나라는 복센이라는 단일국가를 이루었다. 복센의 지도에는 곧 간선철도와 증기선 노선이 추가되었는데, 이것은 워렌이 기여한 부분이었다. 복센의 수도인 머리에서는 신문도 발행되었다. 그래서 흔한 아이 장난감들과 잉크병이 가득한 다락방에서 바셋주 *Barsetshire* 를 배경으로 한 트롤럽의 소설들 못지않은 일관성과 자족성을 갖춘 세계가 탄생했다.

아서 왕과 그의 신하들에 대한 초기 전설들이 자라나 원탁의 기사들 하나하나의 로망스를 아우르게 된 것처럼, 복센 이야기들―루이스가 펜으로 그린 풍부한 삽화가 등장하고 700년 넘는 세월을 다룬다—을 처음부터 끝까지 죽 읽어 보면 비슷한 종류의 성장이 드러난다. 소년 루이스의 관심은 처음에는 복센의 역사를 쓰는 데 있었다. 시간이 가면서 그는 소설과 전기를 쓰는 쪽으로 넘어갔고, 거기서 주요 캐릭터들이 두각을 드러냈다. 루이스의 걸작은 존 빅 경Lord John Big이다. 이 개구리 귀족은 '복센: 또는 복센 도시생활의 장면들'(1912년 집필)에서 이미 리틀마스터, 즉 수상으로 등장한다. 나중에는 그의 전기도 나오는데, 연습장 3'권' 분량의 '비검의 존 빅 경의 생애'라는 제목으로 1913년에 완성되었다.

복센에는 감탄할 만한 부분이 많다. 빅 경은 개성이 아주 강한 개구리이고 내가 볼 때는 나니아 이야기에 나오는 생쥐 리피치프나 마슈위글 퍼들글럼(루이스는 이 둘이 아주 맘에 든다고 내게 말한 적이 있다)만큼이나 잊을 수 없는 캐릭터이다. 신중하게 구성해낸 줄거리 안에 '채워 넣을 것'을 찾느라 고심한 흔적은 전혀 없다. 루이스가 수십 년 후에 쓴 작품들에 비하면 약간 억지스럽긴 해도 영락없는 루이스식 유머까지 담겨 있다. 그는 자기도 모르는 사이에 소설가가 되는 훈련을 하고 있었던 것이다.

그러나 루이스 본인이 《예기치 못한 기쁨》에서 인정한 대로, 복센에는 시와 로맨스가 없다. 나니아 시리즈의 독자가 복센이 얼마나 산문적인지 알게 되면 깜짝 놀랄 것이다. 공평하게 얘기하자면, 이런 문제는 어느 정도 의도적인 것이었다는 사실을 지적해야 마땅하다.

　　　이야기에 관하여

루이스는 나중에 이렇게 말하기 때문이다. "저는 어린 시절 연습장에 처음 이야기를 쓰기 시작했을 때 정말 쓰고 싶은 내용은 적어도 두 번째 페이지에 가서야 꺼내려고 애를 썼습니다. 처음부터 재미있으면 어른 책 같지 않을 거라고 생각했기 때문입니다."* 복센 이야기들을 무엇보다 망쳐놓은 것은 하고 많은 것 중에 정치다. 루이스가 나중에 싫어하게 되는 정치 말이다. 그런데 정치는 너무나 오랫동안 그를 속박했다. '복센 도시생활의 장면들'에 나오는 캐릭터들은 모두 '파벌'에서의 자리를 소중하게 여기지만, 파벌이 무엇인지는 그중 누구도―작가는 물론이고―모르는 듯하다. 이것은 놀랍지 않다. 루이스는 자기 캐릭터들이 '어른'이기를 원했던 터라 자연히 그들이 자기가 아는 '어른들' 일에 관심을 갖게 한 것이다. 그리고 루이스와 그의 형이 내게 말해준 대로, 정치는 그들의 아버지 및 그의 동년배들로부터 많이 듣던 주제였다.

복센이 끝나고 루이스가 평생 가장 행복한 기간으로 회상하게 되는 시기가 다가왔다. 그 시기는 1914년 가을에 가족의 오랜 친구인 W. T. 커크패트릭Kirkpatrick의 지도를 받아 옥스퍼드 대학 '입시 준비'를 하기 위해 루이스가 서리의 리틀부컴으로 떠나면서 시작되었

---

* 'Christianity and Culture,' *Christian Reflections*, ed. Walter Hooper(1967).

다. 합리주의자였던 커크패트릭은 그럴 의도가 전혀 없었지만 루이스가 이미 갖고 있던 무신론적 신념을 강화시켰다. 리틀부컴으로 갈 무렵 루이스는 벨파스트 집의 이웃에 살던 아서 그리브즈를 만났고, 아서는 그의 평생 친구이자 워렌 다음으로 가깝게 지내며 흉금을 털어놓는 사이가 된다. 두 사람은 문학상의 취향을 완전히 공유했다. 루이스가 매주 아서와 주고받은 편지*를 간단히 훑어만 보아도 그의 상상력이 어떻게 성장했는지 알 수 있다. 루이스의 상상력은 맬러리의《아서왕의 죽음》, 윌리엄 모리스의《세상 끝의 우물》, 조지 맥도널드의《판타스테스》안에 담긴 활력 있는 전설을 한껏 즐겼는데, 그는 《판타스테스》가 로망스의 이상적인 모습을 갖춘 작품이라 여기게 되고 그 작품이 자신의 상상력에 '세례를 주었다'고 주장했다. 당시에는 이 '세례'가 얼마나 중요한 것이었는지 알아보지 못했지만, 루이스가《판타스테스》및 맥도널드의 기타 작품들에서 발견한 '거룩'은 향후 몇 년에 걸쳐 기독교에 대한 그의 사나운 저항을 뚫고 마음속으로 파고들었다. 루이스가 열정적 관심을 갖고 아서와 공유했던 이야기는 위대한 '신화들'을 기괴하고 환상적이고 아름답게 표현하는 부류의 것들이었고, '영원한 문제들'을 다루는 이야기, 즉 그에 따르면

* *They Stand Together: The Letters of C. S. Lewis to Arthur Greeves*(1914–1963), ed. Walter Hooper(1979).

'리얼리즘'이라는 부당한 이름으로 불리는 모든 이야기에는 전혀 관심이 없었다.

루이스의 옥스퍼드 첫 학기, 장교훈련단의 동료였던 패디 무어와의 짧은 우정(루이스는 제1차 세계대전 중에 프랑스의 참호에서 살아남으면 패디의 어머니를 보살피기로 약속했다), 전후(패디는 전사했다) 옥스퍼드로의 복귀, 그리고 무어 부인을 '입양'하는 일까지 모두《그들은 뜻을 같이했다_They Stand Together_》와《C. S. 루이스 전기_C. S. Lewis: A Biography_》*에서 충분히 다루고 있다. 여기서 우리의 관심사는 어떤 사건들이 원인이 되어 루이스가 이런저런 방향으로 달라졌고 마침내 그가 그토록 좋아하던 종류의 이야기들을 스스로 써내는 작가로 등극했는가 하는 것이다.

멀리 1912년까지 거슬러 올라가면 당시 기독교에 대한 믿음을 잃어버렸던 루이스는 오컬트에 잠시 끌렸다가 결국 그에 대한 거부감을 갖게 되었다. 옥스퍼드 학부생 시절에 양어머니 무어 부인과 한집에 살았던 루이스는 그에게 큰 혐오감을 안겨주는 두 사람을 만나게 된다. 그중 하나인 "늙고 지저분하고 말이 빠르고 비극적인 아일랜드계 목사"는 "개인의 불멸은 게걸스럽게 갈망하면서도 건전한 관점에서 볼 때 불멸이라는 것을 바람직하게 만드는 모든 요소에 철저히

---

* Roger Lancelyn Green와 Walter Hooper 공저.

무관심했다(그렇게 보였다)."* 다른 사람은 한때 정신분석가였다. 루이스는 아주 가까운 사이였던 그를 몇 주 동안 간호했는데, 그가 "신지학, 요가, 강신술, 정신분석 등등을 섭렵"**하다 미쳐 버렸기 때문이었다. 루이스는 두 사람을 모두 좋아했지만 신지학ₜₕₑₒₛₒₚₕy이 그들의 타락을 부추긴 것과 '새로운 심리학'이 많은 사람들을 어리석고 값싼 내성에 빠지게 하는 것을 보면서 오컬트 쪽으로 기울어지는 일체의 것을 거부하게 되었다. 오컬트에 대한 그의 거부감은 일기에 잘 드러난다. 마음을 진정시켜 줄 것을 찾던 그는 워즈워스의 시로 돌이키면서 안도감을 얻었다고 1927년 1월 19일에 적었다. "이것이 진짜 상상력이다. 유령도, 윤회도, 구루도, 저주받은 심령주의도 없다. 나는 이 류의 사상들 사이에서 너무 오랫동안 길을 잃었다." 이후 루이스는 불멸에 대한 온갖 생각들과 한때 인생의 주된 즐거움이자 관심사였던 특정한 부류의 낭만주의까지 다 멀리했다.

그러다가 그는 옥스퍼드의 동료였던 J. R. R. 톨킨 교수의 전적으로 선한 영향력 아래 들어가게 된다. 톨킨은 그리스도인이었을 뿐 아니라, 루이스가 그리브즈에게 보낸 편지에서 설명한 대로, 그에게 기

---

* *Surprised by Joy: The Shape of My Early Life*(1955), ch. XIII.
** *Surprised by Joy*, ch. XIII.

독교 신앙을 전해준 사람 중 하나였다. 실제 그 사건이 일어난 시점은 1931년 9월 19일 저녁이었다. 그날 루이스, 톨킨, 그리고 또 다른 친구 휴고 다이슨은 밤새 '신화'와 그것이 그리스도 안에서 하나님의 계시와 어떤 관계에 있는지 논했다. 톨킨은 루이스처럼 고대신화, 특히 북구신화들을 오랫동안 즐겨 읽었다. 두 사람의 차이는 루이스가 신화를 "은으로 호흡해 나온 거짓말"로 정의한 반면, 이미 중간계라는 방대한 상상의 세계를 쓰고 있던 톨킨은 신화의 본질적 진리를 믿었다는 것이었다. 그날 저녁 톨킨은 루이스에게 이렇게 말했다. "언어능력이 대상과 개념을 다루기 위한 고안물인 것처럼, 신화는 진리를 다루기 위한 고안물이네. 우리는 하나님으로부터 나왔고, 우리가 엮어내는 신화들은 오류가 있긴 하지만 참된 빛, 하나님께 있는 영원한 진리의 깨어진 조각을 반영할 수밖에 없어. 참으로 인간은 신화 창조를 통해서만, '하위 창조자'가 되어 이야기를 만들어냄으로써만, 타락 이전에 알았던 완벽한 상태를 누릴 수 있지."[*]

이 일은 루이스가 알던 그 어떤 것보다 큰 변화를 가져왔고 이후 톨킨의 철학과 신학 못지않게 루이스의 철학과 신학에서도 큰 부분을 차지하게 되었다. 참으로 그 영향이 너무나 즉각적으로 일어나서

---

[*] Humphrey Carpenter, *J. R. R. Tolkien: A Biography*(1977), ch. IV. (《톨킨 전기》, 이승은 역, 해나무)

루이스는 1931년 10월 18일에 그리브즈에게 보낸 편지에서 이 일을 이야기하며 이렇게 인정했다. "그리스도의 이야기는 한마디로 참된 신화라네. 다른 신화들과 똑같은 영향을 미치지만 엄청난 차이점이 있는데, 이 신화는 실제로 벌어진 일이라는 거야."

루이스 책의 독자가 그리스도인이든 아니든, 루이스의 회심이 그의 생애의 큰 분수령이었다는 사실은 알고 있어야 한다. 회심은 그의 존재의 구석구석까지 영향을 미쳐 변화시켰다. 회심이 없었다면 그가 그처럼 선하고 위대한 사람이 되지 못했을 거라고 나는 확신한다. 그가 주목할 만한 작가가 될 거라는 사실은 이미 분명했지만, 회심이 없었다면 한때 그를 사로잡았던 왕성한 야심이 거침없이 폭주했을 것이다. 다른 사람에 대해서는 모르겠다. 그러나 루이스와 그의 야심으로 말하자면, 그는 혼자 먹을 만큼의 음식만 가지고 야수와 함께 사는 사람과 아주 비슷한 처지였다. 그리고 야수는 음식 전부를 원했다. 나중에 밝혀졌듯이, 일차적인 것들이 제자리를 찾자 부차적인 것들은 있어야 할 자리에 머물렀다.

그러면 문학에서 일차적인 것들은 어디에 두어야 할까? 예상대로 루이스는 상상의 세계를 의지했다. 한때 '사이언티픽션'이라 불리던 것의 오랜 팬이었던 그는 '다른 세계들'을 다룬 대부분의 이야기가 인간의 가장 이기적인 경향들 중 일부를 드높이는 도구로 쓰이는 것이 사이언티픽션의 심각한 결함이라고 생각했다. 얼마 후 그는 자신만의 '신화' 비슷한 것을 창조했다. 그러나 루이스의 진술에 따르면 그의 행성여행 로망스와 나니아 이야기들은 전부 머릿속에서 '그림을 보는 일'로 시작되었다. 그는 한번도 '메시지'나 '교훈'에서 출발하지 않았고 글을 쓰다 보면 메시지나 교훈이 밀고 들어온다고 주장했다.

톨킨과 그 중대한 대화를 나눌 무렵 루이스는《사랑의 알레고리 The Allegory of Love: A Study in Medieval Tradition》를 쓰고 있었다. 추측컨대 나중에 그가 화성을 무대로 한 이야기—《침묵의 행성 밖에서》—를 쓰도록 이끈 머릿속 '그림들' 중 일부는 베르나르두스 실베스트리스[1]가 12세기에 창조를 설명한 희귀한 책인《우주론 De Mundi universitate》*을 연구한 결과물이었을 것이다. 루이스가 꼼꼼히 주석을 붙인 그 책의 사본을 내가 소장하고 있는데, 1930년 8월 4일에 다 읽은 것으로 나와 있다. 베르나르두스가 언급한 '오야르세스 Oyarses'—행성을 다스리는 본질 또는 행성을 수호하는 영靈—에 루이스가 깊은 인상을 받았다는 사실은 그가 책 여백에 많이 남겨놓은 글에 분명히 드러난다. 어쨌든 오예레수 Oyéresu(둘 이상의 오야르세스를 이르는 루이스의 명칭)와 그들이 《사랑의 알레고리》에서 정의될 방식의 알레고리의 관계에 대해 더

---

1) Bernardus Silvestris, ?-1167?. 프랑스의 초기 스콜라 철학자.

* C. S. Barach과 J. Wrobel이 엮은 이 책은 1876년 Innsbruck에서 출간되었다. 102년 후에 (마침내) 같은 책의 새로운 판본이 나왔는데, Cosmographia라는 제목으로 나온 신판은 Peter Dronke이 엮었다. 이 책은 Winthrop Wetherbee가 영어로 번역하여 The Cosmographia of Bernardus Silvestris(1973)라는 제목으로 나왔다.

알고 싶었던 루이스는 기독교 철학교수였던 C. C. J. 웹Webb에게 편지를 썼다. 아마도 톨킨과 그 대화를 나눈 직후였던 것으로 짐작된다. 중세의 문제들에 매료되었던 웹 교수는 1931년 10월 31일자 답장(루이스의《우주론》사본에 아직 들어 있다)에서 오야르세스는 위僞 아풀레이우스Pseudo-Apuleius의《아스클레피오스Asclepius》(19권)에 나오는 우시아르케스Ousiarches의 변형이라고 답변했다.《사랑의 알레고리》를 읽은 사람이라면 '게니우스와 게니우스'에 대한 부록에서 루이스가 웹의 도움을 받았다고 언급한 대목을 알고 있을 것이다. 그리고 그 책을 안 읽은 사람들이라도《침묵의 행성 밖에서》에서 루이스가 아름답게 상상해낸 행성 지성체, 또는 천사장을 만나게 될 것이다. 그 책 22장에는 허구를 가장한 채 베르나르두스의 오야르세스뿐 아니라 C. J.도 구체적으로 언급하는 대목이 있는데, C. J.는 물론 C. C. J. 웹을 가리킨다.

루이스가《사랑의 알레고리》를 완성한 시기는 그가 데이빗 린지의《아크투르스로의 여행》(1920)을 발견한 시점과 거의 같다. 대부분의 사람들은 린지의 섬뜩하고 부정한 이야기에 거부감을 느낀다. 루이스 본인도 그 책이 악마적인 이야기에 가깝다고 생각했지만 거기에서 배운 내용에 대해서는 크게 감사했다. 루이스는 1947년 1월 4일 시인 루스 피터에게 보낸 편지에서 이렇게 썼다. "저는 린지를 통해 픽션에서 다른 행성들의 진정한 용도가 무엇인지 처음 배웠습니다. 그것은 영적 모험을 위한 것이었어요. 우리가 지구를 벗어나는 상상을 하게 만드는 갈망은 영적 모험만이 채워줄 수 있습니다. 달리 표현하자면, 저는 이제껏 분리되어 왔던 두 종류의 픽션, 즉 노발리스, G. 맥도널드, 제임스 스티븐스 부류와 H. G. 웰스, 쥘 베른 부류의 픽션이 합쳐질 때 어떤 대단한 결과가 나오는지 린지의 책에서 처음으로 보았습니다. 저는 그에게 큰 빚을 졌습니다."

나는 루이스를 탁월한 이야기꾼으로 보지 않고 연구 '주제'로 삼아버린 사람들의 날카로운 목소리를 예상할 수 있다. 그들은 루이스가 린지의 책에 다른 찬사도 보냈고 그가 첫 번째 행성여행 소설을 쓴 다른 이유들도 밝힌 바 있다고 지적한다. 물론 루이스는 그렇게 했다. 그러나 내가 볼 때 그것은 루이스가 '모두가 하나의 그림에서 시작되었다……'라는 글에서 그의 일부 픽션을 이끌어낸 영감에 대해 쓴 내용을 확증해줄 따름이다. 루이스는 이렇게 썼다. "자기가 어떻게 '이야기를 지어내는지' 정확히 아는 작가는 없는 듯합니다. 이야기를 짓는 것은 아주 신비로운 일입니다. 여러분에게 '착상이 떠올랐을' 때 정확히 어떻게 그것을 생각하게 되었는지 다른 사람에게 설명할 수 있습니까?"

그러나 연구자들은 루이스가 정확히 말할 수 없는 문제라고 이미 고백했는데도 "그 일이 정확히 어떻게 벌어졌는지" 말하겠다고 단단히 선서라도 한 것으로 보았다. 이것은 오류다. 루이스가 자신의 이야기 쓰기에 들어간 다양한 충동들을 설명하려 시도할 때 어떤 경우에는 한 가지 요소가 특별히 두드러져 보이고 다른 경우에는 다른 요소가 두드러져 보이지만, 모두가 '영감'이라는 신비로운 과정을 해명하는 데 도움을 주는 것이 분명하다. 그것들을 서로 모순되는 내용으로 보기보다는 전체를 이루는 부분들로 보는 것이 낫다.

예를 들어 로저 랜슬린 그린이 《침묵의 행성 밖에서》를 쓰게 된 원동력을 묻자 루이스는 1938년 12월 28일 편지에서 이렇게 대답했다. "직접적으로 그 책을 쓰게 자극한 것은 올라프 스테이플던의 《최후 인류가 최초 인류에게》와 J. B. S. 홀데인의 《가능세계들》에 실린 에세이['최후의 심판']라네. 두 책 모두 우주여행 개념을 진지하게 받아들이고 내가 웨스턴을 통해 비판한 지독히 부도덕한 시각을 갖고 있는 것 같더군. 나는 행성여행 개념 전체를 신화로서 좋아하고, 나의 (기독교적) 관점을 위해 반대편에서 늘 사용해 온 것을 정복하고 싶었다네."

1939년 8월 9일에 페넬로피 수녀에게 보낸 답장에서 추가적인 설명이 나온다. "제가 이 책을 쓰게 된 계기가 있습니다. 제 학생 중 하나가 행성 식민화의 모든 꿈을 대단히 진지하게 받아들인다는 사실을 알게 된 것과, 수많은 사람들이 어떤 형태로든 인류의 영속화와 개선에 대한 희망에서 우주의 의미를 찾는다—죽음을 무찌르는 '과학적' 희망이 기독교의 진정한 경쟁상대다—는 깨달음이었습니다. …… 저는 이 거대한 무지가 영국의 복음화에 도움이 될 거라고 믿습니다. 로맨스를 빙자하여 사람들의 머릿속에 신학을 얼마든지 몰래 집어넣을 수 있으니까요."

이야기에 관하여

학술서의 경우는 달랐지만, 루이스는 소설의 초고를 한 번만 썼지 두 번 이상 쓴 적이 없다. 이것은 그가 머릿속에서 이야기를 모두 구상한 다음에 펜을 들어 종이에 썼다는 뜻이다. 그런데《침묵의 행성 밖에서》의 경우 그가 종이에 글을 쓰게 만든 최후의 원동력은 1937년 초에 톨킨과 맺은 일종의 계약 또는 내기였던 것 같다. 여러 해가 지난 후 톨킨은 그때 일을 이렇게 회상했다. "어느 날 루이스가 말했다. '톨러스, 우리가 정말 좋아하는 요소들을 갖춘 이야기들이 너무 적어. 안됐지만 우리가 직접 써야 할 것 같네.'"* 톨킨은 그렇게 해서 쓰기 시작한 이야기를 마무리하지 못했지만, 루이스는 약속을 지켰고 1937년 봄부터 가을 사이에《침묵의 행성 밖에서》를 썼다. 루이스는 이때만 해도 자신의 나머지 과학소설들을 예견하지 못했다고 내게 말했다. 하지만 얼마 지나지 않아 그의 머릿속에는 다른 '그림들'이 생겨나기 시작했고 결국 그의 행성간 소설 3부작을 이루는《페렐란드라》(1943년)과《그 가공할 힘》(1945년)이 완성되었다. 한때 루이스를 강렬하게 사로잡았던 '다른 세계들'의 매력이 마침내 모두 해소되었다. 여기에 대해 그는 나중에 이렇게 썼다. "나의 행성 로망스들은 치열한 호기심의 충족이라기보다는 그것을 쫓아내는 작업이었다."

* Humphrey Carpenter, *The Inklings*(1978), ch. IV.

이렇게 해서 루이스는 '사실주의'의 감옥에서 당당히 걸어 나왔다. 남을 의식한 '과감함'이나 '독창성'을 시도하는 방식으로가 아니라, 그에게 할 말이 주어진 것을 쓰는 방식으로 그렇게 했다. 예상대로 저명한 중세학자가 자신의 재능과 뛰어난 학식을 대단히 미심쩍은 과학소설 분야에 낭비한다는 수군거림이 당시에 있었다. 그러나 새로운 신화에 중요한 기여를 한 이 작품은 소위 사실주의 작가 그 누구도 감히 미치지 못했던 내적 무게를 갖추었다. 그리고 이 모든 것의 밑바닥에는 가상의 세계 복센에서 놀고 싶어 했던 어린 아이의 갈망이 놓여 있었다. 이후 여러 해에 걸쳐서 복센이 그에게 거듭 되돌아오는 것 같았다. '다른 세계들'을 건설하고 싶은 이 욕구는 전에 없이 루이스를 사로잡았고, 필연적인 성공이 뒤따라왔다.

이렇게 해서 나니아—영원한 사랑을 드러냄으로써 사랑받는 작품—로 가는 길이 열렸다. 루이스는 그답게, 이 책들의 '어린이다움'을 당당하게 제시했다. 1952년에 쓴 이 책의 네 번째 에세이에서 루이스는 이렇게 말했다. "열 살 때 저는 동화를 몰래 읽었고, 그것을 들켰다면 부끄럽게 여겼을 것입니다. 이제 쉰 살이 된 저는 동화를 공개적으로 읽습니다. 어른이 되면 어린애 같은 상태에 대한 두려움과 정말 어른이 되고 싶은 갈망을 포함한 어린아이의 일을 버립니다." 본문에 실린 에세이들은 이 말의 확실한 증거이다.

이 책을 편집하는 데 있어서 귀중한 조언을 아끼지 않았던 오언 바필드 씨와 바바라 레이놀즈 박사에게 감사의 인사를 전할 수 있어 기쁘다.《다른 세계들에 대하여》에 실렸던 이 책의 첫 번째, 네 번째, 다섯 번째, 여섯 번째, 일곱 번째, 여덟 번째, 아홉 번째, 열아홉 번째, 스무 번째 글을 제외한 다른 모든 글은 책의 형태로는 처음으로 출판된다는 점을 밝혀둔다.

'이야기에 관하여'는 1947년《찰스 윌리엄스에게 바치는 에세이집Essays Presented to Charles Williams》에 실려 처음 출간되었다. 원래는 1940년 11월 14일 머튼칼리지의 어느 학부생문학회에서 좀 더 긴 형태인 '로망스에서 카파 요소The Kappa Element in Romance'라는 글로 발표되었다. '카파'는 크립톤κρυπτόν에서 나온 말이고 '감추어진 요소'를 뜻한다.

'찰스 윌리엄스의 소설'은 영국방송공사BBC의 요청으로 썼고, 루이스는 1949년 2월 11일에 BBC 제3프로그램에서 해당 원고를 낭독했다. 이 원고는 이전에 출간된 적이 없고, 1980년에 내가 아주 우연히 발견하기 전까지 BBC 기록물보관소에 아무도 모르게 보관되어 있었다. 영국방송공사가 허락해 준 덕분에 이 원고를 출간할 수 있게 되었다.

E. R. 에디슨의 소설들―《뱀 우로보로스》(1922),《용자 스티르비오른Styrbiorn the Strong》(1926),《여주인들의 여주인》(1935),《메미손의 물고기 만찬A Fish Dinner in Memison》(1941), 사후에 출간된《메젠티우스 대문Mezentian Gate》(1958)―은 루이스가 1942년에《뱀 우로보로스》를 발견한 후부터 그

의 장서 목록에서 빠지지 않았다. 이 일은 두 사람 사이의 우정으로 이어졌고, 에디슨의 로맨스들이 1968년 뉴욕에서 페이퍼백으로 출간된 것은 루이스가 그 책들에 황홀해하며 열광했기 때문이었을 수도 있다. 좀 더 분량이 많으면 좋겠지만, 'E. R. 에디슨에게 바치는 찬사'(써놓은 지 몇 년 후《메젠티우스 대문》의 책 표지에 실렸다)는 그냥 묻히기엔 너무 좋은 글이라 여기에 다시 실었다.

'어린이를 위한 글을 쓰는 세 가지 방법'은 도서관협회에서 발표되었고 협회의 〈1952년 4월 29일부터 5월 2일까지 열린 본머스 컨퍼런스의 회보, 발표문, 논의 요약문Proceedings, Papers, and Summaries of Discussions at the Bournemouth Conference 29th April to 2nd May 1952〉에 실렸다.

'때로는 해야 할 말을 동화가 가장 잘 전할 수도 있다'는 1956년 11월 18일자 〈뉴욕타임스 북리뷰〉에 처음 실렸다.

'어린애 같은 취향에 관하여'는 1958년 11월 28일자 〈처치 타임스〉에 실렸던 글을 다시 실었다.

'모든 것은 하나의 그림으로 시작되었다……'는 1960년 7월 15일자 〈라디오 타임스〉에 실렸던 글을 다시 실었다.

1955년 11월 24일 케임브리지대학 영어클럽에서 했던 강연인 '과학소설'은《다른 세계들에 대하여》에 처음 실렸다. 역시 그 책에 처음 실린 '홀데인 교수에게 보내는 답글'은 〈모던 쿼털리〉 1946년 가을호에 실린 J. B. S. 홀데인 교수의 기고문 '악마, 영국 왕립학술원 회원'에 대한 답변이다. 홀데인 교수는 해당 에세이에서 루이스의 과학소설 3부작을 비판한다. 이론생물학자였던 홀데인 교수는 환멸에 빠진 마르크스주의자이자 지독히 반기독교적인 사람이었다. 루이스가 홀데인 글의 논증을 아주 분명히 밝혀주기 때문에 홀데인의 원고를 다시 실을 필요는 없다고 생각했다. 그밖에도 루이스의 답변이 갖는 주된 가치는 논쟁적 본질이 아니라 그 자신의 저서들을 밝혀주는 중요한 설명이 담겨 있다는 데 있다.

'호빗'은 친구 톨킨이 쓴 동명의 책에 대한 루이스의 서평이다. 이 서평은 1937년 10월 2일자 〈타임스 문학부록〉에서 가져왔다.

'톨킨의 《반지의 제왕》'은 톨킨의 위대한 3부작에 대한 두 서평을 합쳐놓은 것이다. 이 글의 첫 번째 부분은 1954년 8월 14일 〈타임 앤 타이드〉에 '신들이 땅에 돌아오다'로 출간되었고, 두 번째 부분 역시 1955년 10월 22일자 〈타임 앤 타이드〉에 '권력의 폐위'로 실렸다. 톨킨 교수는 이야기가 글로 나오기 오래전에 다양한 연대기와 부록들을 루이스에게 읽어 주었다고 내게 말했다. 그에 따르면, 본인의 관심사는 주로 '중간계'의 연대기와 부록에 있었는데, 친구 C. S. 또는 '잭' 루이스는 그것을 가지고 이야기를 써보라고 격려했다. 톨킨은 내게 이렇게 말했다. "잭 아시잖아요. 그 친구는 이야기가 있어야 했어요! 그 이야기—《반지의 제왕》—는 그 친구를 조용히 시키려고 썼습니다." 이 말은 톨킨의 의도대로 루이스에게 바치는 아낌없고 강력한 찬사이다.

1957년 12월 친구 도로시 L. 세이어즈가 죽었을 때, 루이스는

1958년 1월 15일 세인트마가릿 교회에서 열릴 추도예배에서 낭독할 찬사를 써달라는 요청을 받았다. 루이스는 예배에 참석할 수 없었고, 그가 쓴 찬사는 치체스터의 주교(조지 벨)가 읽었다. 루이스가 죽은 후, 나를 포함한 여러 사람이 미출간된 그 찬사를 찾기 시작했는데, 그 글은 발견되지 않기로 작정이라도 한 것 같았다. 그런데 이 책이 인쇄소로 넘어가기 직전, 세이어즈의 아들 앤터니 플레밍이 나를 도와주었다. 치체스터 주교 낭독용으로 타자한 다소 지저분한 원고를 찾아낸 것이다. 그다음, 좀 더 수색한 끝에 참으로 기쁘게도 '실물'을 발견했다. 플레밍 씨와 내가 런던의 애서니엄클럽[2]의 응접실에 앉아서 원래의 원고—추도예배가 끝난 후에 루이스가 플레밍 씨에게 주었던 원고—를 읽는 최고의 순간이 마침내 찾아왔다. 그의 재능 있는 어머니가 '잃어버린 찬사 사건'이라고 명명했을 법한 이 문제를 해결해 준 플레밍 씨에게 심심한 감사를 전하며, 발견한 즐거움이 잃어 버렸을 때의 아쉬움 놓지않기를 바란다.

'라이더 해거드의 신화창조 재능'은 모턴 코언의 해거드 전기에 대한 루이스의 서평에 내가 붙인 제목이다. 이 서평은 1960년 9월 3일 〈타임 앤 타이드〉에 '해거드 다시 달리다'라는 제목으로 실렸다.

---

[2] 1824년 영국의 문학, 예술에서 뛰어난 성취를 이룬 남자들이 결성한 사설 클럽. 2002년부터 여성회원을 받아들이기 시작했다.

'조지 오웰'은 1955년 1월 8일자 〈타임 앤 타이드〉에서 가져왔다.

'단어의 죽음'은 1944년 9월 22일 〈스펙테이터〉에 실렸던 글이다.

'파르테논과 기원법'은 1944년 3월 11일 〈타임 앤 타이드〉의 '길 위의 노트' 코너에 제목 없이 실렸고 루이스가 제목을 붙였다.

'시대 비평'은 1946년 11월 9일 〈타임 앤 타이드〉의 '길 위의 노트' 코너에 실렸고 루이스가 제목을 붙였다.

'문학에서 취향의 차이'는 1946년 5월 25일과 1946년 6월 1일 〈타임 앤 타이드〉 '길 위의 노트'에 2회에 걸쳐 실렸고 내가 제목을 붙였다.

루이스가 생애 말년에 쓴 '비평에 관하여'는 《다른 세계들에 대하여》에 처음 실렸다.

'실재하지 않는 땅'은 루이스, 킹슬리 에이미스, 브라이언 올디스가 과학소설이라는 화제로 나눈 비공식 대화록이다. 1962년 12월 4일에 케임브리지 모들린칼리지의 루이스 연구실에서 브라이언 올디스가 대화 내용을 녹음했다. 이 글은 1964년 봄 〈SF 호라이즌_SF Horizon_〉에 '기성문단은 죽고 썩어야 한다'는 제목으로 실렸고, 1965년에는 '실재하지 않는 땅'으로 〈인카운터_Encounter_〉에 실렸다.

이 책을 헌정받은 사람이 런던 콜린스출판사의 콜린스 부인이라는 것을 독자들이 아시면 좋겠다. 그녀는 에세이집을 만들자고 제안했고, 그녀가 1981년 10월에 은퇴할 계획이라는 사실을 알게 된 루이스 유작 관리자들은 이 책을 그녀에게 헌정하는 것이 합당하다고 생각했다. 콜린스 부인은 여러 해 동안 콜린스의 종교서 부문을 책임 졌고, 거기서 펴낸 폰타나 시리즈를 주된 통로로 하여 지금 C. S. 루이스를 읽는 사람들 대부분에게 그를 소개한 장본인이다. 콜린스 부인과의 오랜 우정을 통해 그녀의 감탄스러운 부분을 너무나 많이 발견했기에 내가 그녀에게 보내는 모든 찬사는 그 합당한 수준에 미치지 못한다. 잠언 저자의 훨씬 멋진 표현으로 나의 찬사를 대신하고자 한다. "그녀가 행한 일들이 그녀를 칭찬하게 하라."

월터 후퍼

이야기에 관하여

우정과 취향의 열매

1

루이스는 책의 사람이었다. 수십 권의 책을 쓴 작가였을 뿐 아니라 평생 책을 읽었고 좋은 책은 거듭거듭 읽었다. 이 책은 그중에서도 그가 가장 사랑했던 문학작품(이야기)들을 다룬 글만 모아 놓은 선물세트 같다. 그가 어떤 작품들을 읽어 왔는가, 어떤 책들이 그의 관심을 끌었는가를 잘 보여 준다. 그 부분에 관심이 있다면 당연히 이 책과 즐거운 시간을 보낼 수 있을 것이다. 그런데 나는 책에 실린 몇 편의 글에서 루이스의 우정을 떠올렸다. 읽고 쓰는 일 자체야 오롯이 혼자 하는 고독한 작업이라 해도, 그에게 읽기와 쓰기는 항상 친구들과 함께 하는 작업이기도 했다. 그는 자신이 읽은 책을 편지와 대화에서 끊임없이 거론했고, 자신이 쓴 원고를 친구들에게 읽어 주고 반응을 들었다. 그의 문학활동이 '잉클링즈'라는 모임과 긴밀히 연결되어 있었다는 사실은 잘 알려져 있다.

루이스는 《네 가지 사랑》에서 연인들은 서로를 바라보고, 친구들은 나란히 공동관심사를 바라본다고 말했다. 친구를 원해서는 친구를 얻지 못하고, 함께 나눌 것이 있어야 한다고도 했다. 우정은 다른 무엇을 같이 보기에 상대를 더 잘 알게 된다며, 함께 '책 읽고' 논쟁하는 것을 예로 들었다. 이 부분이야말로 루이스 본인의 경험에서 나온 이야기인 것 같다.

톨킨은 지인에게 쓴 편지에서 《반지의 제왕》 탄생과 관련하여 루이스에게 받은 도움을 이렇게 밝혀 놓았다. "나는 그에게 갚을 길 없는 큰 빚을 졌습니다. 그것은 흔히 말하는 영향이 아니라 아낌없는 격려였습니다. 오랫동안 그는 나의 유일한 청중이었지요. 내 글이 개인적 취미 이상의 작품이 될 수 있다고 생각한 것은 오로지 루이스 덕분이었습니다. 그의 끊임없는 관심과 다음 이야기를 들려 달라는 재촉이 없었더라면 나는 결코 '반지의 제왕'을 끝마치지 못했을 것입니다." 이런 배경을 염두에 두고 보면 루이스의 《반지의 제왕》 서평은 좀 다른 느낌으로 다가올 것이다.

친구였던 도로시 세이어즈의 추도예배용으로 쓴 찬사도, 이미 세상을 떠난 친구 찰스 윌리엄스의 소설을 다룬 글도 그들과의 우정을 생각할 때 심상하게 읽히지 않는다. 게다가 두 사람 모두 아직 한창 활동을 기대할 수 있는 나이에 갑작스럽게 세상을 떠난 터라 루이스가 느꼈을 충격과 아쉬움은 더 컸을 것이다. 특히 루이스는 찰스 윌리엄스가 죽은 후, 〈찰스 윌리엄스에게〉라는 시를 통해 그를 향한 절절한 마음을 드러낸 바 있다.

친구, 자네의 죽음으로 이상한 집합나팔이 울렸네. 이제 아무 것도

잘 안 보이고

제대로 기록하기도 어려워. 새로운 빛이 변화를 강요하고

하늘에서 탐침을 쏘아 내려 삶의 전경을 다 바꿔 놓아

그늘이 만들어지고, 물이 드러나고, 산이 우뚝 솟고 협곡이 깊어졌어.

경사가 달라졌군. 이전 경치의 윤곽은 보이지 않아. 내가 한때 생각했

던 것보다

세상은 더 큰 곳이야. 산등성이에 불어오는 으스스한 바람에 움찔

놀라게 되네.

이건 큰 겨울, 쇠퇴하는 세상의 첫 번째 찬바람일까? 아니면 봄의 찬

기운일까?

어려운 질문이야. 밤새 이야기를 나눌 만한 주제지.

하지만 누구와 그런단 말인가? 이제 난 누구에게 조언을 구할 수 있

겠나? 자네의 죽음에 대해

어느 친구와 제대로 생각을 나눌 수 있겠나? 오, 자네가 말상대가 아

니라면.

더 많은 것을 이룰 수 있었을 유능하고 신실한 친구를 덧없이 보

내고 루이스는 말한다. 윌리엄스가 죽고 나니까 세상이 다른 곳이 되

었다고. 자기가 알던 것보다 세상이 더 큰 곳이었다고. 세상을 좀 안

다고 생각했는데 그렇지가 않았다고. 세상의 경치가 다 달라 보인다

고. 으스스한 바람이 부는 산등성이에 올라선 것 같다고.

좋은 글은 진공 상태에서 등장하지 않는다. 좋은 글 배후에는 관계와 사연이 켜켜이 쌓여 있다. 그것을 다 알지 못해도 좋은 글을 충분히 즐길 수는 있지만, 조금이라도 알면 더욱 깊은 독서가 가능해진다.

2

이 책을 번역하면서 전부터 루이스의 작품에 자주 등장하는 책들 중 몇 권을 드디어 읽었다. 《버드나무에 부는 바람》도 《호빗》도 이번에야 제대로 읽었는데 아주 유쾌한 시간이었다. 그렇게 루이스가 다루는 책을 일부라도 읽어 가며 그의 서평이나 논평을 번역하니 재미가 두 배였다. 독자 여러분도 여기에 나오는 책들 중 몇 권이라도 함께 읽으면서 보시면 더욱 즐거운 독서 경험을 누리실 것이다.

그런데 《아크투루스로의 여행》은 좀 달랐다. 루이스는 이미 《천국과 지옥의 이혼》에서도, 《스크루테이프의 편지》에도 이 책에서 빚진 대목을 인정한 바 있기에 이번 기회에 작심하고 읽었다. 그러나 루이스가 이미 여러 작품에서 중요하게 거론한 책이었지만 나는 끝까지 읽기가 힘들었다. 무엇보다 도저히 좋아지지가 않았다. 내 취향과 감수성에 도통 맞지 않았다. 루이스는 그 책의 철학이나 세계관에 동의할 수 없었기에 '악마적'인 책이라고까지 부르면서도 거기 담긴 장치와 문학적 효과 등을 효과적으로 자기 작품에 가져왔다. 이런 걸 좋은 의미의 '약탈'이라 할 수 있을 듯한데, 생각과 철학이 다른 책에서도 그 기법과 장치의 가치와 장점을 알아보고 활용하는 루이스의 눈썰미와 유연함을 새삼 확인할 수 있었다.

마누라가 예쁘면 처갓집 부뚜막에도 절한다고, 이제 루이스의 취향이 듬뿍 담긴 이번 책을 번역하는 자리까지 이르렀다. '개인적 취향은 개인적 취향으로 남겨 두면 되지 그의 취향을 한껏 드러낸 이런 에세이집까지 보나' 하는 생각이 마음 한구석에 드시는 분도 있을지 모르겠다. 혹시 그런 분이 있다면, 그 취향이 결국 어떤 결실을 맺었는지 떠올려 보라고 말씀드리고 싶다.

외계인을 적대적 존재로만 그리던 과학소설의 관행에 반기를 든 《침묵의 행성 밖에서》, 시험과 타락의 주제를 전혀 새로운 장소에서 그려낸 《페렐란드라》, 과학을 절대시하고 윤리를 거부하는 과학주의와의 대결을 그린 《그 가공할 힘》으로 구성된 랜섬 3부작은 그가 과학소설을 즐겨 읽지 않았다면 나올 수 없었을 것이다. 자연주의와 유물론의 시각을 벗고 열린 눈으로 세상을 볼 수 있게 해주고 구원과 미덕, 믿음의 삶에 대한 통찰이 가득한 판타지 〈나니아 연대기〉 시리즈는 그가 판타지 열독자가 아니었다면 나올 수 없었을 것이다.

보통 취향은 그저 개인에 의해 소비되는 지극히 사적이고 한가한 취미에 그친다. 그것 자체는 아무 문제가 없다. 취향에다 대고 생산적이 되라고 말하는 것은 폭력일 것이다. 하지만 루이스라는 사람 안에서 취향마저 이렇게 귀한 결과물로 영그는 것을 보며, 나의 취향도 훨

썬 작고 소박하게나마 나에게나 몇 사람에게라도 선한 결과를 낳을
수 있기를 바라게 된다.

홍종락

옮긴이 홍종락 ────────────────────────────

서울대학교에서 언어학과를 졸업하고, 한국해비타트에서 간사로 일했다. 2001년 후반부터 현재까지 아내와 한 팀을 이루어 번역가로 일하고 있으며, 번역하며 배운 내용을 자기 글로 풀어낼 궁리를 하며 산다. 저서로 《오리지널 에필로그》가 있고, 역서로는 《당신의 벗, 루이스》, 《순례자의 귀향》, 《피고석의 하나님》, 《세상의 마지막 밤》, 《개인기도》, 《실낙원 서문》, 《오독》, 《이야기에 관하여》, 《영광의 무게》, 《폐기된 이미지》(이상 루이스 저서), 《C. S. 루이스와 기독교 세계로》, 《C. S. 루이스의 순전한 기독교 전기》, 《본향으로의 여정》(이상 루이스 해설서), 《C. S. LEWIS 루이스》, 《루이스와 잭》, 《루이스와 톨킨》(이상 루이스 전기), 그리고 루이스가 편집한 《조지 맥도널드 선집》과 루이스의 글을 엮어 펴낸 《C. S. 루이스, 기쁨의 하루》 등이 있다. 학생신앙운동(SFC) 총동문회에서 발행하는 〈개혁신앙〉에 '루이스의 문학 세계'를 연재 중이다. '2009 CTK(크리스채너티투데이 한국판) 번역가 대상'과 2014년 한국기독교출판협회 선정 '올해의 역자상'을 수상했다.

이야기에 관하여

문학 비평 에세이

On Stories: And Other Essays on Literature

지은이 C. S. 루이스
옮긴이 홍종락
펴낸곳 주식회사 홍성사
펴낸이 정애주
국효숙 김경석 김의연 김준표 박혜란 오민택 오형탁
이현주 임영주 주예경 차길환 최선경 허은

2020. 7. 24. 초판 1쇄 인쇄   2020. 8. 7. 초판 1쇄 발행

등록번호 제1-499호 1977. 8. 1.
주소 (04084) 서울시 마포구 양화진4길 3 전화 02) 333-5161 팩스 02) 333-5165
홈페이지 hongsungsa.com 이메일 hsbooks@hongsungsa.com
페이스북 facebook.com/hongsungsa 양화진책방 02) 333-5161

• 잘못된 책은 바꿔 드립니다. • 책값은 뒷표지에 있습니다.

• 이 도서의 국립중앙도서관 출판예정도서목록(CIP)은 서지정보유통지원시스템 홈페이지(http://seoji.nl.go.kr)와
  국가자료공동목록시스템(http://www.nl.go.kr/kolisnet)에서 이용하실 수 있습니다.(CIP제어번호: CIP2020026776)

ISBN 978-89-365-1443-3 (03800)